HEYNE<

Michel Bergmann

DER RABBI UND DER KOMMISSAR: DU SOLLST NICHT MORDEN

Kriminalroman

WILHELM HEYNE VERLAG
MÜNCHEN

Sollte diese Publikation Links auf Webseiten Dritter enthalten,
so übernehmen wir für deren Inhalte keine Haftung,
da wir uns diese nicht zu eigen machen, sondern lediglich auf
deren Stand zum Zeitpunkt der Erstveröffentlichung verweisen.

Penguin Random House Verlagsgruppe FSC® N001967

5. Auflage
Originalausgabe 10/2021
Copyright © 2021 by Wilhelm Heyne Verlag, München,
in der Penguin Random House Verlagsgruppe GmbH,
Neumarkter Str. 28, 81673 München
Redaktion: Joscha Faralisch
Printed in Germany
Umschlaggestaltung: Eisele Grafik Design, München,
unter Verwendung von Motiven von © Shutterstock.com
(majivecka, YummyBuum)
Satz: Uhl + Massopust, Aalen
Druck und Bindung: GGP Media GmbH, Pößneck
ISBN: 978-3-453-44129-3

www.heyne.de

Ein Rabbiner, den jeder mag,
ist kein guter Rabbiner.
Ein Rabbiner, den keiner mag,
ist kein guter Mensch.

(aus den Schriften der Väter)

1

Die Trabrennbahn ist in grelles Flutlicht getaucht. Die Fahrer in ihren Sulkys rollen zum Start. Pferde wiehern und stampfen widerwillig mit den Hufen. Verzerrte Lautsprecherdurchsagen sind zu vernehmen, gefolgt von Stimmungsmusik, die an einen Zirkus erinnert. Auf und hinter der Tribüne, zwischen Wurstbuden und Souvenirständen herrscht eine angespannte Atmosphäre. Über der gesamten Szenerie hängt ein Hauch von Gestern.

Eine Menschenmenge staut sich vor den Wettschaltern, die nebeneinander in einer langen, hölzernen Baracke untergebracht sind. Jeder versucht noch seinen Tipp loszuwerden, während über die quäkenden Lautsprecher das vierte Rennen des Abends angekündigt wird: der große Preis von Hessen für ältere Traberstuten, Distanz tausendsechshundert Meter. In fünf Minuten soll es losgehen.

Ein Mann drängt sich vor einem Schalter geschickt am Pulk der Wartenden vorbei, die just in diesem Moment in Streit geraten. Der Mann trägt einen Trenchcoat mit hochgestelltem Kragen, ein Fernglas um den Hals und einen Hut, den er tief in die Stirn gezogen hat. Es ist offensichtlich, dass er nicht gesehen werden will. Er erreicht den Schalter, blickt sich verstohlen um, beugt sich hinunter. »Tausend Euro auf Josephine M. im vierten Rennen, bitte.« Er spricht leise, damit die Menschen hinter ihm nichts mitbekommen.

»Hä?«

Der Mann räuspert sich, sagt etwas lauter: »Tausend Euro auf Josephine M. im vierten Rennen, bitte.«

»Nummer?«, fragt der mürrische Mann mit der Schirmmütze und der Kippe im Mund hinter dem Schalter.

»Nummer? Wieso brauchen Sie meine Nummer?«

»Mann! Der Gaul! Er hat doch eine Startnummer, oder nicht?«

»Sieben!«

»Sieg oder Platz?« Der Mürrische hinter dem Schalter wird noch mürrischer. Von hinten drängen die Wartenden.

»Sieg!«

»Na also, geht doch«, knurrt der Mann, um dann laut, für jeden gut verständlich, anzufügen: »Die Sieben. Tausend auf Sieg, der Herr!«

Der Mann im Trench lächelt verlegen zu der Gruppe hinter ihm, bekommt seinen Wettschein und verschwindet eilig in der Menge.

Das Rennen geht los! Die Startseile schnellen nach oben. Die Menge johlt. Die Fahrer mit ihren bunten Trikots treiben in den Sulkys ihre Pferde an. Der Mann im Trenchcoat steht direkt am Geläuf und starrt durch sein Fernglas. Was er sieht, macht ihn unglücklich: Das Pferd mit der Nummer sieben liegt bereits zweihundert Meter nach dem Start hoffnungslos zurück!

Jetzt kommt das Feld das erste Mal am Einlauf vorbei. Der Rennkommentator reagiert entsprechend: »Die Favoritin Hatschepsut in Front, sie macht die Pace, dahinter La Princesse, gefolgt von Bianca di Medici. Am Ende des Feldes, wie zu erwarten, Josephine M.«

Der Mann im Trench ist sichtlich verärgert. Warum hat er sich überhaupt auf dieses Abenteuer eingelassen? Er könnte jetzt gemütlich zu Hause sitzen, ein Buch lesen oder Klavier spielen. Aber er wollte einem alten Herrn einen Gefallen tun. Er hat genug gesehen und wendet sich ab.

Während er langsam Richtung Ausgang geht, hört man wieder die Stimme im Lautsprecher: »Josephine M. hat den Start verpennt, aber jetzt kommt sie in Schwung. Eingangs des Waldbogens liegt sie im Mittelfeld ...« Der Mann läuft rasch zurück zur Bahn und nimmt sein Fernglas wieder hoch. Als die Pferde aus dem kleinen Waldstück herauskommen, liegt Josephine M. auf Platz vier und greift jetzt Bianca di Medici an!

Die Besucher auf der Tribüne sind aufgesprungen, ein Raunen geht durch die Menge. Der Rennkommentator kriegt sich kaum noch ein: »Sensationell, was Josephine M. da abliefert auf ihre alten Tage. Sie arbeitet sich nach vorn. Bravo! Ist schon an Bianca di Medici vorbei, nimmt sich jetzt Hatschepsut vor, die auf Platz zwei zurückgefallen ist, während La Princesse gut eine Länge vorn liegt. Geht da noch was?«

Der Mann im Trench ist total aus dem Häuschen. Er ruft: »Ja! Los, geh! Josephine!« Und tatsächlich kommt die Stute immer näher ran. Der Mann im Sulky hat die Gerte in der Hand, aber muss sie nicht benutzen, während der Fahrer vor ihm jetzt auf La Princesse einschlägt. Die Stimme im Lautsprecher überschlägt sich fast: »Unglaublich! La Princesse liegt noch in Führung, aber was ist das? Himmel noch mal! Sie fällt in den Galopp! Sie galoppiert! Sie muss disqualifiziert werden! Mein Gott! So ein Pech! Hänschen Schmitt nimmt sie aus dem Rennen, und Josephine M. mit dem holländischen Urgestein Freddy van Dijk geht jetzt vorbei.«

Das Publikum ist wie elektrisiert. Dann wieder der Reporter: »Noch einhundert Meter. Von hinten kommt Bianca di Medici förmlich angeflogen, aber ist es zu spät? Ja, es ist zu spät, es ist vorbei, das Rennen ist durch! Sensationeller Sieg für die krasse Außenseiterin, die Nummer sieben Josephine M. Vor der Vier und der Drei. Das wird eine Traumquote für alle Mutigen. Bis gleich im fünften Rennen.«

Der Mann im Trench umarmt einen verdutzten Zuschauer, der neben ihm steht. Dann schiebt er seinen Hut ins Genick und holt sein Telefon hervor: »Hugo! Sie hat gewonnen! … Ja, Ihre alte Josephine hat's geschafft! … Wie viel? Was weiß ich? Vielleicht vierzigtausend mit Preisgeld, mindestens! Bis morgen. Schlafen Sie gut!«

Es ist noch früh am Morgen, als ein roter Smart flott auf den Parkplatz des Jüdischen Seniorenstifts gefahren kommt und mit einer scharfen Bremsung im Halteverbot vor dem Eingang stoppt. Der Mann von der Rennbahn steigt gut gelaunt aus und eilt auf das moderne Gebäude mit der Glasfront zu, wo sich die Tür automatisch öffnet. Die imposante Lobby, die dem Eingangsbereich eines großen Hotels ähnelt, ist um diese Zeit menschenleer. Die Läden im Erdgeschoss sind noch geschlossen. Der Mann eilt am Buchladen seines Freundes Jossi Singer vorbei. Daneben befinden sich ein Friseursalon und ein kleiner Supermarkt. Ein monotones Geräusch ist zu hören, die Bürsten der Reinigungsmaschine, die von einer jungen Frau bedient wird. Gelbe Warnschilder spiegeln sich auf dem glänzenden Steinboden. Der Mann winkt der jungen Frau kurz zu und stürmt die Treppe nach oben, immer zwei Stufen gleichzeitig nehmend. Eine großzügige Galerie führt zu zwei Fluren. Der Mann geht nach rechts. Auf beiden Seiten des Ganges sind die breiten hellen nummerierten Türen der Apartments zu sehen, in denen die meisten der Senioren vermutlich noch schlafen. Rasch läuft der Mann den Flur entlang, bleibt vor der Tür mit der Nummer elf stehen. Er zieht einen dicken gelben Umschlag aus der Innentasche seiner Jacke, klopft kurz an und drückt gleichzeitig die Klinke hinunter.

»*Masel tow*, Hugo! Sie sind ein Glückspilz!«, ruft er, als er das Zimmer betrit und mit dem Umschlag winkt. Dann erstarrt er mitten in der Bewegung. Vor ihm stehen Heimleiterin Esther Simon und Hausmeister Gablonzer und starren ihn an. Und Hugo Weisz, sechsundachtzig, liegt zwischen ihnen tot auf dem Fußboden.

Frau Simon findet als Erste die Sprache wieder.

»Guten Morgen, Herr Rabbiner«, begrüßt sie ihn.

Rabbi Henry Silberbaum ist fassungslos. Sein Blick wandert von dem Mann auf dem Fußboden zu den beiden Personen, die etwas ratlos neben ihm stehen. Schließlich legt er den gelben Umschlag auf eine Anrichte, macht ein paar Schritte in den Raum hinein und stellt sich neben den Toten. Er schaut auf den Mann zu seinen Füßen, will etwas Angemessenes sagen, aber ihm fällt nur ein, was jedem in dieser Situation in den Sinn kommen würde: »Das gibt es nicht. Vor ein paar Stunden erst haben wir miteinander telefoniert. Da war er noch gut drauf.«

Frau Simon lächelt und sagt mit einem leicht ironischen Unterton: »Tja, so kann's gehen.«

Der Rabbi spricht nun ein leises Gebet. Die Heimleiterin und der Hausmeister schauen entsprechend andächtig.

»Holen Sie bitte eine Kerze, Herr Gablonzer«, sagt der Rabbi. Der Hausmeister verlässt leise das Zimmer.

»Ich muss auch los. Doktor Perlmann rufen«, sagt Frau Simon.

Der Rabbi hält sie zurück. »Haben Sie ihn so gefunden?«

»Ja«, sagt die Heimleiterin. »Er ist wahrscheinlich aus dem Fernsehsessel aufgestanden und danach zusammengebrochen. Da drüben lag sein Telefon.«

Sie schließt die Tür hinter sich, als sie das Zimmer verlässt. Der Rabbi geht in die Hocke. Legt zärtlich seine Hand auf die Stirn des alten Mannes.

»Ach, Hugo«, sagt Henry Silberbaum leise, »ein paar Runden hätten Sie doch noch machen können.«

Rabbi Silberbaum sitzt auf dem breiten Fensterbrett und schaut nachdenklich in den Park, wo die ersten unentwegten Heimbewohnerinnen gekonnt ihre morgendlichen Qigong-Übungen machen. Dazwischen steht verloren ein älterer Herr, der sich hilflos am »Fliegenden Kranich« versucht, aber lediglich einen »Abstürzenden Truthahn« zustande bringt.

Der Rabbi sieht zu Frau Simon hinüber, die vor einem Schubladenschrank mit Hängeregistern steht. Eigentlich weiß er nichts über sie, außer dass sie attraktiv ist und unverheiratet. Im Rahmen seiner Betreuungsarbeit im Heim hatte er in der Vergangenheit einige Male mit ihr zu tun. Die beiden kamen stets gut miteinander aus. Seitdem sie vor ein paar Monaten die Leitung des Hauses übernommen hat, haben die Gesuche um eine Aufnahme, speziell bei männlichen Rentnern, exponentiell zugenommen.

Die Heimleiterin sucht weiter nach irgendwelchen Unterlagen. Währenddessen redet sie ohne Unterlass: »Rabbi Silberbaum, lassen Sie es mich so zusammenfassen: Das Pferd von Herrn Weisz gewinnt, Sie rufen ihn an, er fällt tot um. Was Corona nicht geschafft hat, ist Ihnen gelungen, bravo!«

»Jedenfalls hatte er vor seinem Ableben noch Glücksgefühle. Das kann man nicht von jedem behaupten.«

»Ha, da ist er«, ruft sie, »hier geht nichts verloren. Sein letzter Wille.« Sie schaut auf die Rückseite, während sie sich wieder an ihren Schreibtisch setzt. »Hinterlegt am 12. November letzten Jahres. Sehen wir doch gleich mal nach.«

Der Rabbi hat offensichtlich Vorbehalte. »Frau Simon, mit Verlaub, sollte das vielleicht nicht besser ein Notar …«

»Ich habe zwei Semester Jura studiert.«

»Das qualifiziert Sie zweifellos dazu, ein Kuvert zu öffnen.«

Sie nimmt die Ironie nicht zur Kenntnis, macht den Umschlag mit einem Brieföffner auf und liest laut vor: »Mein letzter Wille: Ich, Hugo Weisz, vermache all mein Hab und Gut sowie mein gesamtes Vermögen dem Jüdischen Seniorenstift Frankfurt am Main. Eine Vermögensaufstellung liegt bei.« Sie hält ein Papier hoch, ohne den Rabbi dabei anzusehen, und fährt fort: »Mein Trabrennpferd Josephine M., braune Stute, zehn Jahre, erbt Rabbiner Henry Silberbaum … Gratuliere!«

»Danke«, sagt der Rabbi verdutzt.

Frau Simon lächelt und liest weiter: »Der Unterhalt des Pferdes sowie die Stallmiete sollen vom Erlös aus meiner Lebensversicherung bei der Liquida AG bestritten werden. Frankfurt am Main, Datum, Unterschrift.« Sie schaut ihn an.

»Was gedenken Sie zu tun, Herr Rabbiner?«

»Das werde ich mit Josephine M. besprechen.« Henry erhebt sich. »Es wäre mir sehr recht, die Sache bliebe unter uns. Doktor Friedländer braucht nichts von dem Pferd zu wissen.«

»Sie kennen mich inzwischen«, sagt sie.

»Eben«, antwortet er und wirft den dicken gelben Umschlag auf ihren Schreibtisch.

»Was ist damit?«

»Der Gewinn von Hugo Weisz. Achtundzwanzigtausend. Spende für den neuen Fitnessraum. Das Preisgeld bekommt Freddy van Dijk.«

»Wer ist das?

»Das holländische Urgestein!«

»Wohnt er bei uns?«

»Noch nicht. Er ist der Lebensgefährte von Josephine M.«

Als der Rabbi drei Minuten später die Lobby durchquert, um zum Ausgang zu gehen, öffnet gerade Jossi Singer seinen Buchladen, spezialisiert auf Judaika, mit angeschlossenem Zeitungskiosk. Das Rollgitter ist inzwischen oben, der Buchhändler schleppt ein Zeitungspaket in den Verkaufsraum, dabei ruft er: »Grüß dich, Henry. Du warst sicher bei Weisz.«

Der Rabbi nimmt ungefragt das zweite Zeitungspaket und geht hinter Singer her in den Laden. »Ja, *nebbich*. War ein feiner Mann.«

»Was heißt fein? Er war ein *nudnik*! Konnte einem schon ziemlich auf die Nerven fallen. Ich habe für ihn zwei wertvolle Pferdebücher bestellt, antiquarisch, die er dann nicht mehr wollte. Vielleicht wären die was für dich?«

Dabei schneidet der Buchhändler mit einem Teppichmesser den Binder durch, der das Zeitungspaket zusammenhält.

»Wieso für mich?«, fragt der Rabbi.

»Du hast doch sein Pferd geerbt, oder?«

»Woher weißt du das?«

»Von Gablonzer.«

»Und woher weiß der das?«

»Er ist Hausmeister, er weiß alles!«

Der Rabbi schaut auf die Uhr. »Ich muss los.«

Während Jossi Singer Zeitungen in den Ständer ordnet, sagt er: »Grüß mal deine Mutter von mir.«

»Mach ich«, sagt Henry, obwohl er keine Sekunde daran denkt, das zu tun. Seine Mutter würde ihm was erzählen. Sie nennt Jossi Singer, der unbeirrt um sie buhlt, einen selbstgefälligen Aufschneider, der sich für unwiderstehlich hält, und kann nicht verstehen, dass er ein Freund und der Schachpartner ihres Sohnes ist.

»Spricht sie manchmal von mir?«, will Jossi noch vom Rabbi wissen.

»Ja«, sagt Henry, was nicht einmal gelogen ist.

Als der Rabbi nach dem Unterricht und der wöchentlichen Lehrerkonferenz am frühen Nachmittag im Vorzimmer ankommt, schaut der »Zerberus«, seine unerbittliche Sekretärin, die kleine, schlaue Frau Kimmel, schon vielsagend auf die Uhr und zeigt mit dem Kopf zur offenen Tür seines Büros, das sich im vierten Stock des Gemeindezentrums befindet. Der Rabbi hat sich Frau Kimmel nicht erträumt, sie gehörte sozusagen schon zum Inventar, als er seinen Job antrat. Er selbst hätte sich diese Frau mit der weißblonden Kurzhaarfrisur, stets overdressed, niemals ausgesucht. Heute kann und will er nicht mehr auf sie verzichten. Er schätzt ihre unverstellte Art, ihre Undiplomatie und ihren wachen Verstand. Lediglich ihren Einrichtungsgeschmack findet er unterirdisch. Frau Kimmel will es auch während der Arbeit »gemütlich« haben. Deshalb stehen Topfpflanzen herum, an den Wänden hängen gerahmte Drucke mit biblischen Motiven, in deren Ecken Ansichtskarten stecken. Hinter ihrem Schreibtisch befindet sich ein opulenter Wandteppich mit dem unvermeidlichen Panorama von Jerusalem. Darunter steht auf Hebräisch: *Nächstes Jahr in Jerusalem.* Der Schluss eines Pessachgebets, das an die Befreiung der jüdischen Sklaven in Ägypten erinnern soll und bis heute die Sehnsucht der Juden in der Diaspora symbolisiert. Auf Frau Kimmels Schreibtisch sind Fotos ihrer Familie zu sehen und eine Sammlung unterschiedlich großer Elefantenfiguren, die fast die Hälfte der Tischfläche für sich beanspruchen. Elefanten sind ihre Lieblingstiere. Sie vergessen nie. Das gefällt ihr und entspricht ihrem Lebensmotto. Der PC-Monitor und der Drucker wirken geradezu verloren in dieser betulichen Wohnzimmeratmosphäre.

Das Büro des Rabbis hingegen strahlt moderne Zweckmäßigkeit aus. Kein Schnickschnack, der ihn ablenken würde. Zu Beginn ihrer gemeinsamen Arbeit hat die Sekretärin hin und wieder den Versuch unternommen, es dem Rabbi ebenfalls »gemütlich« zu machen. So fanden sich plötzlich Kissen mit Knick in den Sesseln und ein orientalischer Tischläufer mit allerlei vorderasiatischem Kitsch auf dem flachen Couchtisch.

Ebenso der Wandteppich mit dem Panorama von

Jerusalem und ein Porträt des berühmten Rabbis Schlomo ben Jizchak, genannt »Raschi«. All diese Requisiten sind inzwischen aus dem Büro des Rabbiners verschwunden, ohne dass es einer Diskussion bedurfte. Frau Kimmel hat eingesehen, dass ihr Chef »keinen Geschmack« hat.

Mit einem freundlichen »Schönen guten Tag« betritt Rabbi Silberbaum sein Büro und schließt die Tür hinter sich. In der Besucherecke sitzt Frau Axelrath. Ihre mehr als achtzig Jahre sieht man dieser schönen Frau nicht an. Ein klassisches Gesicht, wundervolles weißgraues Haar, hochgesteckt mit einem edlen Kamm aus vergoldetem Perlmutt. Sie sitzt auf dem kleinen schwarzen Ledersofa, den Nerzmantel über einen der beiden Stahlrohrsessel gelegt, und nippt an dem Kaffee, den ihr Frau Kimmel etwas schmallippig serviert hat. Denn Frau Axelrath hat Betty auf dem Schoß, ihren Dackelmix, ohne den sie niemals aus dem Haus geht.

Aus diesem Grund war Frau Kimmel wenig begeistert, als sie vor fünfzehn Minuten einen Anruf von der Pforte bekam: Hier sei eine ältere Dame, die darauf bestehe, ihren Hund mit ins Haus zu nehmen. Was sei zu tun? Zähneknirschend willigte die Sekretärin ein. Der Hund musste durch die Sicherheitsschleuse und piepte! Das Halsband.

»Wie heißt er noch mal?«, fragt der Rabbi, nachdem er Frau Axelrath begrüßt hat.

»Sie heißt Betty.«

Betty lässt sich ohne Widerrede vom Rabbi streicheln.

»Es gibt Menschen, die glauben, dass Tiere keine Seele hätten«, sagt Frau Axelrath.

»Ich glaube eher, dass es Menschen gibt, die keine haben«, bemerkt der Rabbi.

Frau Axelrath lächelt. »Sie mag Sie.«

»Sieht so aus«, sagt er und setzt sich in einen Sessel.

»Was kann ich für Sie tun?«

»Ich werde Frankfurt verlassen, und Sie sollen es zuerst erfahren.«

»Ach, und warum wollen Sie fortgehen?«

»Ich wurde vor zwei Wochen in meinem Haus überfallen«, sagt sie leise, »das war der letzte Auslöser, sozusagen.«

»Ein Überfall!« Der Rabbi rutscht in seinem Sessel nach vorn. »Was ist passiert?«

»Es war Donnerstagabend, ich kam mit Betty nach Hause, sie hat geknurrt. Als ich das Wohnzimmer betrat, stand die Tür zur Terrasse auf. Ich dachte, na ja, gut, da habe ich wohl vergessen, sie richtig zu schließen. Dann fing der Hund an zu bellen. Ich bin in die Küche gegangen, und da stand ein Mann! Er war groß, etwa wie Sie, mit einer Skimütze über dem Gesicht. Er starrte mich an, er hatte wohl nicht damit gerechnet, dass ich auftauche.«

»Hat er etwas gesagt?«

»Nein, er ging auf mich zu, und ich dachte, das ist mein Ende. Aber ich hatte keine Angst.«

»Tatsächlich nicht?«

»Ich blieb ganz ruhig und sagte zu ihm: ›Wenn Sie mich erschlagen wollen, bitte. Ein Mensch mit diesem

Zeichen fürchtet sich nicht mehr!« Und dann entblößte ich meinen Unterarm. So.« Während sie das erzählt, schiebt sie den linken Ärmel ihres Chanel-Kostüms hoch, und Henry erkennt eine fast verblichene eintätowierte Nummer. »Der Mann war dermaßen perplex, dass er mich kurz ansah und nach draußen rannte.«

»Ist Ihnen irgendetwas an ihm aufgefallen?«

»Nein, nichts. Ich bin nicht einmal hinterhergelaufen, um zu sehen, ob oder wohin er verschwindet.« Sie nippt an ihrem Kaffee. Dann spricht sie weiter: »Ich habe mich auf einen Küchenstuhl gesetzt und versucht durchzuatmen. Dann habe ich Nitrospray genommen. Sie müssen wissen, ich leide an Angina pectoris und jede Aufregung ist Gift für mich.«

Der Rabbi ist jetzt ganz bei der Sache. Betty schaut ihn neugierig an. »Das ist eine Wahnsinnsgeschichte. Sie haben ja toll reagiert.«

»Es ist tatsächlich so«, sagt Frau Axelrath. »Wer aus Auschwitz kommt, hat alles gesehen.«

»Haben Sie die Polizei gerufen?«

»Nein. Ich habe noch nicht einmal meinem Mann davon erzählt. Ich habe meiner Tochter eine WhatsApp geschickt, sie lebt in Eilat. Wir haben da ein Hotel. Sie leitet es. Und Miriam hat sofort angerufen: Mama, um Himmels willen, was willst du noch in diesem Land? Komm her. Deine Enkelkinder freuen sich.«

Sie schweigt jetzt, und Henry schaut sie an. »Und deshalb wollen Sie gehen?«

»Ich weiß nicht, ob Sie mich verstehen, Herr Rabbiner,

aber dieser Einbruch, dieser Überfall, der hat mir mein Zuhause genommen. Ich möchte nicht länger in diesem Haus leben. Und bevor ich innerhalb von Frankfurt umziehe, kann ich auch nach Israel gehen. Für uns Juden wird es hier eh immer ungemütlicher. Lieber sterbe ich dort. Ich habe es jetzt so entschieden, ganz allein, und fühle mich erleichtert.«

»Wie alt waren Sie, als Sie nach Auschwitz kamen, wenn ich fragen darf? Sie waren doch sicher noch sehr klein.«

»Ich war sechs. Ich weiß nicht, warum ich tätowiert wurde, denn das war das Zeichen, dass man Menschen nicht sofort vergast. Vielleicht wegen meiner leuchtend roten Haare und meiner Sommersprossen. Ich war ein hübsches Kind.« Sie macht eine Pause. Atmet tief durch. Redet leise weiter. »Meine Eltern wurden direkt nach unserer Ankunft ermordet. Ich kam zu Mengele, als Versuchskaninchen. Einige Frauen im Krankenbau nahmen sich meiner an. Es gelang ihnen, mich im Müll zu verstecken, der täglich abgefahren wurde, und mich so nach draußen zu schmuggeln. Ich wurde von Nonnen aus einem nahen Kloster gerettet, die mir dann nach dem Krieg halfen, meine Familie wiederzufinden. Jedenfalls das, was von ihr geblieben war.«

Der Rabbi hört aufmerksam zu.

»Ich war dreizehn, als ich zu einem Onkel kam, der mit seiner Frau inzwischen in Frankfurt lebte. Die beiden waren wie Eltern für mich.«

Der Rabbi erhebt sich. Er geht im Raum hin und her.

»Frau Axelrath, es ist Ihre Entscheidung, Deutschland zu verlassen. Ich weiß, es steht mir eigentlich nicht zu, Sie das zu fragen, aber kann es sein, dass Sie in Ihrer zweiten Ehe nicht glücklich sind?«

»Wie kommen Sie darauf?«, fragt sie und zupft verlegen an ihrem Hermès-Schal.

»Es ist nur so ein Gefühl. Sie müssen dazu nichts sagen, wenn Sie nicht wollen, aber erstens: Sie erzählen Ihrem Mann nichts von dem Überfall, zweitens, Sie entscheiden einfach, wegzugehen. Ohne Ihren Mann, wie es scheint. Wenn Ihre Ehe in Ordnung wäre, dann ...«

Sie unterbricht ihn. »Es stimmt. Ich habe das Vertrauen zu ihm verloren. Ich habe das Gefühl, dass er mich hintergeht. Er hat eine *schikse*! Da bin ich sicher. Und ich ahne auch, wer sie ist.«

»Haben Sie Beweise?« Der Rabbi setzt sich jetzt auf die Ecke seines Schreibtischs.

»Ich fühle das. Er spielt doppelt so oft Golf wie früher, manchmal auch übers Wochenende. Er ist nervös, unaufmerksam. Er kleidet sich jugendlich. Trägt enge Jeans und Turnschuhe. Geht zur Kosmetik, macht Maniküre, Pediküre. Färbt sein Haar. Lächerlich. Er gibt viel Geld aus. Wir machen kaum noch etwas gemeinsam, und er scheint es nicht zu vermissen. Er ist zehn Jahre jünger als ich und hat mich nur wegen meines Geldes genommen. Das ist mir jetzt klar. Und ich bin darauf reingefallen. Ich war einfach blöd.«

»Das hört sich so an, als hätten Sie resigniert.«

»Vielleicht war das so, bis vor Kurzem. Aber dieser

Überfall, der hat Kräfte in mir geweckt, so merkwürdig das klingen mag. Wenn man erst mal eine Entscheidung gefällt hat, dann gewinnt man wieder an Kraft. So geht mir das, und deshalb bin ich hier.« Sie nippt erneut an ihrem Kaffee, dann setzt sie die Tasse ab. »Rabbi Silberbaum, ich habe Vertrauen zu Ihnen, und ich höre, dass Sie ein diskreter Mensch sind.«

Henry sagt lächelnd: »Was die Leute so reden.«

»Ich bin vermögend, das ist kein Geheimnis. Gut, ich habe durch die Coronakrise einiges verloren, wer nicht? Ich hatte mehrere Monate Mietausfall, aber es ist noch so viel übrig, dass ich der Gemeinde eine Million spenden kann, für eine Bibliothek. Eine moderne. Mit Computern und Video und so, was man heute braucht. Für die Jugend. Bildung ist das Wichtigste, was wir den jungen Menschen geben können. Sie soll ›Ruth-und-Julius-Rosengarten-Bibliothek‹ heißen. Und deshalb bin ich hier, damit Sie das vorab schon mal wissen.«

»Das ist sehr großzügig. Vielen Dank für die *mizwa*.«

»Ich mache demnächst einen Termin bei meiner Anwältin und werde alles schriftlich fixieren. Meine Tochter weiß Bescheid. Sie ist nicht begeistert. Es gäbe in Israel genügend Projekte, sagt sie. Waisenhäuser, Kindergärten und so weiter. Aber es ist mein Geld.«

Sie trinkt ihren Kaffee aus. Während sie die Tasse zurückstellt, sagt sie: »Wissen Sie, diese Stadt und diese Gemeinde haben mir und Julius viel gegeben. Als ich meinen ersten Mann kennenlernte, waren wir beide mittellos. Wir haben mit nichts angefangen. Wir waren fleißig und hatten auch *masel*. Ich bin dankbar für alles. Und es gab kaum *risches*. Anders als heute.«

»Was wird aus Ihrem Mann, wenn Sie weggehen?«

»Wir haben einen Ehevertrag. Max war zwar bitter gekränkt, aber es war eine gute Entscheidung, wie man jetzt sieht. Unser gemeinsames Konto hat er nämlich inzwischen ziemlich geplündert. Aber ich habe ein Haus in der Kaiserstraße und dadurch ein regelmäßiges Einkommen. Meine Vermögensverwalterin liegt mir seit Monaten in den Ohren, eine Stiftung in Liechtenstein zu gründen, wegen steuerlicher Vorteile. Aber ich habe mich entschlossen, das nicht zu tun. Mein gesamtes Vermögen werde ich meiner Tochter Miriam vermachen.«

Der Rabbi schweigt, und sie fährt fort: »Max wird bis zu seinem seligen Ende Wohnrecht in meiner Villa haben, damit er vernünftig leben kann. Mit seiner kleinen Rente muss er dann auskommen. Und Extravaganzen wie den Maserati oder Golfreisen, die muss er sich selbst verdienen. Ansonsten soll er eben wieder Mini fahren und sich in seine Kunstgalerie setzen und auf Kunden warten. So wie früher.«

Der Rabbi schaut die Frau ernst an, dann sagt er: »Ich bedanke mich für Ihr Vertrauen. Und für die Spende.«

Er hilft ihr in den Mantel. Er muss sich zu ihr hinunterbeugen, denn sie gibt ihm ein Küsschen auf die Wange, während Betty mit dem Schwanz wedelt.

Das Hallenbad im Untergeschoss des Jüdischen Seniorenstifts ist um diese Stunde menschenleer. Die Bewohner sind beim Abendbrot. Der Rabbi hat geduscht und kommt in den Poolbereich. Er wirft sein Badetuch auf eine der Liegen, die um das Becken stehen, und macht einen Kopfsprung ins Wasser. Henry ist ein begeisterter Schwimmer. Hier, in der Schwerelosigkeit, kann er seine Überlegungen anstellen, kann *klären*, wie es in der rabbinischen Tradition heißt: die Gedanken hin und her wenden, abwägen, Mutmaßungen anstellen, Hypothesen und Theorien aufstellen, sie verwerfen oder nutzen, Dinge von allen Seiten beleuchten, so wie es seine großen und berühmten Vorgänger seit vielen Jahrhunderten zu tun pflegten. Das *Klären* ist einer der Grundpfeiler der jüdischen Denkschule. Aus dieser Überlieferung heraus haben sich die fundamentalen Exegesen und Kommentare zu den Gesetzen und Geboten entwickelt.

Der Rabbi legt sich auf den Rücken, breitet die Arme aus, lässt sich treiben und schaut dabei zu den eingebauten Strahlern in der Decke, die wohl bei etwas gutem Willen einen Davidstern darstellen sollen.

Die Sache mit Frau Axelrath beschäftigt ihn. Sie ist unglücklich. Obwohl sie viel Geld hat. Vielleicht weil sie viel Geld hat. Ihr zweiter Mann hätte sie höchstwahrscheinlich nie geheiratet, wenn sie nicht wohlhabend wäre. Warum ist sie überhaupt eine Ehe mit ihm eingegangen? Sie musste doch damit rechnen, dass ein Mann, der zehn Jahre jünger ist als sie, es auf ihr Geld abgesehen haben könnte. Hat sie es gewusst? Wenn ja, war es ihr gleichgültig? War ihr die Zuneigung dieses Herrn, selbst wenn sie geheuchelt war, so wichtig, dass sie ihre

Bedenken beiseitegeschoben hat? Oder hat sie sogar ihr Geld eingesetzt, um sich ein wenig Glück zu erkaufen? Ist das verwerflich, irrational, fatalistisch? Und gibt es eine Ursache für ihr Verhalten? Du weißt, du wirst betrogen, aber ignorierst es. Auschwitz könnte der Schlüssel sein. Die Menschen wussten, dass es Gaskammern gibt und Krematorien und dass sie jeden Tag hätten sterben können, aber sie haben es verdrängt. In seinem Buch *Die Untergegangenen und die Geretteten* schreibt Primo Levi in beeindruckender Weise über diese Verdrängung und wie sie sich über das Leben der Davongekommenen legt. Aber, denkt der Rabbi weiter, Ruth Axelrath war sechs, als sie nach Auschwitz kam. Was hat sich bei so einem kleinen Kind eingebrannt, dass über siebzig Jahre später das Erlebte zu einer irrationalen Handlung führt? Hoffnung auf ein neues Leben? Eine Gewohnheit, die Vergangenheit auszublenden? Ihr erster Mann, Julius Rosengarten, so heißt es, war kein sonderlich liebenswerter Mensch. Eher ein *grobber*. Er betrieb ein Pfandhaus im Bahnhofsviertel. Dabei soll er nicht zimperlich gewesen sein. Man sagt ihm nach, dass er geizig war. Und wesentlich älter als seine Frau. Sie diente ihm als das bürgerliche Aushängeschild neben der hübschen Tochter und der Villa im Westend. Dass sich Frau Axelrath nach seinem Tod in einen Hallodri verliebt, liegt auf der Hand. Ein weltgewandter, dynamischer, braun gebrannter Kunsthändler ist das Kontrastprogramm zum bleichen, griesgrämigen, adipösen Ex-Gatten. Da schaut man über charakterliche Unebenheiten schon mal hinweg.

»Dachte ich mir, dass Sie hier sind«, sagt Frau Simon, die plötzlich am Beckenrand steht. Sie trägt einen Hosenanzug, ist barfuß und hält ihre Pumps in der Hand. Sie scheint es zu genießen, den Rabbi anzusehen, wie er jetzt aus dem Wasser kommt und sich in sein Badetuch wickelt.

»Ich wollte etwas mit Ihnen besprechen«, sagt sie. »Ich warte auf Sie in der Cafeteria, okay?«

Der Rabbi schaut ihr nach, wie sie über die feuchten Kacheln zum Ausgang geht. Sie sieht schon verdammt gut aus. Ob sie einen Freund hat?

Chat

Das Zimmer ist dunkel. Es ist kurz vor zehn. Der Rabbi sitzt vor seinem Notebook. Auf dem Bildschirm ist eine schöne rothaarige Frau zu sehen, die streng in die Kamera schaut.

»Nie und nimmer in meinem Leben! Vergiss es!«

Henry versucht seine Freundin zu beruhigen.

»Zoe, please, du kannst es doch wenigstens probieren. Ein halbes Jahr oder so.«

»Ich? In Frankfurt? Unter Nazis? Never ever! In einer Stadt, in der man unentwegt über Stolpersteine stolpert?«

Er lacht, aber Zoe redet weiter. »Wenn ich einen deutschen Zollbeamten sehen muss, kriege ich schon Pickel.«

»Darling«, ruft er, »es war nur eine Frage.«

»Ja. Aber sie war überflüssig. Du solltest mich besser kennen«.

»Es wäre schön, du würdest mich mehr lieben, als du Deutschland hasst.«

»Sehr lustig«, sagt sie und wirft den Kopf nach hinten.

»Warum verteidigst du dieses verschissene Land noch?«

»Es ist meine Heimat.«

»Heimat! Du Verräter! Du bist der gojischste Jude, den ich kenne. Weißt du, warum ich niemals in Deutschland leben werde? In New York I'm Jewish, but in Germany I'm a Jew!« Dann, nach einer kurzen Pause: »Bye. I gotta go!«

»Kannst du nicht für einen Moment mal romantisch sein?«

»Wenn es sein muss«, sagt sie und lächelt dabei. Sie

schließt die Augen und formt ihre Lippen zu einem langen Kuss. »Schmatz!«

»Dann werden wir also weiter ein Zoom-Verhältnis haben.«

»Up to you«, meint sie, »du kannst ja wieder nach Amerika kommen.«

Er schaut sie nur an. Sie zuckt mit den Schultern.

»Du musst dich entscheiden. Deutschland oder ich!«

Der Bildschirm wird dunkel.

2

»Jidel mit 'n fidel…«

Henry Silberbaum glaubt, diese Melodie zu träumen, dann schreckt er hoch. Das penetrante Liedchen ist leider deutlich zu hören! Er springt aus dem Bett. Wo ist das Telefon? Schließlich entdeckt er es in seinem Morgenmantel, den er in der Nacht achtlos neben das Bett geworfen hat. Es ist sechs Uhr zweiunddreißig.

»Ja?«, meldet er sich, aber der Anrufer hat bereits aufgelegt. Er sieht die Nummer. Drückt auf Rückruf.

»Ich bin's. Sag mal, was hast du mich anzurufen mitten in der Nacht?«

Ein Wortschwall ist zu hören, und Henry wird kleinlaut.

»Du hast recht. Lieb von dir. Schönen Tag. Danke, Mom.« Er beendet das Gespräch, setzt sich aufs Bett, lässt sich rückwärts in die Daunen fallen. Stimmt, er hatte seine Mutter gebeten, ihn zu wecken, denn Mütter schlafen eh schlecht und jüdische überhaupt nicht. Aber das war vor Mitternacht, lange bevor er schließlich gegen zwei Uhr über einem Krimi eingenickt ist. Er schließt die Augen und versucht wegzudämmern, wenigstens für ein paar Minuten noch – vergeblich.

Er schleppt sich ins Bad, stellt sich unter die kalte Dusche. Obwohl er nicht wirklich gut gelaunt ist, beginnt er dieses blöde Lied zu singen. Er wird es den ganzen Tag nicht mehr aus dem Kopf bekommen: »*Jidel mit'n fidel … das lebn is a spass!*«

Nach seinem Morgengebet begibt sich der Rabbi in seine Küche, schmiert Erdnussbutter auf einen Toast und trinkt dazu an seinem Stehtisch einen köstlichen Kaffee aus seiner imposanten italienischen Espressomaschine. Er liebt es, den frisch gemahlenen Kaffee in den schweren Siebträger zu füllen, ihn mit Druck einrasten zu lassen, dann wie ein gelernter Barista den Handhebel nach unten zu bewegen und zu sehen, zu hören und vor allem zu riechen, wie der pechschwarze Extrakt in eine weiße Tasse rinnt und dort eine perfekte, schaumige Schicht bildet. Nach jedem Gebrauch wischt er die glänzende, verchromte Oberfläche ab, bis er sich darin spiegeln kann. Henry Silberbaum richtet sein Haar. Er ist rasiert und auch heute wieder lässig sportlich gekleidet. Polohemd und Cordhose.

Er geht zurück in sein Schlaf-Arbeits-Zimmer, um das iPad zu holen. Es herrscht wie immer kreative Unordnung. Ewa, die Reinigungskraft seiner Mutter, die einmal die Woche erscheint, hat dort nichts verloren. Hier stapeln sich Bücher und Magazine, Zeitungen und Dokumente. Zum nicht unerheblichen Teil besteht seine Bibliothek aus Kriminalliteratur. Der Rabbi findet, was er sucht: Das iPad balanciert gefährlich auf einem Berg

Papier auf dem übervollen Schreibtisch. Selbst auf seinem geliebten Steinway türmen sich Krimis, Graphic Novels und Klaviernoten. Henry spielt gut. Wenn er mehr üben würde, wäre er sogar sehr gut.

Vor seiner Wohnungstür steht sein Koga-Miyata-Rennrad und wartet auf ihn. Früher hat er sich lustig gemacht über die Zeitgenossen, die ihre Fahrräder mit nach oben genommen haben, aber nach dem Einbruch im Keller und dem Verlust seines ersten Rades ist auch er vorsichtiger geworden.

Heute ist ein frischer, sonniger Tag, der Rabbi ist flott auf dem Rad unterwegs. Doch was ihn stets einholt, sind die Gedanken. Die Sache mit Esther Simon hat ihn nachdenklich gemacht. Mittlerweile fragt er sich, ob es gut war, ihr leichtfertig seine Hilfe anzubieten. Aber wie kann man dieser Frau widerstehen? Einerseits ist sie ein »*tough cookie*«, andererseits hat sie etwas Verletzliches, was jeden Mann für sie einnimmt. Das mag Strategie sein, erfolgreich ist sie damit auf alle Fälle. Er erreicht das Gemeindezentrum, das durch einen hohen Stahlzaun geschützt wird. Die Straße vor dem modernen Gebäude ist durch Zementpoller eingeengt, neben der Einfahrt steht eine Schildwache der Polizei, an der Straßenecke parkt ein Einsatzfahrzeug. Zwei Beamte patrouillieren mit Maschinenpistolen. Der Rabbi schließt sein Fahrrad am Zaun neben dem Eingangstor an. Hier ist es gut bewacht und sicher. Als er am Tor ankommt, hört er bereits den Summer und betritt das Gelände. Links und rechts des Haupteingangs befinden sich im Erdgeschoss die

Gesellschaftsräume, ein koscheres Restaurant und eine kleine Betstube. Im ersten Stock dann der große, multifunktionale Saal für Kongresse, Konzerte, Theater- oder Filmvorführungen, Bälle und weitere Veranstaltungen, die den Jahresrhythmus der Gemeinde bestimmen. In den beiden oberen Stockwerken findet man die Gemeindeverwaltung, die Sozialabteilung und auch die Büros der beiden Rabbiner. In einem Nebengebäude, über eine verglaste Brücke zu erreichen, befinden sich die Klassenräume der Jüdischen Schule.

Am Haupteingang stehen wie immer zwei israelische Sicherheitsleute in Zivil. Leider ist die Gefährdung der jüdischen Gemeinden mit den Jahren nicht kleiner geworden. Waren es eine Zeit lang Islamisten, die mit Anschlägen drohten, sind es heute überwiegend Neonazis, die zur Gefahr werden. Als der Rabbi mit einem launigen *»Boker tow«* auf die beiden Wachmänner Ilan und Micha zugeht, die am Eingang stehen, lassen die ihn nicht vorbei, bevor er nicht einen Witz erzählt hat. Das ist bereits ein Ritual, der Wegzoll, sozusagen. Der Rabbi denkt einen Moment nach, dann sagt er: »Da ruft einer: ›Jankel, was läufst du so schnell?‹ Sagt der: ›Ich muss sofort zum Arzt, meine Frau gefällt mir gar nicht.‹ ›Da komm ich mit‹, sagt der andere, ›meine gefällt mir auch nicht!‹« Die Wachmänner lachen, der Rabbi passiert die Sperre, zu der auch eine Sicherheitsschleuse gehört. Obwohl es heftig piept, geht er weiter. In diesem Augenblick kommt ihm der große Vorsitzende, Gemeindedirektor Doktor Avram Friedländer, raschen Schrittes entgegen. »Bin in Eile, bis später!«

»Ist was mit Ihrer Frau?«, fragt der Rabbi.

Die Wachleute feixen. Der Direktor bleibt stehen und schaut dumm. »Wieso das denn?«

»Nur so.«

»Wie gesagt, muss rasch los!«

Friedländer ist extrem sparsam, er spart sogar Personalpronomen. »Habe Termin beim Stadtrat«, sagt er im Loslaufen, »geht um die Schmierereien an der Friedhofsmauer.«

Er dreht sich noch einmal zum Rabbi um und meint: »Wieso sollen wir die Kosten für die Entfernung übernehmen?«

»Genau«, antwortet Henry, »wehren Sie sich. Seien Sie so wie noch nie ... seien Sie gut!«

Friedländer hat die Spitze nicht verstanden. Er nickt und geht.

Henry betritt das Vorzimmer, und Frau Kimmel zeigt in sein Büro. Dabei flüstert sie: »Die Simon vom Altersheim ...«

Der Rabbi schaut auf die Uhr. »Jetzt? Haben Sie denn nicht gesagt, ich habe Unterricht?«

Die Sekretärin zuckt mit den Schultern. »Na logisch, was glauben Sie denn, aber das interessiert die doch nicht. Die werfen Sie vorn raus, und hinten kommt sie wieder rein.«

Der Rabbi atmet tief durch, dann geht er in sein Büro. Auf der Besuchercouch sitzt die wunderschöne, langbeinige Heimleiterin. Neben ihr eine große Shoppingtüte.

»Hallo, Herr Rabbiner«, sagt sie.

Der Rabbi geht zu seinem Schreibtisch. »Liebe Frau Simon«, sagt er, während er seinen PC einschaltet und nach Unterlagen sucht, »seien Sie mir nicht böse, aber ...«

»Ich weiß«, unterbricht sie ihn, »Frau Kimmel hat mich bereits mit ihrem beispiellosen Charme zurechtgewiesen. Sie müssen in die Schule, aber ich wollte nur etwas deponieren.« Sie deutet auf die Tüte und winkt ihn mit dem Finger zu sich.

Er atmet tief durch, dann geht er auf sie zu. Er schaut in die Tüte. »Nu? Was ist das? Ein Geschenk? Eine Vase?«

»Das ist er!«

»Wer?«

»Mein Vater! Ich komme gerade vom Krematorium.«

Der Rabbi wird bleich. »Da ist Ihr Vater drin?«

»Ja. Wie vereinbart.«

Er schaut ängstlich zur offenen Tür.

»Sind Sie *meschugge,* ihn mitzubringen? Was soll er hier?«

»Ins Heim kann ich ihn unmöglich mitnehmen. Im Nu spricht sich das rum. Ich sage nur: der Hausmeister! Aber hier stört er doch nicht.«

»Und ob er stört!« Er nimmt die Tüte hoch und drückt sie ihr in die Hand. »Gehen Sie, bitte.«

»Aber wir hatten doch ausgemacht ...«

Er eilt zur Tür und macht sie zu. Dann sieht er sie an.

Er flüstert laut: »Ich habe nicht damit gerechnet, dass Sie Ihren Vater schon heute in mein Büro bringen. Ich muss das vorbereiten.«

»Aber ich wollte ihn nur bei Ihnen lassen, bis wir ...«

»Hier? Was soll ich mit Ihrem Vater? Ihn ans Fenster stellen, damit er rausschauen kann? Oder soll ich ihn aufgießen? Als Tee?«

»Ich dachte, wir würden ihn gemeinsam ...«

»Pssst«, sagt der Rabbi und hält den Finger an den Mund.

Sie ist enttäuscht. Er kommt nah an sie heran und flüstert:

»Okay, wir machen es heute Nacht! Kommen Sie zum Friedhof. Seiteneingang. Punkt zehn.«

Sie ist aufgestanden, hält die Tüte mit der Urne hilflos vor der Brust. Er nimmt sie an den Schultern, will noch etwas Nettes sagen. »Hören Sie, ich ...«

... da klopft es, die Tür geht gleichzeitig auf, und der kleine Felix Heumacher steht im Zimmer!

Ausgerechnet Heumacher! Diese Nervensäge! Elf Jahre und der altklügste seiner Schüler. Ein Nerd sondergleichen, der allerdings schon so manches Mal den abgestürzten PC des Rabbis wiederbelebt hat.

Der Knabe schaut kurz zur schönen Frau Simon, dann sagt er süffisant: »Oh! Ich hoffe, ich störe. Wir sollten langsam mit dem Unterricht beginnen, Herr Rabbiner, so eine Stunde ist flugs vorüber.«

Blitzschnell löst Henry sich von seiner Besucherin. »Also, wie gesagt, Frau Simon, dann verbleiben wir so. Bis dann.«

Damit nimmt er seine Unterlagen und schiebt Felix aus der Tür.

Als der Rabbi den Klassenraum betritt, legt sich rasch die Unruhe. Nicht, dass er extrem autoritär wäre, aber er weiß sich durchzusetzen, und außerdem lieben die Kinder seinen Unterricht. Manche seiner Schüler halten ihn sogar für »cool«, eine seltene Auszeichnung für einen Erwachsenen.

»Wo sind wir stehen geblieben?«, fragt Henry seine Klasse.

»Bei den Zehn Geboten«, ruft ein Mädchen.

»Das weiß ich selbst«, sagt der Rabbi, »aber bei welchem?«

»Beim fünften!«

»Und das wäre?«

Die Finger gehen hoch.

»Emanuel!«

»Du sollst nicht töten«, sagt der Junge.

»Okay, das Gebot steht wo?«

Ein Mädchen meldet sich.

»Im 2. Buch Moses.«

»Sehr gut, Ilana. Und wie heißt das 2. Buch Moses?«

Ein Junge meldet sich wild.

»Exodus.«

»Bravo, Benny. Nun benutzen die Menschen seither eine ungenaue Übersetzung, die da lautet: ›Du sollst nicht töten.‹ Das hat den Vorteil, dass es jeder für sich einsetzen kann. Abtreibungsgegner oder Tierschützer. Denn ›töten‹ bedeutet, einem anderen das Leben zu nehmen. Was man tunlichst unterlassen sollte. Dies wird im Hebräischen durch das Verb ›*harag*‹ ausgedrückt. Aber in der

Tora steht ein anderes, nämlich ›*ratsah*‹, ›morden‹. Dieses Wort bezieht sich ausschließlich auf den Homozid.«

Einige Kinder schreiben eifrig mit.

»Wie dem auch sei! Es ist ein gutes, verständliches Gebot. Nur vier Worte. Darüber lässt sich relativ leicht Konsens herstellen. Denn es gehört sich nicht, einen anderen Menschen zu ermorden, was immer er auch getan haben mag. Oder ist jemand anderer Meinung?«

Es meldet sich Heumacher. Keine Überraschung für den Rabbi. Kunststück, denkt er, sein Vater ist einer der führenden Anwälte der Stadt. Edelkanzlei am Opernplatz. Ein Oberlehrer und Besserwisser. Und ebenso ist der Sohn. Der Rabbi atmet tief durch und fordert ihn auf zu sprechen: »Bitte, Felix!«

»Gesetzt den Fall…«

Unglaublich, denkt der Rabbi, ein Kind, das mit diesen Worten einen Satz beginnt!

»…Sie oder Ihre Familie würden bedroht und es bestünde…«

Jetzt auch noch im Konjunktiv, denkt der Rabbi, nicht zu fassen!

»…akute Lebensgefahr und Ihnen bliebe nur die Möglichkeit, präventiv einzugreifen…«

Der Rabbi hört den alten Heumacher vor Gericht! Und sieht, wie er sich mit wehender Robe unter die Achseln greift.

»…will sagen, den Angreifer zu töten, bevor er Sie…«

Jetzt muss der Rabbi unterbrechen: »Schon gut, Euer Ehren, ich habe verstanden. Aber das Gebot heißt ›Du sollst nicht morden‹, es heißt nicht ›Du sollst dich nicht verteidigen‹, denn der Fall, den du so blumig geschildert hast, ist ein Akt der Notwehr. Mord ist etwas anderes. Mord ist ein willkürlicher, ein vorsätzlicher Akt der Heimtücke, des Verrats, der Berechnung, der Arglist, der Gier, aber auch des Affekts, der Leidenschaft, der blinden Wut.«

»Auch der Mordlust«, meldet sich ein Junge.

»Lustmörder«, ruft ein anderer.

Alle lachen.

Ein Mädchen meldet sich.

»Laura«, sagt der Rabbi, »bitte.« Er ahnt, dass nun die langweiligste Geschichte aller Zeiten folgt.

»Also, es war so. Ich war mal in der S-Bahn gewesen, und da haben sich zwei Männer gestritten…«

Pause.

»Und weiter?«, fragt der Rabbi.

»Und da hat einer ein Messer gezogen…«

Das Mädchen schweigt wieder.

»Und dann?«, fragt der Rabbi. »Ich vermute, die Geschichte ist weitergegangen.«

»Also, wenn der Mann zugestochen hätte und der andere Mann wäre tot gewesen, wäre das dann Tötung im Affekt, weil die sich gestritten haben, oder Mord?«

Heumacher meldet sich wie wild, aber der Rabbi ignoriert ihn. Noch so ein Proseminar gilt es für heute zu verhindern. Deshalb sagt der Rabbi: »Ja, Laura, das wäre nach der aktuellen Rechtsprechung Tötung im Affekt gewesen. Obwohl es ja nicht üblich ist, ein Messer mit sich herumzutragen. Jedenfalls, der Täter hatte vermutlich nicht vor, den anderen zu töten, als er in die S-Bahn stieg. Es hat sich hochgeschaukelt. Denn es kommt, wie bei allem im Leben, auf die Verhältnismäßigkeit an. Das und nichts anderes ist im Übrigen mit ›Auge um Auge‹ gemeint. Gibt mir einer eine Ohrfeige, dann kriegt er eine zurück. Stell dir mal vor, ich hole jedes Mal eine Kalaschnikow raus, nur weil mich einer beleidigt. Da könnte ich den ganzen Tag herumballern.«

Die Kinder lachen.

»Nehmen wir an«, ist Felix Heumacher unaufgefordert zu hören, »es sagt ein Araber ›Saujude‹ zu Ihnen. Sagen Sie dann ›Saumoslem‹ zu ihm?«

»Nein«, meint der Rabbi, »dann kriegt er was aufs Maul!«

»Das ist aber nicht verhältnismäßig«, wendet Heumacher ein.

»Na, wenn schon«, sagt der Rabbi, »aber es hat eine starke erzieherische Wirkung.«

Einige Stunden später sitzt Rabbi Silberbaum in seinem Auto und telefoniert mit seiner Mutter, während er im Stop-and-go über die Kreuzung am Eschenheimer Turm zockelt.

»Mom, ich sitze im Auto, ich kann jetzt nicht telefonieren.«

»Natürlich, für mich hast du nie Zeit. Also, was hat sie gesagt?«

»Ich darf darüber nicht sprechen.«

»Bubele, mach dich nicht so wichtig. Früher hast du

deiner Mom auch alles erzählt. Da hattest du keine Geheimnisse.«

»Ja, früher. Das war auch ein Fehler.«

»Fehler? Wieso?«

»Weil du alles gegen mich verwendet hast.«

»Das musst du mir erklären«, sagt die Mutter eingeschnappt.

»Ich muss gar nichts. Außer mich auf den Verkehr konzentrieren. Oder willst du, dass ich verunglücke?«

»So schnell verunglückt man nicht.«

»Ich schon. Wenn ich mit dir telefoniere, nehme ich immer die Hände vom Steuer. Wie soll ich sonst reden?«

»Übrigens«, sagt die Mutter, »ich habe etwas Interessantes erfahren über die Axelraths.«

Der Rabbi grinst und meint: »Ich weiß zwar nicht, was die Leute sagen, aber es stimmt!«

»Du nimmst mich nicht ernst, du *meschuggener*«, ruft die Mutter. »Ciao, Bubele.«

»Ciao, Mom!«

Endlich hat sie aufgelegt.

Es ist kurz vor zehn, als der alte Horowitz, der *Friedhofsschammes*, die schmale Seitentür öffnet.

Der Rabbi betritt den Friedhof. »N' Abend, Horowitz, danke.«

»Also, wie gesagt, Herr Rabbiner«, meint der alte Mann knurrig, »ich waß von nix, gell?«

»Alles klar«, sagt der Rabbi, »ich lege den Schlüssel hier untern Abtritt, wenn ich gehe.«

»Gut«, meint der Alte hintergründig, »dann viel Vergnüche, gell.«

Und damit verschwindet er im Dunkel der Nacht.

Henry Silberbaum steht unschlüssig am Tor. Er atmet tief die kühle Nachtluft ein, zieht seine Taschenlampe aus der Manteltasche, knipst sie an und schaut auf die Uhr. Er wartet. Und wartet …

Vom Friedhof her hört er ein Rascheln und Rauschen. Es soll hier Füchse geben, und sogar Wildschweine hat man schon gesehen, heißt es. Einem ausgewachsenen Keiler zu begegnen wäre nicht gerade witzig, denkt der Rabbi. Er schaut sich um. Wo bleibt sie nur? Wahrscheinlich hat sie sich noch hübsch gemacht, für die Toten.

Endlich erscheint Esther Simon hinter der hohen Mauer, die den Friedhof umgibt. Sie ist außer Atem. »Sorry«, sagt sie, »ich war schon fast an der Haltestelle, als mir einfiel, dass ich ihn zu Hause vergessen habe.«

Sie hebt die Tüte an. Sie lächelt.

Der Rabbi verzieht den Mund. »Es wird wirklich Zeit, dass wir ihn freilassen. Kommen Sie.«

Sie betreten das Totenreich. Zuerst fällt es dem Rabbi schwer, sich im Dunkeln zu orientieren. Er hat vergessen, wo Frau Simon liegt. Ging es an der Weggabelung nun rechtsherum oder geradeaus? Schließlich gelangen sie mithilfe von Esther Simon an das Grab der Mutter, und die Tochter verharrt einen Moment andächtig.

Henry schaut sich nervös um. »Los, schütten Sie ihn aus!«

Frau Simon stellt die Tüte ab, hebt die Urne heraus

und versucht, den Deckel zu lösen. Er scheint sich nicht zu bewegen. »Er klemmt«, flüstert sie.

Der Rabbi nimmt ihr die Urne aus der Hand, und knirschend löst sich die Abdeckung. Dabei flüstert er: »Mann! Mit Ihnen kann man kein Ding drehen. Das muss ruckzuck gehen. Deckel auf, Asche raus, fertig.«

»Kein Gebet?«, fragt sie.

»Nein, Ihr Vater war kein Jude, und was ich hier tue, ist so schon grenzwertig. Aber ich habe Ihnen versprochen, dass Ihre Eltern zusammenkommen werden. Jetzt schütten wir Ihren alten Herrn hier aufs Grab und ...«

»Halt! Stehen bleiben!«, schallt es plötzlich aus dem Dunkel, und dann fällt ein starker Lichtstrahl auf den Rabbi und Esther. Der Rabbi erschrickt! Scheppernd knallt die Urne auf die steinerne Umrandung und zerspringt. Eine Aschewolke breitet sich aus, während Henry seine Begleiterin an die Hand nimmt, und beide blitzschnell in der Nacht verschwinden!

Zwei Männer kommen zum Grab gelaufen, verharren einen Moment und nehmen dann die Verfolgung auf.

»Du hier rum«, ruft einer, und die Männer trennen sich.

Der Rabbi könnte schneller sein, aber er hat die schöne Heimleiterin bei sich, und die trägt zur Feier des Anlasses ihre praktischen High Heels. So hetzen sie einen Kiesweg entlang, schlagen Haken, versuchen, dem Lichtstrahl der Taschenlampe auszuweichen und ihren Verfolgern zu entgehen. Als sie an einer Buchsbaumhecke entlangschleichen und der Rabbi um die Ecke linst, schaut er in den Lauf einer Pistole!

»Keine Bewegung!«, sagt eine eiskalte Stimme. »Polizei! Sie sind verhaftet!«

Henry Silberbaum kneift die Augen zusammen, das Licht der Taschenlampe blendet ihn.

»Was soll das?«, fragt er.

»Hände hoch«, ruft die Stimme hinter der Taschenlampe, und der andere Mann fummelt mit seiner Pistole herum.

Esther hat artig die Hände nach oben gestreckt und sagt: »Sie machen einen Fehler, glauben Sie mir.«

»Danke für die Warnung«, sagt der Mann hinter der Taschenlampe ironisch, während Handschellen zuschnappen.

Auch der Rabbi trägt jetzt die Acht. »Darf ich das bitte aufklären?«, fragt er.

»Ich stelle hier die Fragen«, sagt der Mann mit der Lampe, während der zweite seine Pistole in das Halfter steckt.

»Kripo Frankfurt«, sagt der Mann, »Sie sind verhaftet.«

»Weshalb?«

»Grabschändung«, sagt einer der beiden Beamten.

»Störung der Totenruhe«, sagt der andere.

»Sie machen sich lächerlich«, sagt der Rabbi, »und können Sie endlich aufhören, mich mit Ihrer blöden Lampe zu blenden?«

»Mitkommen«, sagt der Mann mit der Taschenlampe.

Dabei schubst er den Rabbi vor sich her. Der andere Mann hat Esther am Arm gepackt.

So gehen sie gemeinsam Richtung Ausgang.

»Das ist ein Missverständnis«, versucht es der Rabbi jetzt vorsichtig.

»Das sagen alle«, meint der Mann mit der Taschenlampe. »Wir sind ja nicht zufällig hier. Und endlich haben wir euch erwischt!«

»Ach, jetzt verstehe ich«, meint der Rabbi und lacht, »Sie halten uns für die Nazis! Für die Leute, die seit Monaten die Grabsteine und die Mauern beschmieren.«

»Es gibt auch Leute, die nachts schwarze Messen abhalten«, meint der Kommissar.

Esther muss lachen.

»Und viele Perverse«, meint der zweite Beamte hintergründig, »abartige Zeitgenossen, die sich auf Gräbern paaren!«

Esther bleibt stehen. »Perverse, die sich paaren! Wissen Sie, wer das ist«, sagt sie aufgebracht und zeigt auf Henry. »Das ist Rabbiner Silberbaum von der Jüdischen Gemeinde!«

»Und ich bin der Papst«, antwortet der Mann sarkastisch.

»Nein«, meint der Rabbi, »der sind Sie nicht. Der wäre entspannter. Aber ich bin der Rabbiner. Wollen Sie meinen Ausweis sehen?«

»Nachher im Präsidium, da können Sie alles zu Protokoll geben.«

»... Herr Rabbiner!«, meint der andere süffisant.

»Im Präsidium«, murmelt Henry, »so ein Blödsinn. Hier, fassen Sie in meine Innentasche, da finden Sie

45

meinen Ausweis. Henry Silberbaum, mein Name. Sie glauben doch nicht, dass ich einfach so nachts auf Friedhöfen herumlaufe, oder?«

»Doch«, sagt der Kommissar, »das tun Sie. Dabei haben wir Sie doch gerade erwischt. Oder wollen Sie das abstreiten?«

»Nein, natürlich nicht. Aber es ist mein Friedhof, das heißt, ich kann da rumlaufen, wann immer ich will. Es ist mein Beritt, sozusagen.«

Sie sind inzwischen am Polizeifahrzeug angekommen. Als der Kommissar den Rabbi auffordert einzusteigen, zögert der.

»In meiner Manteltasche finden Sie den Schlüssel für die Seitentür. Ich habe dem Friedhofsverwalter versprochen, ihn unter den Abtritt zu legen. Also den Schlüssel, nicht den Verwalter. Er heißt übrigens Horowitz. Also der Verwalter, nicht der Schlüssel.«

»Ist ja gut«, sagt der andere Beamte, »das klären wir alles im Büro. Steigen Sie jetzt ein.«

Henry resigniert. Er lässt sich neben Esther auf den Rücksitz plumpsen. Sie müssen zusammenrücken, weil sich der Kommissar noch dazuquetscht. Esther ist das nicht unangenehm, sie lehnt ihren Kopf an Henrys Schulter, dem das wiederum nicht unangenehm ist. Er bemerkt das spöttische Lächeln des Kommissars. »Auch dafür gibt es eine Erklärung«, sagt Henry.

»Das denke ich mir«, sagt der Kommissar, »Ihre Sache. Wenn Sie das mit Ihrem Amt vereinbaren können, Herr ›Rabbiner‹.«

»Bei uns gibt es keinen Zölibat«, sagt der Rabbi.

»Wie schön für Sie!«

»Im Gegenteil«, sagt der Rabbi, »es gibt für den Ehemann sogar die wöchentliche Pflicht zum Geschlechtsverkehr.«

»Tatsächlich?«, fragt der Kommissar ironisch.

»Ja. ›Du hast bei deiner Frau zu liegen‹, heißt es explizit im *Talmud*.«

»Das wusste ich gar nicht«, ruft Frau Simon entzückt, »ein schöner Brauch.«

Der Rabbi schaut ab und zu verstohlen zu dem merkwürdigen Mann, der neben ihm sitzt. Was mag das für ein Mensch sein?, denkt sich Henry. Dieser unrasierte Mann, nicht älter als er, mit dem Ketchupfleck auf dem Ärmel. Oder ist das Blut? Er wirkt nicht so, als hätte er viel Freude am Leben.

Das ist richtig erkannt. Hauptkommissar Robert Berking ist ein typischer Nordhesse: misstrauisch, kritisch, lebensverneinend. Und Berking schläft schlecht. Nur deshalb kam er auf die Idee, mal zu unüblicher Zeit auf dem Jüdischen Friedhof vorbeizuschauen.

Während die Beamten ihre beiden Gefangenen vor sich hertreiben, über den langen, kahlen Flur mit den flackernden Neonleuchten, wirft Berking einen genaueren Blick auf seine Beute. Der Mann, der sich als Rabbiner ausgibt, sieht eher aus wie einer Duftwasserreklame entsprungen, und seine Komplizin scheint auch kein Kind von Traurigkeit zu sein. Er ist sehr gespannt, wie die wohl aus dieser Nummer rauskommen. Und wenn der Kerl

47

wirklich Rabbiner sein sollte, dann kann es für ihn nur peinlich werden, wenn seine Gemeinde davon erfährt.

Die Tür zu einem Büro wird geöffnet, und Henry stutzt, als er ein kleines Schild neben dem Türrahmen an der Wand entdeckt. Mordkommission? Er bleibt stehen. »Was sollen wir hier?«

»Das ist mein Büro«, meint Berking.

»Das ist die Mordkommission.«

»Genau. Das ist mein ›Beritt‹, wenn's beliebt.«

»Von Mord haben Sie aber nichts gesagt, als Sie uns festgenommen haben«, sagt Henry.

»Jetzt beruhigen Sie sich mal«, sagt Berking und bittet die beiden mit einer einladenden Geste ins Zimmer, »ich habe nun mal kein zusätzliches Büro für Friedhofsschändungen.«

Der Rabbi tritt ein und schaut sich um. Das Büro sieht aus, als hätte es der selige Erik Ode gerade verlassen. Alte Möbel, Ärmelschoneratmosphäre. Lediglich die Computer verweisen auf unsere Zeit. Nirgends sieht es aus wie in den TV-Krimis. Keine durchsichtigen Schiebewände, keine Videowalls, keine Kaffeebecher, keine nervösen Männer mit Hosenträgern und Schulterhalftern. Lediglich eine Pinnwand aus Kork, an der diverse Fotos, Zeichnungen und Pläne hängen. Berking zeigt auf zwei Stühle, die vor seinem Schreibtisch stehen, und nimmt auf der anderen Seite Platz. Der zweite Beamte hat sich an einen Schreibtisch in der Ecke gesetzt.

»Sie sind also hier für alles zuständig«, meint der Rabbi.

»In der Tat, genauso ist es«, antwortet Berking.

»Dann hätte ich gern einen Martini, trocken, mit Olive.«

Nur Esther Simon findet das amüsant. Hinter einem PC-Monitor fragt jetzt Berkings Kollege: »Name, Alter, Beruf?«

Henry streckt dem Beamten wortlos die Handschellen hin.

Der sieht zu seinem Vorgesetzten. Berking nickt. Der Beamte hat sich erhoben und befreit den Rabbi und Esther von den Handschellen.

Der Rabbi greift in die Innentasche seiner Jacke und holt seinen Ausweis heraus. Er hält ihn dem Beamten vor die Nase.

Der Mann nimmt den Ausweis. Er liest laut: »Silberbaum, Henry Moritz, geboren 11. Januar 1976 in Frankfurt am Main, wohnhaft ...« Er dreht den Ausweis herum und liest die Rückseite: »Lindenstraße, Frankfurt am Main.«

Der Rabbi muss lachen. Die ganze Situation ist einfach zu absurd.

Berking haut mit der flachen Hand auf seinen Schreibtisch.

»Das ist nicht lustig, Herr Silbermann!«

»Baum. Silberbaum, mit Verlaub, Herr Kommissar«, verbessert Henry.

»Hauptkommissar«, korrigiert nun dieser seinerseits.

»*Haupt*kommissar! Potzblitz«, meint der Rabbi, »Sie sind mir ja ein Teufelskerl!«

Esther muss laut lachen.

»Was ist daran komisch?«, fragt Berking.

»Verzeihen Sie, aber ich kann das alles hier nicht ernst nehmen«, sagt sie.

»Sollten Sie aber! Wer sind Sie, bitte?«, fragt Berking.

Auch sie zieht einen Ausweis hervor und gibt ihn dem Beamten. Der liest wieder laut: »Simon, Esther Klara, geboren 16. März 1985 in Oldenburg, wohnhaft Hügelstraße. Frankfurt.«

»Und was machen Sie beruflich, Frau Simon? Sind Sie Rabbinöse oder wie man das nennt?«

Sie lächelt. »Nein, ich leite das Jüdische Seniorenstift in Bergen-Enkheim.«

»So«, sagt Berking. »Dann erklären Sie mir bitte, was Sie mitten in der Nacht auf dem Israelitischen Friedhof wollten. Plätze reservieren?«

»Das ist schnell erklärt«, sagt der Rabbi.

Der Kommissar unterbricht. »Ich habe die Dame gefragt! Wir können Sie aber auch gern getrennt vernehmen.«

Henry hebt die Hände.

»Nein, nein. Sie sind der Käpt'n.«

»Danke«, sagt der Polizist mit einem ironischen Lächeln, »also?«

Esther beginnt: »Vor sechs Wochen ist mein Vater gestorben.«

»Das tut mir leid«, sagt Berking.

»Wieso?«, mischt sich der Rabbi ein, »kannten Sie ihn?«

»Nein, Herr Silber... blum, aber ...«

»Baum!«

»Also, Ihr Vater ist verstorben.«

»Ja. Und da er kein Jude war, aber meine Mutter Jüdin, habe ich den Herrn Rabbiner gebeten ...«

Henry zeigt jetzt lächelnd mit dem Finger auf sich.

»... mir behilflich zu sein.«

»Wobei?«

Der Rabbi will sich wieder einmischen.

»Nicht von Ihnen, Herr Silberstein!«

»Berg«, verbessert der Rabbi.

Der Kommissar hat sich erhoben.

»Weiter, Frau Simon.«

»Meine Mutter ist auf dem Jüdischen Friedhof begraben.«

»Ach«, sagt der Kommissar, »sie ist also auch verstorben.«

»Ja«, mischt sich jetzt wieder der Rabbi ein, »das kann man so sagen. Wir begraben selten Lebende.«

Der Kommissar schaut zu Esther.

»Bitte, reden Sie weiter, Frau Simon.«

»Rabbiner Silberbaum hat mir ausnahmsweise erlaubt, die Asche meines Vaters auf dem Grab meiner Mutter auszuschütten.« Sie beginnt zu weinen. »Ich hatte es meinen Eltern versprochen, dass sie zusammen ...«

Der Rabbi steht auf. »Beenden wir diese Farce. Sehen Sie nicht, was Sie hier anrichten? Fangen Sie Ihre Mörder ein, und lassen Sie unbescholtene Bürger in Ruhe!«

Der Kommissar wird laut: »Ich werde diesen Vorgang Ihren Vorgesetzten melden! Und Sie bekommen eine Anzeige wegen Störung der Totenruhe!«

»Es sind meine Toten, lieber Herr, und die störe ich, wo ich will und wann ich will!«

»Das werden wir ja sehen«, sagt Berking. »Außerdem ist das illegale Beisetzen einer Urne eine Ordnungswidrigkeit.«

Der Rabbi ist inzwischen zum Nebentisch gegangen, wo der zweite Beamte sitzt, und nimmt seinen und Esthers Ausweis. Dabei sagt er ruhig: »Jetzt werden wir zwei hier durch diese Tür rausgehen, und wenn Sie mich daran hindern, folgt eine Dienstaufsichtsbeschwerde. Und Sie, Hauptkommissar Berking«, sagt er, »werde ich wegen Freiheitsberaubung anzeigen. Und wegen antisemitischer Beleidigung.« Dabei nimmt er eine Visitenkarte vom Schreibtisch. »Sie erlauben?«

Berking ist baff. »Antisemitische Beleidigung? Was soll das? Ich habe nichts dergleichen gesagt.«

»Noch nicht«, sagt der Rabbi, »aber wenn ich draußen bin!« Und damit schiebt er Frau Simon vor sich aus dem Büro.

Der Kommissar lässt sich auf den Stuhl fallen. »Dieser verdammte …« Er schaut zu seinem Kollegen. »… Hund.«

Der Polizeibeamte grinst.

Chat

Der Rabbi sitzt vor seinem Laptop und spricht via Zoom mit Zoe in New York.

»Und wo ist sie jetzt?«

»Die Urne? Sie ist zerbrochen!«

»Du weißt genau, wen ich meine: Diese Frau! Diese Heimleiterin.«

»Vermutlich in ihrem Bett.«

»Henry, es ist immer verdächtig, wenn du mir ausführlich von einer Frau berichtest, die du mir nur nach mehrmaligem Nachfragen oberflächlich beschreibst mit Adjektiven wie ›unauffällig‹ oder ›normal‹.«

»Ich habe dir nicht von einer Frau berichtet, sondern von einem komischen Erlebnis, das ich hatte.«

»Aber sie war Teil der Geschichte.«

»Auch die Polizei war Teil der Geschichte oder der Friedhofswärter. Geschichten setzen sich in der Regel aus vielen Teilen zusammen, darunter auch sogenannte ›Personen‹.«

»Warum sprichst du mit mir, wenn du so mies gelaunt bist?«

»Du hast mich angerufen. Vergessen? Ich bin etwas müde. Merkwürdig, wo es doch erst 3.14 Uhr ist.«

»Mist! Ich muss los. Ich bin um zehn mit Mike Shifrin verabredet, im Veggie-Club.«

»Wer ist Mike Shifrin?«

»Ein ehemaliger Student meines Vaters. Er will eine Art jüdisches Google machen und sucht investors.«

»Wie sieht er aus?«

»Wie soll er aussehen? Unauffällig, normal.«
»Ciao, my lovely, have a nice day.«
»Bye, rabbi!«

3

Es ist Sonntagfrüh. Zweieinhalb Wochen sind vergangen, und nichts hat sich ereignet. Es ist weder eine Anzeige bei Henry Silberbaum eingegangen, noch hat die Gemeinde Wind von der Sache bekommen. Der Rabbi hat nach der ereignisreichen Nacht Herrn Horowitz den Schlüssel gemeinsam mit einer Notlüge zukommen lassen. Die Scherben der Urne sind verschwunden, und Herr Simon ist vom Winde verweht. Seine Tochter Esther erscheint irgendwann noch einmal im Büro des Rabbis, um ihm mitzuteilen, dass sie zu einem Kongress nach Jerusalem fahren wird. Henry hat ihr ein paar Restauranttipps gegeben und eine gute Reise gewünscht.

Es ist exakt 9.23 Uhr, als sein Smartphone klingelt. Wieder muss der Rabbi danach suchen, diesmal findet er es schnell. Er schaut auf die Nummer – die er nicht kennt.

»Ja?«

Keine Antwort.

»Hallo?«

Ein Räuspern ist zu vernehmen. »Rabbiner Silberbaum, hier ist Max Axelrath«, meldet sich eine leise, vorsichtige Stimme, »verzeihen Sie bitte die Störung.«

»Schon gut. Worum geht es?«

»Es ist etwas Schreckliches passiert«, sagt der Mann, »meine Frau ist gestorben!«

Henry muss sich setzen.

»Oh, das tut mir leid, Herr Axelrath«, sagt er nach einer Pause und schluckt. »Wann ist es denn passiert?«

»So gegen vier Uhr heute früh. Das sagt jedenfalls der Notarzt. Das Herz … Sie war allein, leider … Ich war verreist.«

»Möchten Sie, dass ich komme?«, fragt der Rabbi.

»Ja, bitte. Es soll alles seine Ordnung haben. Meine Frau, Gott hab sie selig, war ja doch sehr religiös.«

»Herr Axelrath, ich bin gleich bei Ihnen. August-Siebert-Straße, stimmt doch, oder?«

»Ja. Nummer acht.«

»Bis gleich.«

Seltsam, denkt der Rabbi, vor ein paar Tagen war sie noch bei ihm und jetzt … Zuerst will er duschen, aber dann entscheidet er sich anders und springt in seine Klamotten von gestern. Das macht er sonst nie, aber er hat das Gefühl, sich beeilen zu müssen.

Das Haus der Axelraths ist eine große graue zweistöckige Villa im Stil der Fünfzigerjahre. Im Vorgarten stehen Rhododendren. Der Rabbi parkt seinen Smart direkt hinter einem silberfarbenen Maserati Quattroporte und steigt aus. Im Vorbeigehen streift er beiläufig die Motorhaube. Sie ist warm.

Max Axelrath, ein Mann von siebzig Jahren, steht wie

ein Häufchen Elend in der Tür, als der Rabbi den Vorgarten durchquert und rasch die drei Stufen zum Haus nimmt. Der Rabbi hat seine *kippa* auf, berührt mit der Hand die *mesusah*, die am rechten Türpfosten hängt. Er ist jetzt im Dienst. Dann erst geben sich die Männer ernst die Hand. Zwischen ihnen wuselt die Hündin Betty umher.

»Mein Beileid«, sagt der Rabbi.

»Danke, kommen Sie rein.«

Sie gehen in den Flur, als Axelrath sagt: »Ich bin gestern zu einem Golfturnier nach Stromberg gefahren und habe dort übernachtet. Heute früh habe ich angerufen, aber es ist niemand ans Telefon gegangen, da wurde ich unruhig, habe mir Sorgen gemacht und bin hergefahren, und dann komme ich ins Haus und finde meine Frau ...« Axelrath beginnt zu weinen und dreht sich zur Seite. »Verzeihen Sie.«

Der Rabbi folgt Axelrath ins Schlafzimmer, nachdem dieser den Hund in den Garten gelassen hat. Auf der rechten Seite des Doppelbetts liegt die tote Frau. Es ist Ruth Axelrath. Ihr Gesicht ist verkrampft, wie nach einem Todeskampf. Zum zweiten Mal in wenigen Tagen steht der Rabbi vor einem toten Menschen.

»Sie hat vermutlich noch versucht, an ihre Tabletten zu kommen«, sagt Axelrath. »Dabei ist sie wohl gegen den Nachttisch gestoßen.«

»Wie kommen Sie darauf?«, fragt der Rabbi.

»Als ich kam, sah ich, dass ein Teller zerbrochen war. Daneben lag eine geschälte Banane. Das Telefon lag auch am Boden. Und ein Wasserglas. Ebenso die Nacht-tischlampe und Tabletten.«

Der Rabbi verweilt noch einen Moment nachdenklich, dann bittet er Axelrath, ihm zu helfen, die Frau auf den Fußboden zu legen, wie es im jüdischen Glauben üblich ist. Der Rabbi nimmt Frau Axelrath unter den Armen, während ihr Mann die Beine ergreift. Gemeinsam hieven sie die Tote vom Bett und legen sie daneben. Als er auf die Knie geht, macht der Rabbi eine Entdeckung. Er bittet den Ehemann, ein Teelicht zu holen und es anzuzünden.

Kaum ist Axelrath aus der Tür, kriecht der Rabbi un-ters Bett und fördert eine kleine Dose Nitrospray ans Tageslicht. Er steckt sie ein. Wenige Sekunden später kommt Axelrath mit einem brennenden Teelicht ins Schlafzimmer zurück und stellt es auf dem Nachttisch ab. Jetzt stehen die beiden Männer andächtig stumm vor der toten Ruth Axelrath. Ihr Mann weint.

»Rabbi Shimon ben Jochai sagt: ›Der Tod eines jeden Menschen soll dich beschämen.‹ Ein Spruch aus dem 2. Jahrhundert. Der kommt mir gerade in den Sinn.«

»Das ist sehr schön, danke, Rabbi.«

Als Betty plötzlich auftaucht und zu ihrem Frauchen will, nimmt Axelrath den Hund grob am Halsband, zerrt ihn hinaus auf den Flur und schließt die Tür. Von drau-ßen hört man den Hund bellen.

»Ist das die Todesbescheinigung?«, fragt der Rabbi, als er das Formular entdeckt, das auf dem unbenutzten Bett liegt. Axelrath nickt. Henry liest das Dokument aufmerksam. Neben den Personalangaben, der Adresse und den Geburtsdaten sowie der Identifikation durch Angehörige findet sich auch der Name des Hausarztes Doktor Perlmann auf dem Papier eingetragen, ebenso der Sterbezeitpunkt, Sterbeort und die Todesart. »Akutes Herzversagen bei bekannter Insuffizienz« lautet die Schlussbemerkung des Notarztes. Darauf folgt eine kaum lesbare Unterschrift.

»Was erkennen Sie da?«, fragt der Rabbi.

Axelrath kommt, wirft einen Blick darauf. »Doktor Braun, so hieß der Arzt«, sagt er und dann: »Möchten Sie etwas trinken, einen Espresso?«

»Gern, schwarz, aber machen Sie sich keine Mühe«, sagt Henry.

»Das ist keine Mühe«, meint Axelrath daraufhin, »das macht die Maschine von allein.« Er geht nach draußen.

Betty kommt wieder ins Zimmer geflitzt, setzt sich still in die Ecke und beobachtet den Rabbiner aufmerksam. Henry betrachtet die tote Frau Axelrath. Kaum zu glauben. Vor Kurzem noch haben sie angeregt miteinander gesprochen, hat sie ihm ihre Geheimnisse anvertraut, und jetzt? So ist das Leben. Oder der Tod. Wie man will. Er horcht auf den Flur, ein Klappern. Axelrath hantiert in der Küche. Schnell zieht der Rabbi sein Telefon aus der Tasche und geht zum Nachttisch. Er macht Fotos von den Pillen, dem Teller, dem Wasserglas, dem Fußboden, der Toten. Natürlich würden ihn alle jetzt für einen Spinner halten, der zu viele Krimis gelesen hat, doch irgendetwas kommt ihm seltsam vor. Er weiß nur nicht, was.

Noch nicht.

Er versucht die letzten Minuten der Ruth Axelrath zu rekonstruieren: Sie ist ins Bett gegangen, bekam dann wohl einen Herzanfall, hat versucht eine Herzpille zu finden, hat den Nachttisch fast umgestoßen, alles ist runtergefallen, das Telefon, die Pillen, das Wasserglas, die Nachttischlampe, ein Teller mit einer Banane darauf ist zersprungen ...

»Warum haben Sie nicht Doktor Perlmann gerufen?«, fragt der Rabbi, als er in die Küche kommt, wo ihm Axelrath die Tasse mit dem Espresso hinhält.

»Ich wollte ihn rufen, aber Frau Doktor Siemer meinte, das würde zu viel Zeit kosten. Wir wussten ja nicht, wie lange Ruth schon ...«

Während Axelrath redet, schaut sich der Rabbi in der Küche um. »Wer ist Frau Doktor Siemer, wenn ich fragen darf«, sagt er und holt ein Papiertaschentuch hervor, um sich zu schnäuzen.

»Das ist unsere Anwältin und Ruths Vermögensverwalterin. Ich hatte sie von unterwegs angerufen und abgeholt. Wir sind zusammen gekommen. Ich hatte schon so ein ungutes Gefühl und wollte nicht allein ... Sie hat dann rasch den Notarzt gerufen.«

»Darf ich das irgendwo loswerden?«, fragt der Rabbi und deutet auf das zerknüllte Papiertaschentuch in seiner Hand. Axelrath zieht einen Mülleimer unter der Spüle hervor. Der Rabbi wirft das Taschentuch hinein. Dabei macht er eine weitere Entdeckung. »Ich glaube, ich brauche jetzt einen Schluck Wasser«, sagt er und öffnet dabei beiläufig einen Hängeschrank.

»Das ist das milchige Geschirr«, sagt Axelrath, »die Gläser sind hier drüben.«

Während Axelrath ihm ein Glas mit Sprudelwasser vorbereitet, nimmt Henry sein Handy und sucht nach einer Nummer, während er sagt: »Also, wenn ich Sie richtig verstanden habe, waren Sie heute früh noch in Stromberg. Wo liegt das?«

»Am Rhein, bei Bingen. Ein Golfresort.«

»Wie lange fährt man von dort hierher?«

»Etwa so anderthalb Stunden mit dem Wagen. Ich habe etwas länger gebraucht, ich musste noch tanken.«

»Sie haben hier angerufen und wurden unruhig. Dann sind Sie losgefahren und sind auf dem Rückweg bei Frau Siemer vorbei und dann gemeinsam hierher?«

»Genau so war es.«

»Moment«, der Rabbi spricht jetzt in sein Telefon: »Marek, hier ist Henry. Ich bin bei Familie Axelrath. Ruth Axelrath ist heute früh gestorben ... nein, es war schon ein Arzt hier ... Sagst du Horowitz Bescheid? ... Gut, danke.« Er beendet das Gespräch. »Doktor Perlmann kommt vorbei. Er ruft die *chevra kaddischa* an.«

»Danke, das ist gut«, sagt Axelrath leise.

»Wo ist Frau Siemer denn jetzt? Warum ist sie nicht geblieben?« Der Rabbi trinkt einen Schluck Wasser und stellt das Glas ab.

»Ich wollte allein sein mit meiner Ruth. Ein letztes Mal.« Jetzt weint der Mann wieder.

»Die Banane ...«, sagt der Rabbi plötzlich.

»Das machte Ruth immer. Jeden Abend, wenn sie ins

Bett ging. Sie musste spät noch eine Pille nehmen und dazu etwas essen. Deshalb hatte sie immer eine geschälte Banane griffbereit, sozusagen.«

Nach einer kurzen Pause fragt Henry weiter: »Weiß denn die Tochter schon Bescheid?«

Axelrath schüttelt den Kopf, weint wieder, geht hinüber ins Wohnzimmer und sagt dann unter Tränen: »Würden Sie das für mich tun, Herr Rabbiner? Wir haben leider kein gutes Verhältnis im Augenblick. Die Nummer ist im Telefon gespeichert.« Er übergibt dem Rabbi mit zittrigen Fingern ein schnurloses Telefon. »Fajner. Miriam Fajner. Sie lebt in Eilat.«

Axelrath lässt sich in einen Sessel fallen und vergräbt das Gesicht in seinen Händen. Der Rabbi schaut auf das Display. ›Handy Max‹ kann er dort zweimal lesen. Gegen Mitternacht wurde von hier telefoniert, am Morgen hat Axelrath angerufen. So wie er es berichtet hat.

Henry hat den Eintrag ›Miriam‹ gefunden und drückt auf das Telefonsymbol. Er schaut auf die Uhr. Dort ist es jetzt zwei Stunden später, also halb eins.

»*Schalom,* Mama«, hört er eine Frauenstimme.

Der Rabbi hat einen verdammt trockenen Hals, als er sagt: »Frau Fajner?«

»Wer sind Sie?«, fragt die Frau.

»Mein Name ist Silberbaum, ich bin der Rabbiner, und ich habe leider eine schmerzliche Nachricht für Sie.«

»Um Gottes willen«, ruft die Frau, »was ist mit meiner Mutter?«

»Sie ist verstorben, heute früh. Das Herz. Es tut mir

sehr leid.« Er hört die Frau laut schluchzen, und nach einer Weile sagt sie: »Wann wird die *lewaje* sein?«

»Spätestens übermorgen. Können Sie das schaffen?«

»Ja, natürlich.«

»Möchten Sie noch mit Ihrem ... also mit Herrn Axelrath sprechen?«

»Nein, wirklich nicht. Ich danke Ihnen. Auf Wiederhören«, sagt die Frau und legt auf.

Der Rabbi kommt vom Telefon. »Wieso ist Ihr Verhältnis zur Tochter Ihrer Frau nicht gut?«

Axelrath springt auf. »Wieso? Ich werde es Ihnen sagen: Weil sie mir unterstellt, ich würde ihre Mutter ›ausrauben‹! So hat sie es wörtlich gesagt: ›ausrauben‹! Und sie um ihr Erbe betrügen! Stellen Sie sich das vor. Ich? Dabei bin ich selbst vermögend. Ich habe das nicht nötig.« Dann winkt er ab. »Lassen wir das. Es hat keinen Sinn.«

Doktor Marek Perlmann ist ein untersetzter Mann um die fünfzig. Mit seinem dunklen Teint, seiner eindrucksvollen Nase und seinen schwarz glänzenden, leicht gewellten Haaren sieht er ein wenig aus wie ein Kleindarsteller aus einer Mafiaserie. Perlmann ist schrullig, aber auch ein guter, leidenschaftlicher Arzt, und Henry schätzt ihn außerordentlich. Einmal im Jahr lässt sich der Rabbi von Perlmann durchchecken. Die beiden haben sich angefreundet, treffen sich hin und wieder und probieren neue Pastarezepte aus. Auch beruflich haben sie immer wieder miteinander zu tun. Perlmann versorgt die alten Leute im Jüdischen Seniorenstift medizinisch, während der

Rabbi sie eher psychologisch betreut. Zwar kommt er als Seelsorger, aber meistens geht er als Therapeut. Denn was die älteren Herrschaften am dringendsten brauchen, ist Zuwendung, das Gespräch und jemanden, der ihnen zuhört.

Auch zu Frau Axelrath hatte Perlmann ein gutes, ja inniges Verhältnis, und Henry entdeckt Tränen in den Augen des Doktors, als der fassungslos vor der Toten steht. Die Tür zum Schlafzimmer ist verschlossen, die beiden Männer sind allein. Dann hört der Rabbi Betty an der Tür kratzen und lässt sie herein. Sie verhält sich erstaunlich pietätvoll und setzt sich in eine Ecke. Ja, Hunde haben eine Seele.

»Also, was denkst du?«, fragt der Rabbi.

»Was soll das, Henry, die Frau ist tot. Sie war herzkrank, und daran ist sie gestorben. Hier steht es. Der Kollege hat es aufgeschrieben.«

Er hält die Todesbescheinigung in der Hand.

»Sieht so jemand aus, der an Herzstillstand gestorben ist?«, will der Rabbi wissen.

»Ja. Genau so. Blau angelaufen, offener Mund, verkrampft. Auch die Tatsache, dass sie noch versucht hat, sich irgendwie zu helfen, wie du sagtest, spricht dafür.« Er schaut seinen Freund entgeistert an. »Henry! Was, um Himmels willen, geht in dir vor?«

»Das will ich dir sagen, mein Lieber.« Die Stimme des Rabbis wird leise. »Es kann auch alles ganz anders gewesen sein. Zum Beispiel Gift, oder man hat sie erschreckt, oder was weiß ich.«

»Was soll das? Willst du einen Mordfall konstruieren? Der große Detektiv!«

»Hör mal«, sagt der Rabbi, »warum hat man nicht dich gerufen, hn?«

»Ich bin kein Notarzt. Man wollte die beste und vor allem die schnellste Lösung.«

Der Rabbi nimmt den Totenschein und hält ihn Perlmann vor die Nase.

»Herzversagen! Na, das kann ja jeder *schmock* feststellen! Jedes Leben endet mit Herzversagen. Auch wenn jemand durch den Wolf gedreht oder geviertelt wird.«

»Gut, das ist ein bisschen unglücklich formuliert, er hätte auch ›Herzstillstand nach Infarkt‹ schreiben können. Geschenkt.«

»Wieso bist du so sicher, dass es kein Mord war?«

Perlmann geht neben Frau Axelrath auf die Knie. Er riecht an ihrem offenen Mund, er berührt sie, schaut ihr in die starren Augen.

»Sicher kann man nie sein«, sagt er dann.

»Das wollte ich nur hören«, meint der Rabbi beruhigt.

»Über sechzig Prozent aller Morde geschehen in der Tat innerhalb der Familie«, sagt der Doktor nachdenklich, »und davon bleiben wiederum über achtzig Prozent unbemerkt.«

»Was du sagst? Sehr beruhigend. Und warum?«, will Henry wissen.

»Weil es nahezu perfekte Morde sind«, erklärt der Doktor. »Ein Sturz auf der Treppe, eine Unterkühlung, im Bad ausgerutscht, Manipulation der Medikamente.

Außerdem wollen wir Ärzte keine Probleme haben. Stell dir vor, ich bin seit über zwanzig Jahren irgendwo der Hausarzt und muss nun ankreuzen Todesursache: ›nicht natürlich‹. Das heißt Kripo, Staatsanwaltschaft, Obduktion, neunhundert Euro Kosten für die Staatskasse, peinliche Befragung der Angehörigen und schließlich Fehlalarm. Das Ergebnis: Doktor Perlmann braucht sich hier nicht mehr sehen zu lassen. So ist das, wenn es heißt ›Todesart nicht natürlich‹, Mister Holmes!«

Henry hat verstanden. Er zieht das Nitrospray aus der Hosentasche. »Lag unter ihrem Bett.«

»Du bist mir ja einer! Das ist Nitrospray. Braucht man bei akuter Angina pectoris. Hat sie wohl nicht mehr geschafft.«

Henry steckt die Dose wieder ein. Perlmann schüttelt den Kopf. Dieser verrückte Rabbiner!

Die Männer verlassen das Schlafzimmer, als ihnen die ehrenamtlichen Mitarbeiterinnen der *chevra kaddischa* entgegenkommen, vier ältere Damen. Sie werden Frau Axelrath in weiße Tücher hüllen und sie mitnehmen. Henry nickt den Damen zu, die mit dem Doktor ins Schlafzimmer gehen.

»Wann ist die Beerdigung?«, will eine der Frauen wissen.

»Übermorgen«, sagt der Rabbi und fügt sibyllinisch hinzu: »Wenn nichts dazwischenkommt.«

Rabbiner Aronsohn ist nicht erfreut darüber, dass er für seinen Kollegen in der Sonntagsschule einspringen soll, aber Rabbi Silberbaum hat heute keine Lust auf Metaphern. Ihm ist nach einem guten Espresso zumute. Das italienische Restaurant an der Ecke hat noch nicht geöffnet. Trotzdem stellt ihm der Wirt Nicola einen Stuhl vor die Tür und drückt ihm einen doppelten Espresso im Glas in die Hand.

»Eine Zeitung, Rabbino?«, fragt der Wirt.

»Nein, danke, Nicola. Heute nicht. Ich muss nachdenken.«

Der Rabbi lehnt sich zurück, schließt die Augen, *klärt*: Max Axelrath war beim Golfen, okay. Außerhalb. Allein. So sagt er. Seine Frau geht ins Bett. Stellt sich einen Teller mit Banane auf den Nachttisch, wie immer. Und ein Glas Wasser. Daneben liegen die Herztabletten. Und das Nitrospray. Man kann ja nie wissen. Sie telefoniert noch einmal mit ihrem Mann, man wünscht sich eine gute Nacht. Oder auch nicht. Vielleicht gab es Streit. Eine Aufregung. Egal. Sie bekommt jedenfalls in der Nacht eine Herzattacke. Greift nach den Pillen, sucht das Spray, es rollt unters Bett, sie wirft den Teller runter, gerät in Panik, schafft es nicht mehr aufzustehen. Stirbt. So weit, so gut. Oder auch nicht. Denn der Rabbi hat etwas Seltsames bemerkt. Aber was ist nun zu tun? Dann hat er eine Idee. Wie hieß dieser Kerl noch mal?

Kommissar Berking hasst es, wenn sein Telefon am Sonntagmittag klingelt. Er sitzt in seinem kargen Büro und arbeitet auf. Immer die leidige Administration! Es sind Berichte liegen geblieben, die ergänzt, aktualisiert, ausgedruckt und abgelegt werden müssen, und dafür gibt es den Sonntag. Im papierlosen Büro, so heißt es, erleichtere der »Kollege Computer« die Arbeit. Alles Kokolores. Mehr Papierkram denn je. Die Verbrecher begehen Verbrechen, während die Polizisten Formulare ausfüllen und seitenlange Berichte schreiben. Der Rest der Welt amüsiert sich, entspannt, schläft aus oder fährt ins Grüne. Der Kommissar aber sitzt an seinem Computer und tippt.

Sein Telefon klingelt noch mal. Er schaut auf das Display. Die Nummer kennt er nicht, aber er geht ran.

»Ja. Was ist?«

»Hallo, hier Silberbaum. Rabbiner Silberbaum.«

Es ist nicht zu glauben, da meldet sich doch tatsächlich dieser arrogante Kerl!

»Störe ich Sie?«, fragt Henry.

»Allerdings«, antwortet Berking ruppig, »es ist Sonntag.«

»Nicht für mich. Und für Sie offenbar auch nicht.«

»Was wollen Sie?«

»Sie auf ein Bier einladen.«

Der Kommissar ist sprachlos.

»Verstehe. Sie sagen nichts. Sie sind eher der Äppelwoi-Typ, oder?«, fragt der Rabbiner. »Also, es darf gern auch ein Äppelwoi sein.«

»Jetzt?«

»Warum nicht?«

Nach einer kurzen Pause sagt der Rabbi: »Kennen Sie den Biergarten vom Krumme Schorsch in Bockenheim?«

»Ja.«

»Haben Sie Zeit?«

»Nein.«

»Und Lust?«

»Auch nicht.«

»Das hört sich doch gut an. Wann wollen wir uns treffen?«

»Um zwei«, knurrt der Kommissar, »Sie geben ja sonst keine Ruhe.«

»Ich freue mich auch«, sagt der Rabbi launig und legt auf.

Der Biergarten ist spärlich besucht. Der Himmel ist grau geworden. Es hat abgekühlt. Einige Wetterfeste sitzen auf rustikalen Bänken und essen Undefinierbares wie »Leiterche« oder »Schäufelche« mit Kraut. Man muss kein gläubiger Jude sein, um so was nicht zu essen, denkt der Rabbi im Vorübergehen. Er hat am Außentresen eine Flasche Sprudelwasser gekauft und befindet sich mit zwei Gläsern in der Hand auf dem Rückweg zu dem Tisch, an dem Berking sitzt. Der Rabbi stellt die Flasche und die Gläser ab und setzt sich dem Kommissar gegenüber.

»Danke. Es tut mir übrigens leid, dass ich kürzlich etwas ruppig war. Das ist eigentlich nicht meine Art«, sagt der Kommissar selbstironisch und zeigt den Anflug eines Lächelns. Das fällt ihm nicht leicht.

»Mir auch«, sagt der Rabbi, »ich habe mich überheblich benommen. Wer Hochmut zeigt, handelt frevlerisch, steht im *Talmud*.«

Berking ist überrascht. Eine solche Einsicht hätte er diesem Menschen nicht zugetraut.

»Sie auch nur Wasser?«, fragt der Rabbi und füllt die Gläser. »Sind Sie sicher?«

»Ganz sicher, Hochwürden. Prost!«

Der Rabbi lächelt, dann sagt er: »Weder ›Hoch‹ noch ›Würden‹. Um eines klarzustellen: Ein Rabbiner ist kein Priester, kein Theologe im christlichen Sinn.«

»Und was ist er dann?«, will Berking wissen.

»Ein Rabbiner ist ein Angestellter der Gemeinde und in erster Linie Lehrer, Ratgeber und Prediger. Er ist jemand, der den Menschen die Schrift erklärt und der auch bei rechtlichen Problemen Entscheidungshilfen gibt und Angebote macht. Ein Rabbiner hat außerdem das ius respondi, wie es heißt, also das Recht, auf religionsgesetzliche Fragen vernünftige Antworten zu geben. Er soll die Religion in den Alltag der Menschen einpassen und nicht umgekehrt. Der berühmte Maimonides sagte schon im 12. Jahrhundert: ›Glaube ersetzt nicht die Vernunft.‹«

Der Kommissar hebt ein Glas mit Sprudelwasser hoch.

»Das gefällt mir. Also, wie darf ich Sie ansprechen?«

»Rabbi. Genügt vollkommen«, sagt Henry Silberbaum und hebt nun seinerseits das Glas.

»*Lechaim!*«

»Und das heißt?«

»Auf das Leben.«

»Klingt gut. Auf das Leben.«

Die Männer trinken, dann schaut der Rabbi sein Gegenüber an.

»Apropos Leben«, meint er, »ich wollte Sie sprechen, weil mir da heute Morgen eine mysteriöse Sache aufgefallen ist.«

»Ich bin also dienstlich hier«, stellt Berking fest.

Wenn er lächelt, denkt der Rabbi, sieht er einnehmend freundlich aus. Ob er das weiß?

»So kann man es sagen. Ich könnte das Urteil eines Profis gut brauchen.«

Berking wird neugierig. »Schießen Sie los.«

»Stellen Sie sich Folgendes vor: Es gibt da ein altes Ehepaar ...«

»Wie alt?«

»Sie Anfang achtzig, er zehn Jahre jünger. Sie hat nach dem Tod ihres ersten Mannes ein Vermögen geerbt, ihr zweiter Mann ist eher mittellos. Sie haben Gütertrennung vereinbart, aber er wird von ihr großzügig unterstützt und hat Zugriff auf ein gemeinsames Konto. Das scheint er auszunützen. Es kriselt schon länger, sie ist davon überzeugt, er habe eine Geliebte. Und sie hat auch eine Ahnung, wer das sein könnte.«

»Weiß ihr Mann das?«

»Gute Frage. Ich nehme an, eher nicht.«

»Erzählen Sie weiter.«

»Vor ein paar Wochen hat sie sich entschieden, zu ihrer Tochter aus erster Ehe nach Israel zu ziehen. Allein.«

»Woher wissen Sie das?«

»Sie hat es mir erzählt.«

»Sie kennen also die Frau?«

»So, wie ich viele Mitglieder meiner Gemeinde kenne. Sie war vor ein paar Wochen bei mir.«

»Wann war das genau?«

Der Rabbi fühlt sich ausgehorcht. »Wollen Sie sich nicht erst die Geschichte anhören, bevor Sie Ihre Fragen stellen?«

»Berufskrankheit.«

Der Rabbi erzählt weiter: »Sie ist Ende vergangenen Monats zu mir ins Büro gekommen, um mir mitzuteilen, dass sie sich entschlossen habe, ihren Mann zu verlassen. Sie erzählte mir, dass sie vor ein paar Wochen in ihrem Haus abends einen Einbrecher auf frischer Tat ertappt habe. Der Mann sei weggelaufen, nachdem sie ihm entgegentrat und er feststellte, dass sie keine Angst vor ihm hatte. ›Wer in Auschwitz war‹, sagte sie, ›fürchtet sich vor nichts mehr‹, das waren ihre Worte.«

Der Kommissar nickt ernst. Dann fragt er: »Das war's doch noch nicht, oder?«

»Nein. Heute am frühen Morgen ist sie überraschend gestorben. Also so überraschend war es auch wieder nicht. Sie war herzleidend.«

»Sonst noch was?«

»Ach ja, sie hat der Gemeinde eine Spende von einer Million zugesagt.«

Berking grinst. »Sie hatten also ein Motiv!«

Der Rabbi muss lachen. Dieser merkwürdige Mensch hat tatsächlich so was wie Humor, denkt er.

»Und heute Morgen rief ihr Mann an und sagte ...«

»… sie sei tot! Und Ihnen kam das merkwürdig vor.«

Der Rabbi ist sichtbar überrascht. »Woher wissen Sie das?«

»Warum würden Sie mich sonst angerufen haben?«

»Sie beeindrucken mich bereits jetzt, Herr Berking.«

Der Rabbi nimmt sein Handy, sucht nach den Fotos, während er weiterredet: »Der Mann war ab gestern Mittag zum Golfen in Stromberg bei Bingen, anderthalb Stunden von hier. Er versuchte heute früh von dort aus seine Frau anzurufen, ist dann sofort nach Frankfurt zurück, nachdem sie sich nicht gemeldet hat. Er war beunruhigt.«

Der Kommissar hält nun das Telefon des Rabbis in der Hand und schaut sich aufmerksam die Fotos an. »Wieso liegt sie auf dem Boden?«

»Wir haben sie dort hingelegt. Ihr Mann und ich. Das ist bei uns so üblich. Symbolisch. Man legt die Toten auf die Erde, weil sie zu Erde werden.«

»Sie wissen schon, dass man an einem Tatort nichts verändern darf.«

»Ich wusste zu diesem Zeitpunkt nicht, dass es ein Tatort ist … oder sein könnte«, verbessert er sich.

»Verstehe.« Berking wird dienstlich. »Was sagt der Mann aus?«

»Er habe auf der Fahrt nach Hause noch getankt, dann die Anwältin der Familie angerufen, um sie abzuholen, und beide fanden Ruth Axelrath tot in ihrem Bett. Sie hat vermutlich einen Herzanfall gekriegt, hat wohl noch versucht an ihre Medikamente zu kommen.

Dabei hat sie nicht nur ihre Pillen, ein Glas Wasser, ein Telefon und eine Nachttischlampe, sondern auch einen Teller mit einer geschälten Banane runtergeworfen. Der Teller ist zerbrochen. Ach ja, und dieses Spray lag unter dem Bett.«

Er stellt es dem Kommissar vor die Nase.

»Nitrospray«, sagt der, »nicht ungewöhnlich. Die Frau hat danach gesucht, es ist unters Bett gerollt. Soll vorkommen.«

»Und wenn es jemand erst anschließend unters Bett gelegt hat?«

»Damit es ein misstrauischer Rabbiner finden soll? Fakten, ›Kollege‹, Fakten!« Er lächelt dabei freundlich.

»Das ist alles«, sagt der Rabbi dann. »Die Anwältin rief den Notarzt, der stellte den Herztod fest. Bingo!«

Berking schaut noch einmal auf die Fotos, legt anschließend das Handy auf den Biertisch.

»Fürs Erste gibt es keine Auffälligkeiten. Wenn Sie mich fragen«, sagt er, »klingt alles schlüssig und sieht auch nicht nach Gewalteinwirkung Dritter aus. Die Frau hat vermutlich im Todeskampf nach ihren Tabletten gesucht. So ist das, wenn jemand in Panik gerät, die Sachen werden vom Nachttisch gefegt. Alles nicht ungewöhnlich.«

Der Rabbi wird ernst.

»Lieber Herr Berking«, sagt er, »Sie wissen, dass es so aussieht, ich weiß, dass es so aussieht, ein Notarzt weiß, dass es so aussieht, und ein Mörder wüsste auch, dass es so aussehen muss!«

Der Kommissar schaut ihn einen Moment an, dann fragt er: »Was vermuten Sie?«

»Ich habe doch von dem kaputten Teller gesprochen. Er war weiß, aus Porzellan. Ich habe die Scherben im Mülleimer gesehen.«

»Tatsächlich? Interessant«, meint der Kommissar ironisch.

»Frau Axelrath hatte die Angewohnheit, sich jeden Abend einen Teller mit einer geschälten Banane auf den Nachttisch zu stellen, da sie später noch eine Pille nehmen und zu dieser etwas essen musste.«

»Auch das ist nicht außergewöhnlich.«

»Abwarten. Zurück zum Teller. Wissen Sie, was das für ein Teller war?«

»Nein, aber Sie werden es mir sicher gleich sagen.«

»Wenn religiöse Juden einen *koscheren* Haushalt führen, benutzen sie unterschiedliches Geschirr. Eins ist ›milchig‹, ein anderes ›fleischig‹. So nennt man das. Von dem einen isst man nur milchige Speisen und Eier, Salate, Gemüse oder Obst, von dem anderen nur Fleisch. Und nun raten Sie mal, worauf die Banane lag?«

»Auf dem fleischigen Teller.«

»Genau, Herr Hauptkommissar! Auf einem fleischigen Teller.«

»Warum macht man das so?«, fragt der Kommissar.

»Du sollst das Lamm nicht in der Milch seiner Mutter kochen. Moses 23.19«, antwortet der Rabbi. »Das ist nicht nur ethisch verwerflich, sondern auch nicht gesund.«

»Also auch kein Butterbrot mit Wurst?«

»Nein! *Chas ve'scholem*, wie meine Mutter auf Jiddisch ausrufen würde, der Himmel möge uns behüten!«

»Es spricht für Ihre Kombinationsgabe, Herr Rabbiner, dass Ihnen das aufgefallen ist, aber Sie sollten keine vorschnellen Schlüsse ziehen. Die Frau kann sich ausnahmsweise geirrt haben.«

»Das milchige Geschirr ist hellblau! Man kann es nicht verwechseln.«

»Vielleicht war es dunkel, als sie in die Küche ging.«

»Genau. Sie vergisst ja jedes Mal, wo das milchige Geschirr steht«, meint der Rabbi spöttisch.

Berking legt seine Fingerspitzen auf seine Schläfen und schließt die Augen. Eine Geste, die er immer macht, wenn er sich konzentrieren möchte. Nach einigen Sekunden, die dem Rabbi endlos erscheinen, hebt der Polizist seinen Kopf und schaut den Rabbi nachdenklich an.

»Also, haben Sie eine Idee? Was machen wir?«, fragt Henry ungeduldig.

»Wir?« Berking hat nicht richtig verstanden und schaut sein Gegenüber fragend an.

»Nun, wollen Sie wirklich so einen dubiosen Fall auf sich beruhen lassen oder der Sache nachgehen?«

»Ich sehe keinen Handlungsbedarf. Es gibt keinen Anfangsverdacht.«

Der Rabbi versteht die Welt nicht mehr. »Hallo? Es gibt eine Frau, die angeblich an einem Herzanfall verstorben ist, es könnte aber auch Gift gewesen sein, und es gibt einen falschen Teller.« Der Rabbi beugt sich jetzt verschwörerisch nach vorn. »Der Mörder hat die Frau vergiftet, er wusste von der Routine mit der Banane, aber hatte keine Ahnung von einem koscheren Haushalt!«

»Aber es könnte auch ein Suizid gewesen sein.«

»Und der Teller?«, fragt der Rabbi.

»Eine falsche Fährte. Um jemanden zu verdächtigen. Sie hat die Banane ja nicht mehr gegessen.«

»Ihre Schlussfolgerungen haben schon beinah eine talmudisch-hintergründige Dimension, Donnerwetter!«

Der Kommissar lächelt freundlich.

»Ich weiß zwar nichts über Ihren *Talmud* und seine Weisheiten, aber ich weiß, dass alles, aber auch alles möglich sein könnte. Glauben Sie mir.«

»Suizid scheidet aus, definitiv«, ist der Rabbi sicher. »Die Frau hat sich auf ihre Zukunft in Israel mit ihrer Tochter und ihren Enkelkindern gefreut. Außerdem war sie, wie gesagt, religiös, und Selbstmord ist im Judentum verboten. Im 1. Buch Moses steht: Der Mensch ist Gottes Eigentum.«

Berking wird ernst. »Bei allem Wohlwollen, Herr Rabbiner, ich weiß nicht, wie ich Ihnen da helfen kann.«

Der Rabbi schaut sich um. »Ich habe eine Idee.«

Er erhebt sich, geht um den Tisch, setzt sich neben den Kommissar auf die Bank und beginnt leise auf ihn einzureden.

Am späten Nachmittag betritt Rabbiner Silberbaum gemeinsam mit Hauptkommissar Berking das *bet tahara*, den gekachelten Waschraum neben der Leichenhalle.

Der Rabbi trägt seine *kippa*, der Kommissar eine Wollmütze. Zwei ältere Frauen grüßen zurückhaltend. Auf einem länglichen Steintisch mit Ablaufrinne liegt Frau Axelrath. Sie ist in zwei weiße Bettlaken gehüllt und für die Einsargung vorbereitet worden. In der Ecke auf zwei Böcken steht ein schlichter heller Holzsarg aus rohen Kiefernbrettern gezimmert. Auf ein Zeichen des Rabbiners hin verlassen die Frauen den Raum.

Der Rabbi und der Kommissar treten an den Tisch. Der Rabbi nimmt das Leintuch hoch. Der Polizeibeamte schaut sich die Tote lange aufmerksam an, dann sagt er leise:

»Okay. Was wollen Sie hören?«

»Sieht so für einen geübten Kriminalisten ein plötzlicher Herztod aus?«

»Rabbi, die Frau ist über zwölf Stunden tot. Ob Herztod oder nicht, das kann ich so nicht erkennen. Das kann niemand.«

»Okay, nehmen wir mal an, es ist ein Herztod«, entgegnet Silberbaum, »was könnte ihn ausgelöst haben?«

»Ein Blutgerinnsel. Oder eine Embolie. Die üblichen Verdächtigen.«

»Was ist mit Angst, Wut, Erschrecken?«, fragt der Rabbi.

»Das ist durchaus möglich«, bestätigt Berking.

»Ist es Mord, wenn ich eine Person, die schwer herzleidend ist, bis zur Weißglut aufrege?«

»Wenn Sie mich fragen, zumindest Totschlag. Jemand nimmt den Tod einer anderen Person billigend in Kauf. Aber es ist nicht nachzuweisen. Es sei denn, es gibt Videos oder Tonaufnahmen, und selbst dann ist es juristisch lediglich ein heftiger Streit, der für eine Person leider tödlich endet. Trotz des Vorsatzes und trotz des offensichtlichen Erfolgs. Es ist fast unmöglich, irgendjemandem Absicht zu unterstellen. Man kann schnell in Rage geraten. Das wissen Sie doch selbst, oder?«

Der Rabbi betrachtet nachdenklich die Tote. Da öffnet sich leise die Tür, und Max Axelrath erscheint. Er nickt den beiden Männern zu, stellt sich auf die andere Seite des Tisches. Er beugt sich über seine Frau und weint. Sein Schluchzen irritiert den Kommissar, und er verlässt den Raum. Der Rabbi folgt ihm.

Als Max Axelrath nach ein paar Minuten die Leichenhalle verlässt, geht er auf den Rabbi und den Kommissar zu, die neben dem flachen Verwaltungsgebäude aus Rotklinker stehen und miteinander reden. Die Männer geben ihm die Hand.

»Mein Beileid«, sagt der Polizist.

»Danke«, sagt Herr Axelrath.

»Das ist Hauptkommissar Berking, ein Bekannter.«

Axelrath wirkt plötzlich unsicher.

Der Rabbi sagt zögerlich: »Ich habe den Kommissar hergebeten, um ...«

»... auszuschließen, dass es ein Selbstmord war«, fällt ihm Berking ins Wort.

»Selbstmord? Meine Frau? Undenkbar!« Axelrath ist perplex. »Wie kommen Sie denn darauf?«

»Man muss alles in Erwägung ziehen, Herr Axelrath.«

»Unmöglich. Meine Frau war schwer herzleidend. Sie hatte Angina pectoris. Sie ist an einer Herzattacke verstorben. Es ist alles so furchtbar.« Er ist wieder den Tränen nah.

»Ja, es ist sehr traurig«, schaltet sich jetzt der Rabbi ein, »aber wir wollen doch alle auf Nummer sicher gehen. Es geht um die Wahrheit, und deshalb haben wir gerade darüber gesprochen, ob nicht vielleicht eine Obduktion der richtige Weg wäre.«

»Eine Obduktion? Sie aufschneiden? Herr Rabbiner Silberbaum, ich muss doch sehr bitten!« Axelrath ist außer sich.

»Dass ausgerechnet Sie ... Meine Frau war religiös, das wissen Sie genau. Und da kommen Sie mit so einem abwegigen Vorschlag. Also ich bin erschüttert.«

»Beruhigen Sie sich«, sagt der Rabbi, »wir können und wollen Ihre Frau sicher nicht ohne Ihr Placet aufschneiden, aber es gibt auch in der *Halacha* durchaus Ausnahmen, die solch ein Vorgehen rechtfertigen.« Er schaut den Kommissar an und erklärt: »Die *Halacha* ist die jüdische Rechtsauslegung, ein Kommentar zur *Tora*, wenn Sie so wollen, und hinsichtlich einer Obduktion werden im Judentum verschiedene Positionen bezogen. Grundsätzlich wird sie nicht gutgeheißen, das ist wahr, denn die Unverletzbarkeit der Toten muss gewahrt bleiben. Eine Obduktion würde den Körper entstellen. Ein Körper sollte aber unversehrt ins Grab gelegt werden.«

Der Kommissar schaut verwundert, während der Rabbi

weiterredet: »Im Judentum gehen wir davon aus, dass an dem Tag, an dem der Messias kommt und die Verstorbenen zu sich ruft, jeder diesem Ruf zu folgen hat. Es könnte Schaden entstehen in Bezug auf die Auferstehung der Toten.«

Herr Axelrath unterbricht: »Und außerdem ist eine rasche Beerdigung Vorschrift.«

Der Rabbi nickt und gibt ihm recht. Dann aber sagt er: »Es gibt Ausnahmen, die mit dem religiösen Gesetz vereinbar sind und die eine Obduktion erlauben. Nämlich dann, wenn Erkenntnisse gewonnen werden sollen über unbekannte Todesursachen, ansteckende Krankheiten, Suizide oder Verbrechen.«

»Verbrechen?« Axelrath wird laut. »Das geht zu weit, Herr Silberbaum!«

Der Rabbi bleibt gelassen. »Es wird so wenig Gewebe wie möglich zur Untersuchung verwendet. Im Übrigen müssen herausgenommene Körperteile wiedereingesetzt und mit beerdigt werden. Und, um Sie zu beruhigen, es muss eine Einwilligung der Familie vorliegen.«

Axelrath zeigt nervös mit dem Finger auf den Rabbiner. »Und die werden Sie nicht bekommen. Weder von mir noch von der Tochter. Da sind wir uns mit Sicherheit ausnahmsweise mal einig. Darauf können Sie sich verlassen.«

Er lüftet kurz den Hut: »Meine Herren!«

Damit geht er verärgert davon.

Der Rabbi schaut den Kommissar an und sagt nachdenklich: »Da fällt mir ein schöner Satz von Baruch

Spinoza ein: Ich habe mich bemüht, des Menschen Tun weder zu belachen noch zu beweinen noch zu verabscheuen, sondern es zu begreifen.«

Sie gehen los.

»Was diese Halali angeht...?«

»*Halacha!*«, verbessert der Rabbi.

»Okay, was diese *Halacha* betrifft... wenn ich es recht verstehe«, sagt dann Berking mit leichter Bissigkeit, »haben Sie auch so eine Art von Scharia.«

Der Rabbi bleibt stehen.

»Nein. Die *Halacha* sagt ausdrücklich: Das Recht des Landes ist das gültige Recht!«

Berking schaut ihn an.

»Wir könnten also im Notfall...«

»Ja. Das könnten wir.«

Als Henry seine Wohnung betritt, läutet das Telefon. Es ist seine Mutter, die anruft. »Bubele! Wo hast du gesteckt, um Himmels willen«, sagt sie, »seit Stunden versuche ich es. Warum schaltest du dein Handy aus?«

»Ich war auf dem Friedhof. Bei Frau Axelrath.«

»Bis jetzt?«

»Danach hatte ich eine Besprechung.«

»Am Sonntag? Mit wem?«

»Mit der Polizei.«

»Mit der Polizei?«

»Ja. Mit der Polizei.«

»Ist was passiert?«

»Nein.«

Er wechselt das Thema. »Warst du beim Bridge?«

»Na sicher war ich beim Bridge. Und soll ich dir sagen, was die Leute reden?«

»Ich kann's mir denken. Frau Axelrath ist an gebrochenem Herzen gestorben, weil ihr Mann sie betrogen hat.«

»Genauso ist es, Henry, Liebling. Und willst du auch wissen, wer die *schikse* ist?«

»Ja.«

»Es ist nur eine Vermutung, aber es könnte etwas dran sein.«

»Nu?«

»Die Anwältin. Ihre Vermögensverwalterin.«

»Was du sagst. Woher weißt du das?«

»Frau Levin hat es erzählt, und die weiß es von Frau Rotgold, und die hat die gleiche Putzfrau wie die Axelrath!«

»Dieselbe!«

»Was?«

»Dieselbe Putzfrau! Die gleiche wäre eine, die ihr täuschend ähnlich sieht. Ihre Zwillingsschwester zum Beispiel.«

»Wichtigkeit! Hauptsache, du kannst mich verbessern. Was machst du jetzt?«

»Es ist Sonntag.«

»Und?«

»Tatort.«

»Oj wej, diesen Quatsch muss er sich immer anschauen.«

»Ich lege jetzt auf.«

»Okay. Ist ja nur deine alte, kranke Mom.«

»Schlaf gut.«

»Du auch, Bubele.«

Als er auflegt, hat der Rabbi ein schlechtes Gewissen. Eigentlich hat er gar nicht vor fernzusehen.

»Er will Sie dringend sprechen«, sagt Frau Kimmel, als Henry am nächsten Morgen sein Büro betritt.

»Haben Sie eine Ahnung, um was es gehen könnte?«, fragt er.

»Selbstverständlich habe ich das«, sagt die Sekretärin. Sie kommt näher und flüstert: »Er hat von dem Pferd erfahren. Hausmeister Gablonzer, diese Quatschnase, hat ihm wohl was gesteckt.«

»Und? Was raten Sie mir?«

»Nehmen Sie Ihr Pferd, und reiten Sie eine Attacke!«

Fünf Minuten später betritt Rabbiner Silberbaum gut gelaunt das Büro des Gemeindedirektors Doktor Avram Friedländer. Dieser sitzt mit versteinertem Gesicht hinter seinem Schreibtisch und sagt: »Tür zu, setzen!«

»Aye, Sir!«, sagt der Rabbi fröhlich und geht auf Friedländer zu. Dabei sagt er: »Bevor wir zur Sache kommen, wollte ich Ihnen noch etwas Komisches erzählen: Ich habe seit Neustem ein Pferd!«

Friedländer schnellt mit seiner Rückenlehne nach vorn, sodass er fast auf seinem Schreibtisch landet. Er starrt den Rabbi an, der jetzt entspannt vor ihm sitzt.

»Was Sie sagen! Stellen Sie sich vor, genau darüber wollte ich mit Ihnen sprechen. Sie besitzen ein Pferd! Ein Rabbiner soll ein Pferd haben?«

»Nun, es ist kein gewöhnliches Pferd. Es ist ein Rennpferd, besser gesagt, ein Trabrennpferd. Es hat kürzlich sogar eine tolle Quote eingelaufen.«

Friedländer ist aufgebracht: »Jetzt zocken Sie auch noch? Unser Rabbiner als Zocker! Welche Schande. Wenn das der Zentralrat erfährt, sind wir erledigt. Wie stehe ich da?«

»Ich habe sie geerbt.«

»Wen? Mich?«

»Nein, die Stute. Herr Weisz hat sie mir vererbt. Sie erinnern sich noch an Hugo Weisz?«

Friedländer ist jetzt auf Betriebstemperatur: »Wie könnte ich ihn je vergessen. Hat mir fast täglich Beschwerden gemailt. Er hat Ihnen also sein Pferd vermacht.«

»Exakt.«

»Pferde sind nicht koscher.«

»Sie sollen es auch nicht essen«, sagt der Rabbi gut gelaunt, »und wie bereits erwähnt ist es eine ›Sie‹.«

»Wer?«

»Das Pferd. Es ist eine Stute.«

Der Direktor bissig: »Dann sollten Sie sie heiraten!«

Der Rabbi lässt sich nicht beirren: »Sie heißt ›Josephine M.‹. Haben Sie eine Ahnung, wer damit gemeint sein könnte?«

»Nein. Und es interessiert mich auch nicht!«

»Josephine Mutzenbacher.«

Friedländer verliert langsam die Geduld.

»Kenne ich nicht! Ist sie in der Gemeinde?«

Der Rabbi ist weiter extrem zugewandt.

»Nein. So heißt ein Roman von Felix Salten. Unter Pseudonym. Übrigens ein jüdischer Schriftsteller. Er hat auch ›Bambi‹ geschrieben.«

Der Direktor taut auf. »Bambi! Niedlich. Habe ich meiner Tochter gern vorgelesen.«

»Josephine Mutzenbacher würden Sie ihr sicher nicht gern vorlesen.«

»Warum nicht?«

»Es ist so eine Art frühes *Fifty Shades of Grey*, könnte man sagen.«

Friedländer springt auf. Jetzt hat er offensichtlich genug! »Hören Sie, Silberbaum, Sie werden dieses Tier sofort verkaufen. Und den Erlös erhält die Gemeinde, basta!«

»Das wäre nicht im Sinne von Herrn Weisz.«

»*Weisz-Schmeisz*. Der Mann war ein Querulant, um nicht zu sagen, ein entsetzlicher *nudnik*!«

Der Rabbi ermahnt ihn. »*De mortuis nil nisi bene*, wie der Römer so treffend zu sagen pflegt.«

»Hn?«

»Den Toten soll man nur Gutes nachsagen.«

»So«, sagt Friedländer hintergründig, »und was ist bitte schön mit Hitler?«

»Den kann man nicht mit Hugo Weisz vergleichen. Weisz hat lediglich einige Ihrer Entscheidungen nicht gutgeheißen. Na ja, was heißt ›einige‹? Eigentlich alle!«

Friedländer unterbricht ihn jetzt ruppig.

»Es gibt in der Tat eine Entscheidung, die ich mir übel nehme und mit der ich selbst nicht einverstanden bin: sie angestellt zu haben, Rabbiner Silberbaum!«

»Tja, was lernen wir jetzt daraus?«

»Sie werden diesen verdammten Gaul, diese ›Rosa Luxemburg‹ oder wie sie heißt ...«

»Josephine Mutzenbacher.«

»... verkaufen oder ausstopfen, oder Sie sind gefeuert!«

»Ist das Ihr letztes Wort?«

»Mein vorletztes. Raus!«

Der guten Frau Kimmel ist es nicht vergönnt, die aufgebrachte, etwa fünfzigjährige Frau abzuwimmeln, die im Vorzimmer steht und unbedingt den Rabbi sprechen muss. Miriam Fajner ist soeben aus Tel Aviv eingeflogen, und bevor sie zum Friedhof, geschweige denn zum Haus ihrer Mutter fährt, erscheint sie im Büro des Rabbiners, um ihn zu behelligen. Es vergehen etwa zwanzig angespannte Minuten, in denen Frau Kimmel der Besucherin einen Kaffee serviert, die ihr aufgelöst von der so unglücklichen Ehe der Frau Axelrath berichtet. Die Tochter hat keine Probleme damit, ihren Stiefvater als Hochstapler und Heiratsschwindler zu bezeichnen. Der arme Rabbi Silberbaum, denkt die stoische Sekretärin, muss sich das alles nachher anhören.

Das tut der Rabbi jetzt auch. Aufmerksam sitzt er hinter seinem Schreibtisch, während Miriam Fajner vor ihm im Zimmer herumläuft.

»Glauben Sie ihm kein Wort«, sagt die aufgebrachte Frau, »er ist ein Lügner und Betrüger. Er hatte es von Anfang an nur auf das Geld meiner Mutter abgesehen.«

»War Ihre Mama der gleichen Meinung?«, will der Rabbi wissen.

»Was soll ich sagen? Zu Beginn der Beziehung bestimmt noch nicht. Sie war verliebt. Nachdem mein Vater gestorben war, blieb sie ja längere Zeit Witwe. Aber dann kam er. Es hat sie noch einmal voll erwischt. Max Axelrath war charmant, unterhaltsam. Ein Mann von Welt. Ein erfolgreicher Kunsthändler, so wie es aussah. Er war großzügig, lud sie ein. Man reiste an die Côte d'Azur, Nizza, Monte Carlo, das volle Programm eben.

Er zeigte ihr sogar ein Apartmenthaus an der Croisette in Cannes, in dem er angeblich eine Wohnung besaß. Die wäre allerdings vermietet. Alles fake, wie sich später herausstellte. Das Apartment gehörte schon lange der Bank, die es irgendwann verkaufte.«

»Liebe macht bekanntermaßen blind«, sagt der Rabbi.

»Stimmt. Meine Mutter war über siebzig, aber wollte es noch einmal wissen. Wie das so ist. Sie haben geheiratet. Ich hatte von Anfang an ein mieses Gefühl.«

»Haben Sie das Ihrer Mutter gesagt?«

»Nicht so deutlich, wenn ich ehrlich bin. Ich hatte ein schlechtes Gewissen dabei. Ich wollte nicht, dass sie denkt, ich würde ihr das späte Glück nicht gönnen. Oder ich hätte Angst um das Erbe.« Sie beginnt plötzlich zu weinen und zieht ein Taschentuch hervor. Dabei sagt sie unter Tränen: »Hätte ich nur auf meinen Bauch gehört!

Ich hätte sie warnen sollen. Aber ich hatte ja keine Beweise für sein falsches Spiel. Mein Mann riet mir, mich rauszuhalten. Es ist ihr Leben, sagte er, sie muss damit zurechtkommen. Misch dich nicht ein. Hätte ich nur nicht auf ihn gehört!«

Der Rabbi erhebt sich, während Frau Fajner weiterredet: »Dass er unsere Familie arm gemacht hat, ist eine Sache. Das war die Gutgläubigkeit meiner Mutter. Oder Blödheit, wie Sie wollen.« Und nach einer Pause: »Aber dass er sie auf dem Gewissen hat, werde ich ihm niemals verzeihen!«

Henry geht um seinen Schreibtisch herum, setzt sich auf die Kante. Er sagt: »Also, Ihre Familie ist meiner Kenntnis nach noch immer recht wohlhabend ...«

»Was meinen Sie damit, Herr Rabbiner? Bevor er in das Leben meiner Mutter trat, hatte sie doppelt so viel Geld wie heute. Wo ist es geblieben?«

»Okay«, sagt der Rabbi, »das muss ich nicht wissen, aber die Coronakrise hat überall Spuren hinterlassen. Man sollte Axelrath nicht alles Böse unterstellen. Ihre Mutter war vor knapp drei Wochen in diesem Büro und hat mir von der Absicht erzählt, Deutschland und ihren Mann zu verlassen, um zu Ihnen nach Israel zu gehen. Sie hat gleichzeitig eine Spende von einer Million angekündigt, für eine Ruth-und-Julius-Rosengarten-Bibliothek in dieser Gemeinde. Das macht man nicht, wenn man am Hungertuch nagt.«

»Ich weiß.«

Frau Fajner setzt sich. »*Beseder*«, murmelt sie auf

Hebräisch, »wenn das ihr Wille war. Sie wird es sicher schriftlich fixiert haben. Darin war sie sehr korrekt, sehr *jeckisch*.« Sie lächelt.

Wenn man sich das übertriebene Make-up wegdenkt, ist sie nicht unhübsch, stellt der Rabbi fest. Die Sonne Israels hat ihre Haut gegerbt, aber das steht ihr gut. Er lächelt jetzt ebenfalls, dann wird er ernst. »Sie sagten eben, er habe sie auf dem Gewissen. Könnten Sie das präzisieren?«

»Na ja, ich meine natürlich nicht, dass er sie umgebracht hat, aber die Aufregungen mit ihm waren ihr Untergang, davon bin ich überzeugt. Und deshalb werde ich ihm das Leben zur Hölle machen!«

Der Rabbi steht nun vor Frau Fajner. »Darf ich Ihnen eine Frage stellen, aber das sollte bitte unter uns bleiben.«

Sie nickt. Sie ist verunsichert. Was hat der Rabbi vor?

»Könnten Sie sich vorstellen, einer Obduktion zuzustimmen?«

Sie starrt ihn ungläubig an. »Sie aufschneiden? Gott behüte!«

»Verstehe«, sagt der Rabbi, »vergessen Sie's.«

Aber es scheint an Frau Fajner zu nagen, denn sie fragt nach einer kurzen Pause: »Warum sagen Sie das? Das hat doch einen Grund, oder?«

»Um sicher zu sein, dass Ihre Mutter eines natürlichen Todes gestorben ist.«

Miriam Fajner ist schockiert. »Heißt das, dass ...«

»Nein, das heißt es nicht, aber es geht darum, andere

Ursachen auszuschließen. Zum Beispiel einen Selbstmord.«

»Selbstmord? Meine Mama? Unmöglich. Niemals!«

»Na, dann vergessen wir das.«

»Seien Sie ehrlich. Sie denken an etwas anderes.«

»Wie kommen Sie darauf?«

Miriam Fajner tritt jetzt nah an ihn heran.

»Sie denken an das Gleiche, an das ich jetzt denke. Da bin ich sicher.«

»Okay, Ihr Vater, pardon, Ihr Stiefvater ...«

»Was ist mit ihm?«

»Nun, er hat sich vehement gegen eine Obduktion ausgesprochen. Aus religiösen Motiven. Er war davon überzeugt, dass auch Sie dem nie zustimmen würden.«

Sie schaut ihn mit verweinten Augen an. »Rabbi Silberbaum, ich verlasse mich auf Sie.« Sie setzt sich wieder, während sie weiterspricht: »Wenn Sie der Meinung sind, eine Obduktion wäre notwendig und vom Glauben her vertretbar, dann machen wir das. Wenn es ein schmutziges Geheimnis um den Tod meiner Mutter geben sollte, müssen wir es aufdecken. Das bin ich ihr schuldig!«

Der Rabbi ist bereits zur Tür gelaufen.

»Frau Kimmel! Wir sagen die Beerdigung von Frau Axelrath ab!«

»Wie kannst du es wagen, die religiösen Gefühle deiner Mutter derart zu verletzen!« Max Axelrath läuft ungehalten durch den Salon, während Miriam Fajner gelassen auf der breiten Lehne des Sessels sitzt und ihn unentwegt beobachtet. Sie hat noch nicht einmal ihren Mantel ausgezogen.

»Das ist ein Scheinargument«, sagt sie, »jetzt, wo sie tot ist, interessieren dich plötzlich ihre religiösen Gefühle! Bisher hast du dich nie um ihre religiösen Gefühle geschert. Ganz im Gegenteil.«

Er bleibt stehen, die halb geknotete schwarze Krawatte baumelt um seinen Hals. Er wirkt lächerlich und hilflos.

»Also, das ist doch ...«

Sie steht auf. »Während sie an *Jom Kippur* in der Synagoge war und gefastet hat, bist du mit deiner *schikse* in deinem verschissenen Auto rumgefahren. Und du bist teuer essen gegangen und hast einen Dreck darauf gegeben, wie sie sich fühlt! Du mieser *goj*!«

»Wer behauptet das?«

»Sie hat es mir erzählt! Weinend am Telefon!«

Er steht jetzt direkt vor ihr, wirkt aggressiv. »Hast du einmal darüber nachgedacht, dass sie gelogen haben könnte, hn? Dass alles Einbildung war? Vielleicht war sie nicht mehr ganz klar im Kopf? Erstens habe ich keine *schikse,* und zweitens ... aufgeopfert habe ich mich für sie! Meinst du, es war immer leicht für mich? Deine Mutter war eine kapriziöse und eigensinnige Person. Das weißt du doch am besten.« Er winkt ab und geht aus dem Zimmer.

»Du wirst dir ein neues Zuhause suchen müssen!«, schreit sie ihm hinterher. »Ich werde dich aus meinem Haus werfen!«

Sie hört ihn aus dem Bad rufen: »Das könnte dir so

gefallen. Ich habe lebenslanges Wohnrecht hier. Und darauf bestehe ich!«

Miriam ruft zurück: »Woher weißt du das? Hat dir das deine Geliebte verraten?«

Nach wenigen Sekunden ist Axelrath zurück im Salon. Er bebt vor Wut. »Geliebte? Frau Doktor Siemer? Bist du noch bei Trost?«

»Redest du sie im Bett auch mit Frau Doktor an?«

Er kommt jetzt gefährlich nah an sie heran. »Wie kannst du es wagen! Sie ist die Anwältin deiner Mutter! Und außerdem ihre engste Freundin und ihre Vertraute. Wenn sie nicht wäre, hättest du das gesamte Vermögen schon durchgebracht! Schau dich doch an! Seit es dich gibt, liegst du ihr auf der Tasche! Teures Internat, Studium abgebrochen, ein Geschäft eröffnet, pleitegegangen, tausend Sachen angefangen. Du hast doch nie was zustande gebracht in deinem Leben. Nach Israel hat man dich geschickt, in der Not. Das Hotel haben deine Eltern finanziert. Sogar deinen Ehemann haben sie für dich gekauft, weil dich hier keiner mehr haben wollte. Nachdem du die ganze Stadt schon durchhattest. An deiner Stelle wäre ich ganz leise. Ich bin davon überzeugt, dass du die Ursache ihrer Herzkrankheit warst.«

Sie schaut ihn eiskalt an. »Du hast Mundgeruch«, sagt sie, »das fand Mama immer eklig.«

Chat

»That's pretty weird!«

»Das kann man sagen.«

»Was vermutest du?«

»Es kann alles sein oder nichts. Auf jeden Fall habe ich kein gutes Gefühl dabei.«

»Denkst du an Mord?«

»Perlmann sagt, dass über sechzig Prozent aller Todesfälle Morde im Familienkreis sind, und davon bleiben fast alle unentdeckt.«

»Wahnsinn! Perfekte Verbrechen also.«

»Ja. Weißt du, ich kann mich täuschen, und das wäre furchtbar. Ich setze viel aufs Spiel. Andererseits kann ich nicht gegen mein Gefühl an, und das sagt mir, etwas ist faul im Staate Dänemark.«

»Was hat das mit Dänemark zu tun?«

»Something is rotten in the state of Denmark, Hamlet!«

»Musst du immer mit deinem oberflächlichen Wissen prahlen.«

»Damit kann man Eindruck schinden.«

»Apropos, was macht deine schöne Begleiterin, die vom Friedhof?«

»Sie ist in Israel. Aber wie geht es Mike Schiffbein?«

»Shifrin. Es geht ihm gut, vermutlich.«

»Hat er schon Investoren gefunden für sein Start-up?«

»Weiß ich nicht. Vielleicht willst du da Geld reinstecken?«

»Nicht nötig. Meine Mutter ist mein jüdisches Google. Sie weiß alles über jeden.«

»Darling, sei mir nicht böse, ich muss ins Bett.«

»Und ich muss hoch. Hug.«

»Bye, rabbi!«

4

Ein Tatort in der Taunusanlage. Hinter einem Gebüsch wurde vor einer Stunde eine männliche Leiche entdeckt. Der Fundort ist durch Flatterband weiträumig abgesperrt. Davor, auf einem Spazierweg, stehen der Rabbi und der Kommissar.

»Herr Rabbiner, Sie bringen mich in Teufels Küche«, sagt Berking leise, aber scharf, »wieso haben Sie mich nicht vorher angerufen?«

»Weil Frau Axelrath jetzt bereits unter der Erde liegen würde und eine Exhumierung wesentlich komplizierter gewesen wäre! Verstehen Sie das? Bei Verdacht auf eine Selbsttötung konnte ich ohne religiöse Komplikationen den Beerdigungstermin verschieben. Außer der Tochter weiß niemand von einer Obduktion.«

Der Kommissar ist ziemlich angefasst. »Mann! Wie stellen Sie sich das vor? Ich muss einen Untersuchungsrichter finden, der diesen vagen Einlassungen folgt, einen Staatsanwalt, der ein Verfahren eröffnet und einer Obduktion zustimmt. Dafür muss ich Zeugen vernehmen und Beweise liefern. Das muss wasserdicht sein, wenn die Staatskasse gefragt ist. Da hilft Ihnen ein kaputter Teller nicht viel weiter.«

»Robert«, ruft ein KTU-Beamter im weißen Overall aus dem Hintergrund, »kommst du mal?«

Der Kommissar wendet sich zum Gehen.

»Die Arbeit ruft. Ein Toter hat Sehnsucht nach mir.«

Er will fort, bleibt dann doch stehen und schaut den Rabbi an, der nachdenklich zurückbleibt.

»Ist noch was?«

Der Rabbi schaut ihn an. »Ich übernehme das.«

»Was?«

»Ich zahle die Obduktion. Ich übernehme das Risiko eines Fehlschlags.«

»Sie sind verrückt. Ihr Juden seid alle verrückt!«

Damit geht er zurück auf die Wiese, wo eine Leiche auf ihn wartet.

Doktor Friedländer steht im Büro des Rabbiners, wedelt mit einem Computerausdruck und starrt Henry Silberbaum mit großen Augen an. »Stimmt das?«

»Ich halte es für gegeben, eine Obduktion zu veranlassen. Was ist daran so verwerflich?«

»Herr Silberbaum! Sie sind unser Rabbiner und nicht unser Hausdetektiv! Hören Sie auf mit Ihren Kriminalgeschichten. Ist Ihnen denn nicht klar, was für ein Licht das auf unsere Gemeinde wirft? Bei den Juden wird fröhlich gemordet! Wollen Sie das in der Zeitung lesen? Ich nicht!«

»Es wird nur in der Zeitung stehen, wenn Sie es an die große Glocke hängen. Im Augenblick ist es eine alltägliche Routineuntersuchung, die man immer macht, wenn ...«

»… jemand ermordet wurde«, schreit der Gemeindedirektor dazwischen.

»… wenn fragwürdige Todesumstände geklärt werden
sollten«, spricht der Rabbi ruhig weiter.

»Fragwürdig! Sind Sie noch bei Trost? Die Axelrath
war eine alte Frau mit einem massiven Herzschaden.«

Er fasst sich an die Brust. »Bin auch bald so weit,
wenn Sie mich weiter so behandeln. Erst das Pferd, jetzt
das!«

Er versucht es im Guten. »Henry, mal im Ernst, was
ist für Sie so wichtig an der Sache, hn? Wollen Sie recht
behalten? Ihr Ego pflegen?«

»Im Gegenteil, ich möchte nicht recht behalten, ich
möchte mich irren. Ich möchte, dass Sie in ein paar
Tagen zu mir sagen: ›Ätsch, ich hatte recht. Frau Axelrath ist eines natürlichen Todes gestorben.‹ Und um das
sicher zu wissen, müssen wir …«

»… sie aufschneiden, einen Familienkrieg provozieren
und die Gemeinde in den Dreck ziehen!«

Friedländer ist wieder auf hundertachtzig.

»Vorsicht«, sagte der Rabbi lächelnd, »Ihr Herz.«

Der Direktor hält dem Rabbi den Ausdruck vor die
Nase.

»Und was machen wir bitte schön damit?«

»Was ist das?«

»Die Mail von dieser Rechtsanwältin.«

»Sibylle Siemer. Macht sich nur wichtig.«

»Jedenfalls vertritt sie Axelrath, und der besteht auf
einer Beerdigung, und zwar morgen. Durchgeführt von

Herrn Aronsohn, ansonsten droht sie mit einer einstweiligen Verfügung.«

»Die kann sie sich sonst wo hinstecken. Wir kriegen einen Beschluss von der Staatsanwaltschaft. Ich habe das angeleiert.«

Friedländer droht mit dem Finger: »Ich schwöre Ihnen, wenn das schiefgeht, dann ...«

»... soll meine Ernte verdorren!«

»Dann sind Sie gefeuert. Endgültig!«

Damit verlässt er das Büro.

Berking ist nicht amüsiert. Mordopfer im Anlagenring, und er muss sich mit einem angeblichen Verbrechen an einer alten Millionärin befassen! Das hat ihm nun dieser seltsame Rabbiner eingebrockt, der es wohl nicht ertragen kann, unrecht zu haben.

Der Kommissar sitzt an seinem Schreibtisch. Vor ihm eine Mail der Kanzlei Siemer mit der Aufforderung, die Ermittlungen einzustellen und den Leichnam der Frau Axelrath freizugeben. Er müsste nur einen kurzen Anruf tätigen und hätte ein Problem weniger. Er starrt auf das Telefon, dann auf den nervösen, unauffälligen Mann, der vor ihm sitzt und wartet und wartet.

»Herr Kommissar«, sagt der Mann unsicher und schaut auf seine Armbanduhr.

Der Kommissar sagt: »Also, Herr Doktor Braun. Wie war das genau?«

»Ich wurde gegen halb neun Uhr vorgestern früh zum Haus der Axelraths gerufen.«

»Wer hat Sie angerufen?«

»Eine Frau Siemer.«

»Sie kennen diese Frau?«

»Nein, wie kommen Sie darauf?«

»Nur so. Routinefrage.«

»Sie wurde durchgestellt. Ich fuhr in die August-Sie-bert-Straße und ...«

»Sie hatten ärztlichen Notdienst, richtig?«

»Ja. Wenn ein Notruf reinkommt, wird er an mich weitergeleitet.«

»Nur an Sie?«

»Nein, wir sind mehrere Kollegen, aber ich war der Einzige, der nicht auf einem Notarztwagen saß, und da die Frau bereits länger tot war, lag kein akuter Notfall vor, und deshalb hat man mich gerufen.«

»Verstehe. Was geschah dann?«

»Ich kam ins Haus und fand die Tote in ihrem Bett liegend. Hier die Auffindesituation.« Er zeigt dem Kommissar Fotos von seinem Handy. Berking betrachtet sie aufmerksam.

»Könnten Sie mir die schicken? Per Mail, bitte.«

Er gibt ihm eine Visitenkarte.

»Gern.«

»Wie ging es weiter?«

»Ich habe die Frau untersucht und den Tod festgestellt, der meiner Einschätzung nach vor plus minus fünf Stunden eingetreten war.«

»Sie haben die Frau selbstverständlich auch ausgezogen.«

»Nein. Wie kommen Sie darauf?«

»Doktor, auf jedem Leichenschauschein bestätigt der Aussteller, dass er den unbekleideten Leichnam nach Auffälligkeiten untersucht hat und nichts dergleichen feststellen konnte. Richtig?«

»Stimmt, ja. Zugegeben, ich habe die Frau nicht näher untersucht und den L-Schein unterschrieben, so wie es tausend Kollegen jeden Tag in Deutschland tun, wenn die Todesursache eindeutig ist.«

»Die war also für Sie eindeutig.«

»Jawohl, es gibt keinen Zweifel daran, dass die Frau an einem akuten Herzversagen verstorben ist. Schließlich war sie eine Angina-Pectoris-Patientin.«

»Woher wussten Sie das?«

»Hat mir der Ehemann gesagt.«

»Das kann er erfunden haben.«

»Verzeihen Sie, aber das ist Haarspalterei. Die Frau war herzkrank.«

»Woraus haben Sie das geschlossen?«

»Aus den Tabletten, die ich gefunden habe.«

»Die kann man nach ihrem Tod dazugelegt haben, um Sie zu täuschen.«

Der Arzt ist jetzt sauer: »Herr Kommissar, ich habe schon einige Tote in meinem Leben gesehen…«

»Ich auch, Doktor, und jeder sieht anders aus.«

»Stimmt. Aber in diesem Fall war eindeutig zu erkennen, dass die Frau noch versucht hat, an ihre Tabletten zu kommen.«

»Oder an ihr Nitrospray?««

Der Kommissar hält ein Medikament hoch.

»Woher haben Sie das?«

»Es lag unter dem Bett. Auf dem Boden.«

»Na, sehen Sie«, sagt der Arzt siegesbewusst.

Berking zeigt auf ein Briefchen mit rosa Kapseln, das auf seinem Schreibtisch liegt. »Sind das die Medikamente?«

»Genau, ein Betablocker. Den musste sie täglich dreimal nehmen, sagt ihr Mann. Und Diazepam zur Nacht. Lag auf dem Boden.«

»Ich weiß, auch ein Teller ist zu Bruch gegangen ...«

»Genau.«

»Sie hatten keinen Verdacht, dass ein Kampf vorausgegangen und die Frau eines unnatürlichen Todes gestorben sein könnte?«

»Nein. Haben Sie mich deshalb hierher bestellt?«

»Die Tochter der Toten hat uns gebeten abzusichern, dass ein Selbstmord ausgeschlossen werden kann.«

»Völlig ausgeschlossen.«

»Und ein Mord?«

Braun ist fassungslos. »Wie kommen Sie darauf?«

»Wir sind die Mordkommission. Da ist das keine ungewöhnliche Frage.«

»Nein, aus meiner ärztlichen Sicht war es zweifelsfrei eine natürliche Ursache, die zum Tod der Frau geführt hat.«

Der Notarzt schaut wieder auf seine Uhr. »Darf ich jetzt gehen? Ich habe bald wieder Notdienst.«

Berking erhebt sich und gibt dem Arzt die Hand.

»Auf Wiedersehen, Herr Doktor, haben Sie vielen Dank für Ihre Hilfe. Und denken Sie an die Fotos.«

Während der Mann das Zimmer verlässt, greift der Kommissar zum Telefon.

Es ist kurz vor Mitternacht, als sich eine alles andere als homogene Gruppe von Menschen im Büro von Doktor Thomas Teichert einfindet. Der aschblonde, rotgesichtige, kräftige Staatsanwalt scheint ungnädig. Zuerst kam ihm dieser seiner Meinung nach jeder Grundlage entbehrende Antrag auf Leichenöffnung auf den Schreibtisch, wobei er den Eindruck hatte, als sei der sonst stets besonnene PHK Berking ein Getriebener. Angestachelt von einem ehrgeizigen Schönling, der sich in der Rolle eines investigativen Gelehrten gut gefällt. Dazu eine hysterische Frau aus Israel, die aus dem zweifellos tragischen, aber durchaus nicht ungewöhnlichen Tod ihrer alten Mutter ein Kapitalverbrechen machen möchte. Dagegen stehen eine unerbittliche Anwältin aus einer Edelkanzlei und ihr Mandant, der überforderte Witwer, der sich trotz seines Alters wie ein störrisches Kind benimmt.

»Ruhe!« Der Staatsanwalt schlägt mit der flachen Hand auf seinen Schreibtisch. Dabei schaut er reihum zu den aufgebrachten Besuchern, die vor ihm stehen. »Frau Siemer, wenn ich Sie richtig verstanden habe, drohen Sie mir im Fall der Genehmigung einer Obduktion eine einstweilige Verfügung sowie eine Dienstaufsichtsbeschwerde an. Habe ich das so richtig verstanden?«

Die attraktive Anwältin löst sich aus der Gruppe und tritt an den Schreibtisch. »Ja, diese Schritte sind anwaltlich vorgesehen, Herr Staatsanwalt.«

Teichert zeigt ein Raubtierlächeln. »Warum wehrt sich Ihre Mandantschaft so vehement gegen eine Leichenöffnung?«

»Herr Axelrath ist davon überzeugt, dass es nicht im Sinne der Verstorbenen ist, die jüdisch und religiös war. In ihrer Religion ist das Öffnen von Leichen ein Frevel.«

»Unsinn.« Der Rabbi will dazwischen. »Das ist vorgeschoben und …«

Teichert unterbricht. »Herr Rabbiner! Auch wenn es nicht so aussieht, aber das hier ist nichts anderes als ein Feststellungsverfahren, bei dem geklärt werden muss, ob es ein öffentliches Interesse an einer weiteren Verfolgung gibt. Und bei solch einem Verfahren herrschen die gleichen Regeln wie in einem Gerichtssaal. Mäßigen Sie sich also bitte.«

Damit wendet er sich wieder an die Rechtsanwältin. »Frau Siemer, die religiös begründeten Einwände von Herrn Axelrath sind ehrenhaft, aber nicht justiziabel. Das muss Ihnen klar sein, oder? Wir erlauben auch Bluttransfusionen bei Zeugen Jehovas, wenn es Leben retten kann. Wissen Sie, wie viele Tote muslimischen Glaubens in diesem Land obduziert werden, obwohl es auch da religiöse Gebote gibt? Hier herrscht weder die Scharia noch die Tora und auch nicht das Kamasutra oder wie das heißt. Es geht einzig und allein um die Wahrheitsfindung. Können Sie mir folgen, werte Kollegin?«

»Da bin ich ganz bei Ihnen, Herr Staatsanwalt, aber hier handelt es sich um eine überflüssige, willkürliche Aktion, ja um puren Aktionismus zum Nachteil meiner Mandantschaft.«

»Nachteil? Das verstehe ich jetzt nicht. Ist es nicht auch in Ihrem Interesse herauszufinden, ob Frau Axelrath eines natürlichen Todes gestorben ist oder ob sie Selbstmord begangen hat?«

»Selbstmord!« Herr Axelrath ist aufgebracht. »Das ist doch … darf ich mich setzen?«

Teichert nickt.

Die Anwältin führt Axelrath zu einem Stuhl, auf den er sich fallen lässt.

»Möchten Sie ein Glas Wasser?«, fragt der Staatsanwalt. Axelrath schüttelt stumm den Kopf.

»Herr Staatsanwalt«, schaltet sich die Anwältin wieder ein, »ich war nicht nur die Anwältin, Rechtsberaterin und Vermögensverwalterin der Verstorbenen, ich war auch ihre Vertraute, um nicht zu sagen, ihre Freundin!«

»Freundin! Pfff!« Miriam Fajner schaut angeekelt, aber Frau Siemer lässt sich nicht beirren. »Ich konnte niemals bei unseren Gesprächen auch nur andeutungsweise so etwas wie Lebensverdruss oder Suizidgedanken heraushören. Und glauben Sie mir, ich bin einfühlsam. Ruth Axelrath war trotz ihres Alters eine aktive Frau, wir haben einige Reisen miteinander unternommen.«

»Ja«, ruft Miriam, »Sie haben ihre Großzügigkeit ausgenutzt und Shoppingtouren und teure Vergnügungsreisen gemacht!«

Frau Siemer lächelt böse. »Wir haben zusammen Auschwitz besucht. Das zum Thema Vergnügen!«

Der Rabbi zieht Miriam zur Seite und flüstert: »Bleiben Sie ruhig. *Verkacken* Sie es nicht, Frau Fajner!«

Jetzt wird Berking unruhig. »Herr Teichert, können wir jetzt zu einem Beschluss kommen? Es ist nach Mitternacht, und auf mich warten noch einige ungelöste Fälle.«

»Sie sind ja witzig, Herr Berking! Sie haben mir doch die Sache angeschleppt. Verzichten Sie auf die Obduktion, und wir können alle nach Hause gehen!« Er wedelt mit der Todesbescheinigung. »Zumal der Notarzt eindeutig den natürlichen Tod der Frau festgestellt hat. Die Fotos haben mich im Übrigen nicht vom Gegenteil überzeugt.«

»So eindeutig ist es leider nicht«, sagt jetzt der Rabbi, »es gibt Verdachtsmomente, die auch auf einen unnatürlichen Tod hinweisen könnten.«

»Sie haben zu viele Kriminalfilme gesehen«, geht jetzt Frau Siemer dazwischen.

»Genau«, sagt Henry, »deshalb bin ich besonders aufmerksam und, wie sagten Sie eben so treffend, einfühlsam.«

»Meine Herrschaften«, ist jetzt die laute Stimme des Staatsanwalts zu vernehmen, »kommen wir zum Schluss. Nach eingehender Prüfung kann ich einem Antrag auf Leichenöffnung nicht nachkommen.«

Berking und Henry schauen sich an. Der Rabbi will noch etwas einwenden, während Teichert weiterredet. »Es gibt nach Ansicht der Staatsanwaltschaft keine zwingenden Verdachtsmomente, die auf etwas anderes als einen natürlichen Tod hinweisen. Herr Berking hat den Notarzt persönlich einvernommen, ohne gerichtsrelevantes Ergebnis. Entspricht das den Tatsachen?«

»Nicht ganz.« Berking will damit kontern, dass der Arzt die Tote nicht entkleidet hat, wie es eigentlich Vorschrift ist, aber Teichert lässt auch diesen Einwand nicht gelten. »Wenn Sie zum Beispiel ein Auto mieten, müssen Sie sich auch vom ordnungsgemäßen Zustand überzeugen, aber wer tut das schon, wenn offensichtlich ist, dass der Wagen vier Räder hat. Ius communis. Im Fall von Frau Axelrath vertraue ich der Erfahrung des Arztes, Punktum!« Mit diesen Worten klappt er die Akte demonstrativ zu.

Frau Siemer lächelt triumphierend und legt Axelrath mit fürsorglicher Geste die Hand auf die Schulter.

Teichert hat sich erhoben. »Der Leichnam ist freigegeben! Der Beschluss geht Ihnen morgen zu. Gute Nacht, allerseits.«

Axelrath scheint erleichtert. »Danke«, sagt er leise, »jetzt kommt meine Ruth endlich zur Ruhe.«

»Heuchler«, giftet Frau Fajner ihn an.

Während der Staatsanwalt seine Unterlagen zusammenlegt und Berking schon im Begriff ist, das Büro zu verlassen, sagt der Rabbi plötzlich: »Einen Augenblick, bitte. Ich beantrage, dass die Tote nach Israel überführt und dort begraben wird.«

Miriam Fajner ist wie elektrisiert. Henry Silberbaum ist ein Genie! »Ja, natürlich!«

»Das war ihr persönlicher Wunsch«, fährt der Rabbi

fort, »den sie mir bei unserer letzten Begegnung mitgeteilt hat.«

»Unmöglich!« Axelrath ist aufgesprungen, sein Schwächeanfall ist offensichtlich vorüber. »Davon hat sie mir gegenüber niemals etwas erwähnt!«

Miriam geht auf ihn zu. »Sie hat mit dir über so manches nicht gesprochen!«

Teichert schaut den Rabbiner an. »Könnten Sie das beeiden?«

»Jederzeit. Sie hat mir bei unserem letzten Gespräch mitgeteilt, dass sie die Absicht hat, nach Israel zu ihrer Tochter zu gehen und dort auch zu sterben.«

Die Anwältin ist aufgebracht. »Das wird ja immer schöner. Ich weiß davon nichts.«

»Das hatte vielleicht Gründe«, zischt Miriam ihr zu.

Teichert bittet noch einmal um Ruhe, dann sagt er: »Frau Siemer, Herr Axelrath, was ist dagegen zu sagen, diesen Wunsch der Verstorbenen zu respektieren? Viele prominente Mitglieder der Frankfurter Jüdischen Gemeinde liegen dort. Der ehemalige Vorsitzende Herr Bubis zum Beispiel auch.«

Und der Rabbi meint: »Ja. Es ist der Wunsch eines jeden religiösen Juden auf der Welt, in der Erde von *Erez Israel* begraben zu werden. Meiner übrigens auch.«

»Ich bestehe darauf, dass meine Mutter in Israel begraben wird«, sagt die Tochter jetzt laut und vernehmlich, »oder hast du etwas dagegen?«

Axelrath ist sprachlos und schaut Miriam nur wütend an.

Als Frau Siemer etwas sagen will, hält er sie zurück.

»Dann ist dagegen von juristischer Seite nichts einzuwenden«, sagt der Staatsanwalt, »vorausgesetzt, es werden die gesetzlichen Ausführungsbestimmungen für Verstorbene angewendet.«

Grußlos verlässt Axelrath rasch das Büro, gefolgt von seiner Anwältin.

Der Smart hält nach flotter Fahrt vor dem Hotel »Interconti«. Ein Portier öffnet die Tür, und Miriam Fajner schält sich aus dem Wagen. Der Rabbi ist auf die Beifahrerseite gekommen und verabschiedet sich. Er gibt Miriam die Hand.

»Machen Sie sich keine Sorgen, wir kümmern uns. Wenn wir das als Gemeinde bei der *El-Al* veranlassen, ist mehr Druck dahinter. Vielleicht kriegen wir sie in die Maschine, mit der Sie nach Hause fliegen.«

Sie umarmt den Rabbi und gibt ihm ein Küsschen auf die Wange. »*Toda raba*, Rabbi Silberbaum, Sie waren eine große Hilfe.«

»Gern geschehen. *Leila tow*.«

Sie winkt ihm noch einmal zu, ehe sie in der Lobby verschwindet.

Chat

»Ich habe Sehnsucht nach New York.«

»Das verstehe ich. Frankfurt tut dir nicht gut.«

»Nein, das ist es nicht. Aber mein Leben ist anstrengend.«

»Selbst schuld, wenn du dich in alles einmischt. Wie heißt das 11. Gebot: You shouldn't mix in!«

»Soll ich einen Mord ignorieren?«

»Mord! Henry, mal ehrlich, das sind doch ... ravings, wie sagt man?«

»Hirngespinste.«

»What a stupid word!«

»Darling, ich kann nicht schweigen, wenn ich mit der Nase auf etwas Ungerechtes stoße. Es ist doch so offensichtlich, dass die Sache stinkt. Eine Millionärin heiratet einen armen Schlucker und stirbt dann. What a coincident.«

»What's wrong? Wenn es umgekehrt wäre, würde niemand aufschreien, oder? Wie viele alte jüdische kacker gibt es hier, die ihre russische Putzfrau heiraten und dann wegsterben. Fucked to death!«

»Ich liebe deine Unmittelbarkeit.«

»Aber so ist es doch, sweetie, that's the prize you have to pay! Nobody cares, nur der aufrechte Rabbi Silberbaum ist pikiert.«

»Ich bin nicht pikiert, meinetwegen kann Herr Axelrath machen, was er will, jeden Abend eine schikse mit nach Hause nehmen oder im Casino sein Geld verbrennen ...«

»Na, siehst du, du wirst vernünftig!«

»... aber bei Mord hört der Spaß auf!«

»Unverbesserlich! Bye, rabbi!«

5

Der Unterricht ist beendet, die Kinder verlassen lärmend den Klassenraum. Der Rabbi folgt ihnen. Als Henry die Treppe hochgehen will, kommt ihm Doktor Perlmann entgegen.

»Du wolltest mich sehen?«, sagt der Arzt.

»Genau. Wir müssen was besprechen.«

»Die Kimmel sagt, du hast gleich einen Termin mit der Simon. Läuft da was?«

»Quatsch!«

»Sie ist eine Granate.«

»Das ist wahr, aber sie nervt.«

»Ich wünschte, sie würde mich nerven«, sagt der Doktor wehmütig.

»Feel free«, meint der Rabbi, »komm, wir gehen was essen.«

Das Restaurant im Erdgeschoss des Gemeindezentrums ist gut besucht. Nachdem der Rabbi auf dem Weg zu seinem Tisch mit einigen anderen Gästen ein paar Worte gesprochen hat, setzt er sich zu Perlmann, der bereits die Speisekarte vor sich hat. Der immer schlecht gelaunte Wirt kommt, setzt sich. Henry spricht stets Jiddisch mit ihm:

112

»A giten tug, Abramowitsch, wus hert sech?«[*], fragt der Rabbiner freundlich.

»Wus soll ich sugen, Rebbe? Dus leben is nicht ka mechaje.«

»Ach wus! Dus leben is a spaß!«

»Efscher fir euch!«

»Sennen doch du a sach menschn.«

»Schojn. Zwa schu bei a glejsel tei. Jenne parnuße!«

»Nu, wus hot ihr zu kwetschen? Tomer ihr wolt geblibn in Russland? Is es gewejn besser dortn?«

»Dortn hot kejner nisch gehabt eppes. Hier halten di menschn di nus hojch in trachten nor far sech.«

Der Wirt erhebt sich.

»Nu, wus wolt ihr esn?«

Perlmann zeigt auf die Karte. »Ich nehme das Suppenfleisch. Aber ohne Karotten und statt Püree Salzkartoffeln, aber kein Schnittlauch drauf.«

»Fleisch nehmt ihr, jo?«, sagt Abramowitsch aggressiv. »Und Ihr, *Rebbe?«*

»Lokschn mit joëch. A kleine portie – in heiß!«

»Nein, kalt werd ich sie bringen. *Wenn alle mein gest gewollt sein wie ihr, wolt ich gewejn schojn lang bankrott.«*

Der Wirt geht. Perlmann sagt leise: »Also, du hast sie außer Landes geschafft!«

»Wie sich das anhört! Außerdem liegt sie noch am Flughafen.«

Perlmann ist skeptisch: »Axelrath kann immer noch Einspruch erheben.«

---

[*] Übersetzung im Glossar auf Seite 283

»Das wird er nicht tun.« Da ist der Rabbi sicher. »Schließlich ist es ein Gebot, sich in Israel begraben zu lassen. Erst pocht er auf die Religiosität seiner Frau, dann will er ihr nicht das letzte Vergnügen gönnen?«

Der Doktor lacht.

»Genau das war der Trick«, sagt Henry schmunzelnd.

»Trick? Was für ein Trick?«, fragt Perlmann.

»Wir werden sie obduzieren lassen!«

Perlmann reißt die Augen auf. »Hä? Wir? Obduzieren? Bist du *meschugge*?«

»Bei Leo Bialistok in Tel Aviv. Und du wirst mir dabei helfen?«

»Ich? Wieso ich?«

»Du bist der Doktor.«

»Wie soll ich das begründen?«

»Das werde ich dir sagen. Dein Name steht als Hausarzt auf dem Totenschein. Du musst dich absichern, dass alles okay ist.« Der Rabbi ist mit seinem Argument zufrieden.

Perlmann nicht. »Das klingt irgendwie fadenscheinig.«

»Das ist es auch. Dann sag halt, du hast die Vermutung, Frau Axelrath habe Selbstmord verübt. Punkt.«

Perlmann wird sauer: »Warum lasse ich sie dann hier nicht aufschneiden, hä?«

»Hier glaubt dir keiner.«

»Mit Recht! Henry! Wann hörst du auf mit deinen Mutmaßungen? Die Frau hatte eine verdammte Herzinsuffizienz und ist an einem akuten Herzversagen gestorben. Du hast doch das Nitrospray unter dem Bett gesehen?«

»Vielleicht hat es jemand dort platziert.«

Der Wirt kommt, stellt lieblos Wasser und Gläser auf den Tisch, wirft das Besteck hinterher. Kaum ist Abramowitsch gegangen, legt Perlmann los: »Oho, eine Verschwörung!«

»Nein, Mord!«

»Mord! Du bist ein Besessener!«

Der Rabbi bleibt gelassen. »Marek! Hör mir zu. Du musst es ja nicht glauben, aber tu mir einen Gefallen, stell keine überflüssigen Fragen, und ruf Leo an. Zur Not müssen wir hinfahren.«

»Hinfahren? Wir?«

Das Telefon des Rabbis klingelt. *»Jidel mit 'n fidel...«* Der Rabbi geht ran. »Ja?... Wo ich bin? Sind Sie meine Mutter?... Das ist doch großartig. Gut gemacht, Frau Kimmel, danke... Sagen Sie ihr, bin gleich da.«

Er beendet das Gespräch. »Super! Morgen fliegt Frau Axelrath mit ihrer Tochter nach Tel Aviv. Um 16.15 Uhr Ortszeit landet sie. Ruf Leo an. Er soll sie in Empfang nehmen.«

Der Doktor kaut nervös auf einem Stück Mohnzopf. Dabei murmelt er: »Du sagtest eben was von hinfahren.«

Der Rabbi klärt das auf: »Nur falls Leo zickt, was ich nicht glaube.«

Perlmann schwitzt. »Eine Obduktion ist eine Obduktion. Das ist ein offizieller Vorgang.«

»Eben«, sagt der Rabbi, »deshalb müssen wir vorbereitet sein.«

»Du sagst immer ›wir‹. Ich habe einen Ruf zu verlieren.«

Der Rabbi lacht. »Der war gut! Sag mal, hast du ihr die Medikamente verschrieben?«

»Nein.«

»Warum nicht?«

»Axelrath rief mich irgendwann an und meinte, seine Frau habe den Eindruck, dass ich kein Herzspezialist sei. Sie habe jetzt einen Kardiologen, der sei ihr empfohlen worden. Ich sei zwar kompetent, aber eben nur Allgemeinmediziner. Das hat mich ziemlich gekränkt.«

Der Rabbi nickt vor sich hin.

»Passt. Rufst du Leo an?«

»Ich?«

»Wer sonst? Bin ich Arzt?«

Perlmann tupft sich mit einer Serviette die Stirn. »Du bringst mich in Teufels Küche«, murmelt er.

»Apropos«, sagt der Rabbi und zeigt zu Abramowitsch, der zwei Teller jongliert.

»Das Essen kommt.«

Als der Rabbi das Vorzimmer betritt, hört er aus seinem Büro ein schrilles Lachen. Frau Kimmel und Esther Simon sitzen zusammen und scheinen sich prächtig zu amüsieren. Henry grüßt fahrig und setzt sich hinter seinen Schreibtisch. Frau Kimmel verlässt das Büro, schließt die Tür hinter sich. Frau Simon hat sich erhoben und legt dem Rabbi feierlich ein kleines, hübsch eingewickeltes Päckchen vor die Nase. »Hier, für Sie. Ein Souvenir aus Israel.«

Der Rabbi bedankt sich brav und öffnet das Geschenk, während er fragt: »Wie war's denn?«

»Schön. Und informativ.«

Ein kleines Etui kommt zum Vorschein.

»Was ist das? Unsere Verlobungsringe?«

Esther Simon lächelt, aber sagt nichts. Der Rabbi öffnet das Etui und stößt einen Pfiff aus. Er hält eine antike römische Münze in der Hand. Esther klärt ihn auf: »Sie ist über zweitausend Jahre alt. Vielleicht hat Jesus sie sogar einmal in der Hand gehabt.«

»Donnerwetter, Esther, vielen Dank.«

Er schaut sich die Münze näher an.

»Was haben Sie dafür bezahlt? Wenn ich fragen darf …«

»Rabbi!« Sie ist enttäuscht. »Es ist ein Geschenk!«

»Okay«, sagt er daraufhin, »aber ich befürchte, Jesus hat die nie berührt. Die hat niemand berührt aus dieser Zeit. Sie ist eine Fälschung.«

Frau Simon ist geplättet. »Sind Sie sicher? Und was ist mit der Patina?«

»Farbe. Hier, sehen Sie …« Er kratzt an der Münze.

Esther hat Tränen in den Augen.

»In welchem Laden wurde sie gekauft?«

»In keinem Laden«, sagt sie wütend, »es war ein Typ. In Ostjerusalem. Er sprach mich an, er war bei Ausgrabungen dabei und hat sie heimlich auf die Seite geschafft. Sagte er jedenfalls.«

Der Rabbi hat sich erhoben, nimmt Frau Simon in die Arme.

»Esther! Ist gut. Ich freue mich doch, dass Sie an mich gedacht haben. Und auch wenn sie unecht ist, ist sie ja als Geschenk echt.«

Die Frau strahlt den Rabbi an.

»So, nun muss ich aber wieder…« Er geht zur Tür, will sie öffnen.

»Der Aufenthalt in Israel hat etwas in mir bewirkt«, sagt sie plötzlich. »Ich will Jüdin werden. Ich will konvertieren!«

»Nicht nötig, Ihre Mutter ist Jüdin! Sie sind nach dem *halachischen* Gesetz Jüdin. Sie brauchen nicht zu konvertieren.«

»Wieso nicht?«

»In der Bibel ist die Abstammung noch patrilinear, das heißt, wer den Samen gibt, bestimmt über die Zugehörigkeit des Kindes. Im Lauf der Jahrhunderte sind aber die gelehrten Rabbiner zu der pragmatischen Einsicht gelangt, dass bei einer Geburt nur eines sicher ist: dass die Mutter wirklich die Mutter ist. Die Römer nannten das ziemlich weise: *Pater semper incertus est*, der Vater ist immer unbekannt! Und da die *Mischna*, also die religionsgesetzliche Basis des *Talmuds*, diesen Gedanken übernimmt, ist nach dem *halachischen* Recht, also der Auslegung der Gesetze, heute allein die matrilineare Abstammung verbindlich.«

»Dann bin ich tatsächlich Jüdin?« Esther ist überrascht.

»Jein«, sagt der Rabbi daraufhin, »die meisten Gemeinden haben da noch Vorbehalte. Danach muss die Mutter bei der Geburt gläubig gewesen sein, sprich, regelmäßig in die *mikwe*, also ins Tauchbad, gegangen sein, einen *koscheren* Haushalt geführt haben, die Segenssprüche und

Gebete kennen und so weiter. Liberale Gemeinden sehen das nicht so eng. Hier ist die Voraussetzung, dass das Kind jüdisch erzogen wird und sich im Judentum auskennt.«

»Sie sind doch liberal!« Sie läuft um den Schreibtisch und drückt den verdutzten Rabbiner an sich.

»Bring mir alles bei, Henry, bitte!«

Sie küsst ihn auf den Mund. Dann sagt sie: »Sag ›Esther‹ zu mir!«

Der Rabbi versucht sich frei zu machen. »Esther! Bitte nicht Liberalität mit Libertinage verwechseln.«

Er schiebt sie freundlich von sich. In diesem Moment betritt Frau Kimmel mit einem Brief den Raum. »Oh«, sagt sie.

»Kein Grund zur Veranlassung«, meint der Rabbi, »nicht, was Sie denken. Frau Simon hat nur ihr Judentum entdeckt!«

»Ich hatte den Eindruck, sie wollte gerade Ihres entdecken«, bemerkt die Sekretärin scharfzüngig.

Esther hat sich vom Rabbi gelöst und geht zur Tür. »Rabbi, wann beginnen wir mit dem Unterricht?«, fragt sie naiv.

»Welcher Unterricht?« Der Rabbi unterschreibt den Brief, den ihm Frau Kimmel vorlegt.

»Du hast gerade gesagt, dass ich die Religion kennen muss, um eine anerkannte Jüdin zu werden. Außerdem brauche ich das für meinen Job. Geht doch nicht, dass ich die Einzige im Heim bin, die keine Ahnung hat.«

»Raus jetzt«, ruft der Rabbi augenzwinkernd, »die *chuzpe* einer waschechten Jüdin hast du jetzt schon!«

119

Es ist fast zehn Uhr abends, als Henry Silberbaum die Bar des Interconti betritt. Nach wenigen Sekunden hat er sich an das schummrige Licht gewöhnt und Miriam Fajner entdeckt, die in einer Ecke sitzt. Nach einer kurzen Begrüßung legt sie gleich los: »Rabbi, ich brauche noch einmal Ihre Hilfe. Man will mich reinlegen. Ich wollte einen Erbschein beantragen, aber wurde abgewiesen. Angeblich gibt es ein Vermächtnis meiner Mutter, in dem sie ankündigt, dass sie ihr gesamtes Vermögen in eine Stiftung überführen wird. Die Siemer sei die Testamentsvollstreckerin und wird die Stiftung leiten.«

»Passt«, sagt der Rabbi und nickt nachdenklich, während Miriam Fajner ihren Bourbon in einem Zug leert und dann weiterredet: »Ich habe keinen Zugriff auf ihre Konten. Die Villa ist dem Vermögen zugeschlagen und das Haus in der Kaiserstraße ebenfalls. Und jetzt kommt der Hammer: Sogar mein Hotel! Auch keine Rede mehr von der Spende an die Jüdische Gemeinde. Was sagen Sie jetzt?«

»Ich bin nicht überrascht«, sagt der Rabbi, »ich habe schon seit dem Besuch Ihrer Mama ein ungutes Gefühl.«

»*Emmes?*«

»*Emmes*. Sie erzählte mir, dass sie vorhabe, eine neue Verfügung zu unterschreiben, und ich dachte noch, besser, sie eilt sich damit. Sie wollte festlegen, dass Sie das gesamte Vermögen bekommen und Axelrath ein Wohnrecht in der Villa haben sollte. Aber keinen Zugriff mehr auf die Konten. Eine Million sollte die Gemeinde erhalten für die Bibliothek. Das wissen Sie ja.«

Miriam beginnt zu weinen. Er legt seine Hand auf ihren Arm.

»Ich weine aus Wut, Rabbi, nicht aus Traurigkeit. Was kann man tun gegen diese Ungerechtigkeit, gegen diesen ... Raub?«

Henry Silberbaum zückt sein Smartphone, sucht nach einer Nummer und sagt dabei: »Es gibt nur einen, der Ihnen helfen kann, aber machen Sie sich auf etwas gefasst!«

Dann drückt er auf »Anrufen«.

Eine halbe Stunde später tasten sich Henry und Frau Fajner vorsichtig durch den unbeleuchteten Garten vor einer großen und ziemlich heruntergekommenen Villa am Sachsenhäuser Berg. Überall Gartengeräte, Schläuche, riesige Übertöpfe, Kinderspielzeug, ein Grill, Plastikmöbel, die Reste einer Hollywoodschaukel. Vier Stufen führen zu einer Haustür. Der Rabbi zieht an der alten, verwitterten Klingel, neben der ein unleserlicher Name zu sehen ist. Man hört keinen Ton. Der Rabbi klopft jetzt an die Tür, und von drinnen hört man ein mürrisches »Ja, ja!«. Ein fahles Flurlicht ist jetzt durch die verstaubte Milchglasscheibe zu erkennen, dann wird die Tür geöffnet. Ein korpulenter Riese von fast zwei Metern füllt den Eingang aus! Über seinem dicken Bauch ist ein üppig verzierter chinesischer Hausmantel ungeschickt verknotet. Vor den beiden steht Rafael, genannt »Rafi«, Reichenberger.

»*Schalom, schalom*«, sagt er, dreht sich um und geht los.

Die beiden Besucher folgen. Miriam kann es nicht glauben. So etwas hat sie noch nie gesehen. Jedes Zimmer ist voll mit asiatischer und afrikanischer Kunst, Bilder stehen hintereinander angelehnt an Wänden und vor exotischen Möbeln, die Wände sind gepflastert mit Bildern bis unter die stuckverzierten Decken.

»Petersburger Hängung«, nennt das der Gastgeber launig. Drucke, Lithos, Ölschinken.

Ein viel zu ausladender Kronleuchter hängt über einem riesigen Tisch im Speisezimmer, an dem etwa zwölf Personen Platz hätten, an welchem aber zwanzig unterschiedliche Stühle eng beieinanderstehen.

Rafi schlurft in seinen Filzschlappen durch die geöffnete Schiebtür in den Salon, der ebenso vollgestopft ist mit Möbeln, Bildern, Stehlampen, Bücherregalen, afrikanischen Holzstatuen und asiatischen Raubtieren aus Porzellan in Originalgröße. Er wirft sich im Erker neben einem meterhohen, dschungelartigen Gewächs stöhnend in einen Sessel von immenser Größe, während sich seine Gäste auf einem Hocker und einem Sitzkissen niederlassen müssen. Bevor überhaupt ein weiteres Wort gefallen ist, greift der Riese nach einer erkalteten Zigarre, die in einem Aschenbecher liegt. Einem Ritual folgend zündet er sie umständlich an, zieht daran, schaut dem Rauch nach, der nach oben steigt, und sagt dann pathetisch: »Wohlan, nun denn also, was führt euch des Nachts so still und heimlich in mein Schloss? … Woraus ist das?«

Dem Rabbi ist nicht nach Quizfragen. »Keine Ahnung«, sagt er kurz.

»*Dracula*! Bram Stoker. Habe eine Erstausgabe von 1897. Sie muss hier irgendwo sein. Willst du sie sehen?«

»Nein«, sagt Henry.

»Also, ich höre.«

Miriam lächelt gequält, während der Rabbi beginnt, seinem Freund die Sachlage zu erklären. Was ist das nur für ein seltsamer Mensch, denkt sie unterdessen. Die wollüstigen Lippen, die großen, kreisrunden, stechenden Augen, die dunklen Brusthaare, darüber das Kettchen mit dem goldenen Davidstern, die riesigen Hände, der protzige Siegelring.

Als seinen ›renaissance-man‹ hat der Rabbi ihn vorhin im Auto bezeichnet. Universell gebildet sei er, ein sperriger Schöngeist, ein hochmoralischer Trickser, ein genialer Anwalt. Er ist unverheiratet, hat aber neun Kinder zwischen achtundzwanzig und drei Jahren – von fünf verschiedenen Frauen! An all das muss Miriam denken, als der Rabbi den Anwalt auf den aktuellen Stand bringt.

Danach – ein Moment des Schweigens. Der Rabbi und Miriam sehen sich an, während Rafi Reichenberger die Hand am Kinn hat und überlegt.

»Haben Sie dieses angebliche Testament gesehen?«, fragt der Anwalt und schaut Miriam dabei durchdringend, ja ungnädig an.

»Nein«, sagt sie.

»Wie hoch schätzen Sie das Vermögen Ihrer Mutter?«

»Nach dem Tod meines Vaters vor vierzehn Jahren belief es sich auf circa zweiundzwanzig Millionen Euro. Heute schätze ich es auf die Hälfte. Ein Haus in der Kaiserstraße mit zwei Läden und einem Restaurant, oben vier Büros und acht Wohnungen, eine Villa im Westend, das Hotel in Eilat. Anlagevermögen, etwas Bargeld.«

Reichenberger nickt mit geschlossenen Augen vor sich hin, während Miriam weiterredet. »Seit mein Stiefvater Zugriff auf die Konten hat, ist das Vermögen stetig geschrumpft. Ich befürchte, er wird sich weiter bedienen.«

»Diese Vermögensverwalterin, diese Frau Siemer, hält die Zügel in der Hand«, wirft der Rabbi ein.

»Siemer? Sibylle Siemer?« Der Anwalt wird lebendig.

»Unter Kollegen nennen wir sie SS! Sie war vor ein paar Jahren in einen Bauskandal verwickelt, aber konnte sich rauswinden, Miss Teflon! *A tough cookie.* Okay!«

Er klatscht in die Hände. »Diesen Gegner lob ich mir!« Er ist aufgesprungen. »Wir stellen den Fuß in die Tür! Wir beantragen einen Erbschein, einstweilige Verfügung, Kontensperrung, Vermögensfeststellung, Anfechtung des Testaments. Das volle Programm. Morgen früh bin ich beim Amtsgericht. Die freuen sich immer, wenn ich komme!«

Trotz seiner Körperfülle läuft er fast leichtfüßig zu einem Büfett und öffnet eine Schublade. Er entnimmt ein Formular und kommt zurück. Er legt Miriam das Dokument vor die Nase. »Hier, unterschreiben Sie. Das Mandat, das brauche ich. Geben Sie mir eine Visitenkarte, ich fülle das später aus.« Frau Fajner ist unsicher.

»Sie zögern? Denken Sie, ich ziehe Sie über den Tisch?«, fragt Reichenberger. »Sie sind eine Bekannte meines Freundes. Das Mandat ist eine Formsache. Sie können es täglich widerrufen. Aber bitte, wenn Sie *moire* haben...«

»Was kostet mich das?«, fragt die Frau.

»Was Sie das kostet? Machen Sie sich keinen Kopf. Es wird noch genug übrig bleiben für Sie. Wenn Sie es nicht unterschreiben, bleibt Ihnen nichts, so wie ich das sehe.«

Er reicht ihr einen dicken Montblanc-Füller. Sie unterschreibt.

»So, jetzt haut ab, ihr zwei. Ich brauche meinen Schönheitsschlaf!«

Es ist nach Mitternacht. Nur noch zwei einsame Spätlinge sitzen in der Hotelbar in einer Ecke und reden leise miteinander. Henry Silberbaum muss sich Familienfotos auf einem Smartphone anschauen und Kommentare dazu abgeben. Er kann sich nichts Langweiligeres vorstellen. Miriam Fajner lacht und weint gleichzeitig, während sie erklärt: »Das ist Uri, mein Sohn, er ist achtzehn. Ich mache mir jetzt schon Sorgen, denn er muss nächste Woche zur Armee. Und das ist Dorit, sie ist fünfzehn und pubertiert heftig. Alle sind blöd, nur sie nicht.«

Der Rabbi sagt: »Wissen Sie, was Churchill mal geschrieben hat? ›Als ich fünfzehn war, glaubte ich, mein Vater sei der größte Idiot der Welt. Als ich fünfundzwanzig wurde, habe ich gemerkt, wie viel der Alte in den letzten zehn Jahren dazugelernt hat!‹«

Frau Fajner lacht. »Sehr gut, wirklich.«

Sie legt ihre Hand auf seinen Arm. »Sie sind *a mensch*, das hat schon meine Mutter gesagt. Sie hat viel von Ihnen gehalten, Rabbi.«

»Ja, auch Ihre Mutter war einmalig. Und sehr mutig.«

Miriam sucht nach einem Taschentuch in ihrer Handtasche. Dabei fällt ein Tablettenbriefchen auf den Boden. Der Rabbi hebt es auf und gibt es der Frau.

»Danke. Das sind meine Pillen gegen die Flugangst.«

»Da ist ein Flugzeug im Anflug auf Tel Aviv. Der Captain sagt: ›Bleiben Sie bitte so lange angeschnallt sitzen, bis die Maschine ihre Parkposition erreicht hat. Das Telefonieren ist erst in der Ankunftshalle gestattet.‹ Dann fügt er an: ›Denjenigen, die bereits im Gang stehen und telefonieren, sage ich ›Welcome home‹, denen, die noch sitzen, wünsche ich eine schöne Zeit im Heiligen Land!«

»Ach, Rabbi. Ich liebe Ihren Humor.«

Der Barmann kommt. »Darf ich abrechnen?«

Bevor der Rabbi in die Tasche greift, sagt Frau Fajner: »Schreiben Sie's bitte auf mein Zimmer. Vier null acht.«

»Danke«, sagt Henry. Als sie sich erheben, hält er sie am Arm fest. »Sie haben doch sicher einen Schlüssel von der Villa Ihrer Mutter.«

»Ja. Den habe ich sogar dabei, oben im Zimmer. Möchten Sie ihn haben?«

»Sehr gern, wenn es Ihnen nichts ausmacht. Ich könnte mich bei Gelegenheit mal dort umsehen.«

»Ja, tun Sie das. Wer weiß, vielleicht entdecken Sie etwas, was uns in der Sache weiterhilft.«

Sie gehen zum Ausgang der Bar.

»Ich danke für das Vertrauen.«

»Aber ich bitte Sie, Herr Silberbaum, ich weiß gar nicht, wie ich Ihnen danken soll. Sie hängen sich so wahnsinnig rein für mich.«

»Ich bin ein leidenschaftlicher Moralist.«

Sie lächelt ihn an.

»Und außerdem will ich die Bibliothek!«

Sie gibt ihm ein Küsschen auf die Wange.

»Ich hole den Schlüssel.«

Max Axelrath ist nicht aufzuhalten! Er stürmt an Frau Kimmel vorbei in das Büro des Rabbis, der hinter seinem Schreibtisch sitzt, um sich auf ein Referat vorzubereiten.

»Was soll das? Wie können Sie es wagen, sich in mein Leben einzumischen?« Wutschnaubend steht der Mann vor ihm. Fast berühren sich ihre Nasenspitzen. Der Rabbi schaut in ein rotes, geiferndes Gesicht.

»Möchten Sie einen Kaffee?«, fragt Henry freundlich, »oder besser einen Beruhigungstee?«

»Ich will mich nicht beruhigen«, schreit der Mann, »ich will, dass Sie mit Ihren Unterstellungen aufhören, Sie Wichtigtuer! Ein Rabbiner wollen Sie sein? Dann gehen Sie in Ihre Synagoge und beten Sie!«

Der Rabbi zeigt zur Sitzecke. »Wollen Sie sich nicht setzen, Herr Axelrath?«

»Nein! Ich will mich nicht setzen. Ich bin gekommen, um Ihnen mitzuteilen, dass ich Anzeige gegen Sie erstatten werde, wegen übler Nachrede.«

»Wenn Sie denken, das tun zu müssen, dann kann ich Sie nicht hindern. Aber es wäre vielleicht besser, wir würden in Ruhe über Ihre Probleme reden.«

»Ich hatte bisher keine. Erst nachdem Sie sich einmischen mussten. Sie hetzen meine Stieftochter gegen mich auf. Sie schicken meine tote Frau nach Israel. Frau Doktor Siemer steht plötzlich da wie eine Betrügerin! Und nur, weil Sie Detektiv spielen müssen und sich aufführen wie der Rächer der Enterbten!«

Der Rabbi schaut Axelrath freundlich an. Gar nicht so übel, denkt er, diese letzte Bemerkung.

»Ich habe lediglich Frau Fajner einen persönlichen Rat gegeben. Und da sie in Israel lebt, benötigt sie hier einen Rechtsbeistand. Und deswegen habe ich sie mit Doktor Reichenberger zusammengebracht. Und der hat wohl das getan, was er unter diesen Umständen für angemessen hält. Was erwarten Sie von mir? Dass ich Frau Fajner rate, einen Zettel in die Klagemauer zu stecken?«

»Ich rate Ihnen aufzuhören, sich in Dinge einzumischen, die Sie nichts angehen, Herr Rabbiner Silberbaum!«

»Wenn Sie zu mir gekommen wären, hätte ich Sie genauso beraten, wie ich es bei Ihrer Stieftochter getan habe. Aber ich habe den Eindruck, Sie sind schon gut versorgt in dieser Hinsicht.«

Axelrath schaut ihn wütend an, seine Augen sind schmale Schlitze. »Sie werden von meiner Anwältin hören, und ich werde mich beim Gemeindevorstand über Sie beschweren.«

Damit geht er nach draußen.

»Auf Wiedersehen, Herr Axelrath. Auch Ihnen einen schönen Tag noch«, ruft ihm der Rabbi hinterher.

Kaum hat er sich wieder hinter den Schreibtisch gesetzt, klingelt sein Telefon. Er schaut kurz auf das Display, dann nimmt er das Gespräch rasch an. »Leo! Alter Junge! Schön, dass du dich meldest... Natürlich kann jeder Arzt auf der Welt eine Plombe von einem Fußzeh lösen, aber keiner macht es so wie du... was schreist du so? Wenn du weiter so schreist, dann brauchen wir gar kein Telefon.«

Es folgt eine Tirade. Der Rabbi ist amüsiert.

»Leo! Hör zu! Es ist eine Bitte von Kollege zu Kollege. Marek Perlmann war ihr Hausarzt, so steht es auf dem Leichenschauschein, aber er hat ihn nicht ausgefüllt. Er muss sich absichern...« Der Rabbi lässt Doktor Leo Bialistok in Tel Aviv ausreden, dann versucht er es wieder: »Warum, warum! Du kennst doch die deutsche Administration. Kripo, Staatsanwaltschaft, Gerichte... Stell dich nicht so an! Wer hat dich denn damals gerettet im zionistischen Jugendlager, als sie dich verprügeln wollten, weil du... Leo?!« Ende der Verbindung.

Der Rabbi wählt eine Nummer. Nach wenigen Sekunden taucht das Gesicht von Marek Perlmann auf seinem Display auf. Bevor der Rabbi etwas sagen kann: »Ja, er hat mich auch angerufen.«

»Und, was meinst du?«

»Er lässt sich immer ein bisschen feiern, der Doktor Wichtig. Aber er wird sie aufschneiden.«

Der Buchladen im Seniorenstift ist bereits geschlossen. Jossi Singer legt dem Rabbi ein englisches Buch vor die Nase. »Das sind die Memoiren von Thomas Noguchi, dem bekanntesten Pathologen der USA. Er hat Marylin Monroe auf dem Tisch gehabt, John Belushi, Janis Joplin, Natalie Wood, Bob Kennedy und vor allem Sharon Tate. Hier kannst du noch was lernen.«

»Ich will etwas über Gifte erfahren und wie man sie nachweist. Und ob es Gifte gibt, die man nicht nachweisen kann.«

»Glaubst du allen Ernstes, Ruth Rosengarten, äh, Axelrath wurde umgebracht?«

»Ich halte es auf jeden Fall nicht für unmöglich. Wenn das stimmt, was Miriam Fajner über den Verlust des Vermögens aussagt, dann gibt es eine handfeste Verschwörung gegen sie.«

Jossi nickt nachdenklich. »Es wird schwer sein, das zu beweisen. Vor allem ist es sehr zeitintensiv, und du hast noch anderes zu tun in deinem Leben. Und es wäre fatal, wenn dir Friedländer nachweisen könnte, dass du deinen Job vernachlässigst.«

»Ich kann nicht anders. Wenn es etwas gibt, was mich rasend macht, dann ist es Ungerechtigkeit, und ich fände es ungeheuerlich, wenn diese fürchterliche Anwältin und Axelrath davonkämen, obwohl sie die arme Frau auf dem Gewissen hätten. Siehst du doch auch so?«

»Klar«, sagt Jossi nachdenklich, »aber im Augenblick ist es nur ein theoretisches Konstrukt. Du hast nichts in der Hand. Es sind nur Vermutungen.«

In diesem Moment ist wieder *»Jidel mit'n fidel«* deutlich zu hören. Der Rabbi springt auf, wischt über das Display und hält das Telefon an sein Ohr.

»Marek«, ruft er, »wie schaut es aus ... Nichts? Was heißt nichts? ... Okay.«

Enttäuscht beendet Henry das Gespräch.

»Das war Perlmann. Der Arzt in Tel Aviv hat nichts Ungewöhnliches gefunden bei der Obduktion. Sie starb vermutlich an einem massiven Herzversagen. Fuck!«

»Henry!« Jossi schüttelt den Kopf. »Wenn das jemand hört.«

Der Rabbi nimmt seine Jacke. »Ich muss zu meiner Mutter.«

»Grüß sie von mir.«

»Mach ich«, lügt Henry und schaut dabei bedauernd gen Himmel.

Als sich der Fahrstuhl öffnet, steht Frau Silberbaum bereits in der Wohnungstür. Die kleine, untersetzte Frau ist Mitte sechzig, hat dunkle Locken, eine ausgeprägte Nase, knallrote Lippen und trägt einen bunten Hausmantel, darüber eine weiße Schürze mit einem eindrucksvollen blauen Davidstern in der Mitte.

Henry geht ein paar Schritte, dann nimmt er seine kleine Mama in die Arme. »Hi, Mom!«

»Bubele«, sagt sie leise, »komm rein.«

Die Tür schließt sich. »Und«, fragt sie, »was gibt es Neues?« Bevor ihr Sohn etwas sagen kann, fährt sie fort:

»Ich habe *Mazzeknödelsuppe* gemacht, hast du Lust? Du hast doch sicher noch nichts gegessen.«

»Danke, *a bissel* Suppe werd ich *ja* essen«, sagt der Rabbi und geht ins Gäste-WC, um sich die Hände zu waschen.

»Frau Axelrath ist gut in Israel gelandet.«

»Ich hoffe, dass sie ihre verdiente Ruhe findet«, ruft die Mutter aus der Küche, »sie war eine anständige Frau. Hätte was Besseres verdient gehabt als diesen Playboy. Und ihr Erster war doch *jener miesnik.*«

Der Rabbi kommt in die Küche, wo seine Mutter in einem Topf auf dem Gasherd Suppe aufwärmt. Zwischendurch geht sie zum Tisch, stellt einen Suppenteller auf ein Set, das wiederum auf einer Wachstischdecke liegt.

»Nimm dir einen Löffel«, sagt sie.

Henry geht zu einer Schublade.

»Willst du *challe*?«

»Gern«, sagt er.

»Im Brotkasten. Schneide dir ab, so viel du willst, aber lass mir für morgen was übrig.«

Während er sich eine Scheibe vom Mohnzopf absäbelt, stellt die Mutter mit ihren knallrot lackierten Fingernägeln die Suppe auf den Tisch. Henry setzt sich.

»Isst du nichts?«

»Nein, ich bin noch voll von vorhin. Ich war bei der *WIZO.* Da gibt's ja immer Kekse und Kuchen und so Sachen, schrecklich!«

Genüsslich schlürft der Rabbi die heiße Suppe.

»Iss nicht so heiß«, sagt seine Mutter, »du machst dir den Magen kaputt. Und schling nicht so, es nimmt dir keiner weg.«

Henry kennt das, er reagiert gar nicht mehr auf diese Einwände. Er brockt das Brot in die Brühe und genießt.

»Iss, unberufen!«

»Deine *Mazzeknödelsuppe* ist die allerbeste.«

»Gut, dass du das endlich mal wahrnimmst.«

»Hör mal, das sage ich laufend. Was gibt es bei der *WIZO*? Habt ihr das Programm für den Ball besprochen?«

»Was denkst du denn? Andrea Kiewel moderiert, es soll eine Dichterlesung geben mit Max Czollek. Und natürlich sollst du wieder ein Konzert spielen.«

»Wenn es sein muss …«

»Aber das Thema des Tages war Frau Axelrath. Es gibt keine von den Damen, die nicht davon überzeugt ist, dass er sich nach ihrem Tod gesundstoßen wird, der feine Herr. Mithilfe dieser *klafte*, dieser Anwältin. Frau Engländer ist fest davon überzeugt, dass sie was miteinander haben. Sie hat beide zufällig mal gesehen, im Schloss Kronberg, am frühen Morgen!«

»Im Bett?«

»In der Lobby. Aber sie kamen gemeinsam von oben.«

»Sie können getrennte Zimmer gehabt haben.«

»Sie hielten Händchen.«

»Hat Frau Engländer das gesagt?«

»Nein.«

Der Rabbi schaut seine Mutter strafend an. Dann fragt er: »Wann war das?«

»Was weiß ich? Vor ein, zwei, drei Jahren.«

»Das ist sehr hilfreich. Was hast du noch gehört?«

Die Mutter nähert sich ihm verschwörerisch: »Diese Anwältin hat sich angefreundet mit der Axelrath und hat sie so ihren Bekannten und ihrer Gesellschaft entfremdet. Sie ist mit ihr gereist. Sie haben Reisen gemacht.«

»Ich weiß, nach Auschwitz.«

»Auschwitz! Sie waren in London, New York, Paris. Und sie hat ihr teure Geschenke gemacht, hat sie selbst erzählt, die Axelrath. *Emmes.* Vuitton, Dior. Alles, was eine Frankfurter Schlampe so braucht!«

Der Rabbi hat brav seinen Teller leer gegessen.

»Bubele, willst du noch was?«

»Ja. Einen Schlag Suppe könnte ich noch.«

»Von mir aus, aber es ist nicht gut, abends so viel zu essen.«

»Warum bietest du es mir dann an, wenn du mir gleich darauf Vorwürfe machst? Das machst du immer! Du mästest mich und sagst gleichzeitig, ich wäre zu dick!«

»Unsinn. Iss, so viel du willst – *sollst sein gesind.*«

Sie kommt mit dem Topf und kippt ihm den Rest auf den Teller. »Da ist noch was, was ich dich fragen wollte«, sagt sie zögerlich.

»Nu?«

»Sei mir nicht böse, aber die Kimmel hat mir gesagt, dass dich diese blonde *schikse* besucht, diese Heimleiterin und …«

Der Rabbi lässt seinen Löffel klirrend in die Suppe fallen! »Das ist doch infam! Was hast du meine Sekretärin auszuhorchen?«

»Was regst du dich auf?«

»Ich rege mich nicht auf, du regst mich auf!«

»Ich habe deine Sekretärin nicht ›ausgehorcht‹, sondern wir haben geplaudert, und da hat sie erwähnt, dass diese Frau öfter...«

»Öfter, öfter«, ruft Henry verärgert, »zweimal war Esther Simon bei mir. Einmal wegen ihres Vaters und ein zweites Mal, weil sie konvertieren wollte.«

»*Chas ve'scholem*! Das sind die Schlimmsten!«

»Ihre Mutter war Jüdin. Sie ist also *koscher.*«

»Was muss sie dann konvertieren?«

»Sie interessiert sich einfach für das Jüdische.«

»Und für Juden!«

»Mom, bitte.«

»Ist es was Ernstes?«

»Unsinn.«

Frau Silberbaum stellt den Teller in die Spüle und beginnt mit dem Abwasch. »Sie soll gut aussehen«, beginnt die Mutter von Neuem.

»Ja, sie sieht megasuper aus!«

Der Rabbi schickt sich an zu gehen.

»Was weißt du von ihr? Woher kommt sie? Was hat sie vorher gemacht, bevor sie Heimleiterin wurde?«

»Sie hat in der Pornoindustrie gearbeitet, warum?«

Die Mutter lacht.

»Ich muss los«, sagt Henry.

»Ich habe noch *Baba Ganoush* von Kosher Kitchen, ich hab's noch nicht angerührt.«

»Was kaufst du's dann?«

»Was unsereiner schon isst! Willst du es oder nicht?«

»Nein, danke. Ich werde bis nach Hause durchkommen, ohne zu verhungern.«

»Man muss es essen, sonst wird es schlecht.«

»Dann iss es! Ciao, Mom!«

Sie nehmen sich in die Arme.

»Lass es uns kurz machen«, sagt Doktor Bialistok müde, »hier ist es Mitternacht. Außerdem habe ich Marek schon alles gesagt.«

»Ich weiß, sorry«, sagt der Rabbi und schaut auf den Monitor, wo über Zoom das Bild eines etwa fünfzig Jahre alten Mannes zu sehen ist, der ein gewisse Ähnlichkeit mit Han Solo alias Harrison Ford hat. Der Arzt in Tel Aviv schaut Henry direkt in die Augen, als er weiterspricht: »Wir haben uns die Frau genau angeschaut, ich hatte einen Pathologen dabei. Nach eingehender Untersuchung kamen wir zu dem Ergebnis, dass es nichts gibt, was auf einen unnatürlichen oder gewaltsamen Tod hinweist. Kein Gift, keine Überdosis. Soweit es nach vier Tagen möglich war, es zu ermitteln, zeigt auch das Blut keine Auffälligkeiten bis auf ...«

Der Rabbi ist angespannt. »Ja?«

»... bis auf die typischen Sauerstoffdefizite bei koronarer Herzkrankheit und Herzinsuffizienz. Sklerosen ohne Ende. Mit anderen Worten, deine Frau Axelrath ist vermutlich nach einer massiven Angina pectoris verstorben. Enge, Vernichtungsschmerz, Infarkt, aus!«

»Sag mal«, meint der Rabbi, »wenn sie rechtzeitig ihr Nitrospray bekommen hätte, könnte sie dann noch leben?«

»Schwer zu sagen. Warum fragst du?«

»Es lag unter ihrem Bett. Vermutlich hat sie es gesucht und nicht gefunden. Oder …«

»Oder was?«

»Jemand hat es ihr bewusst vorenthalten!«

Leo muss lächeln: »Der alte Henry! Immer wittert er ein Verbrechen. Ich kann dich beruhigen. Selbst dann ist nicht gewährleistet, dass der Patient auch stirbt. Das ist extrem spekulativ.«

Es entsteht eine Pause, dann hört man Leo sagen: »Sorry, dass ich dir keine spannenden Neuigkeiten mitteilen konnte. Wir haben Frau Axelrath zugemacht und verpackt. Morgen wird sie beerdigt. Sag der Tochter Bescheid.«

Rabbi Silberbaum ist bedrückt. Er hat eine Niederlage erlitten, so erscheint es ihm. Da sieht er plötzlich auf seinem Schreibtisch neben dem Laptop seine Aspirintabletten liegen, und wie ein Blitz durchfährt es ihn.

»Leo! Halt! Stopp! Gib sie noch nicht weg, die Leiche! Leg sie zurück in den Kühlschrank.«

»Was ist los, Henry? Soll ich sie aufheben für *Thanksgiving*?«

Der Rabbi lacht. »Hör zu, ich maile dir morgen eine Liste der Medikamente, die Frau Axelrath täglich bis zu dreimal einnehmen musste. Blutverdünner, Betablocker, Beruhigungsmittel, Mittel gegen hohen Blutdruck. Kannst du die nachweisen?«

»Na klar. Wenn die Patientin die regelmäßig genommen hat, sind sie nachweisbar. Aber was soll das?«

»Bis morgen, Herr Doktor!«

»Herr Professor, bitte! Inzwischen.«

»*Kol hakavod!* Ich melde mich.«

»*Leila tow,* Henry«, sagt der Arzt.

6

Zwei Tage später erscheint Rabbiner Silberbaum un-
angemeldet und erstaunlich aufgekratzt bei der Mordkommission. Zwei Kripobeamte sowie Hauptkommissar
Berking stehen vor der Pinnwand. Nach einem kurzen
Anklopfen kommt der Rabbi in das Büro. Die Polizisten
sehen ihn an wie ein seltenes Exponat, aber bevor Miss-
verständnisse entstehen, geht Berking auf Henry zu und
begrüßt ihn.

»Gratuliere«, sagt der Rabbi.

»Für was?«, fragt Berking.

»Na, wie schnell Sie den Mord in der Taunusanlage
aufgeklärt haben.«

»Das war keine große Kunst.« Während der Kommissar auf einen Stuhl vor seinem Schreibtisch zeigt, spricht
er weiter: »Morde im Strichermilieu sind leichte Stücke.
Drogen, Raub, Erpressung – ein überschaubares Szena-
rio.«

Der Rabbi versteht. »Bei uns ist es etwas komplizierter«, bemerkt er und zeigt auf ein Papier, das er aus der
Tasche gezogen hat. Der Kommissar blickt zu seinen
Mitarbeitern und ruft: »Geht ihr mal einen Kaffee trinken!«

Die Kollegen kennen das Ritual. Fälle im Anfangsstadium werden vom Chef diskret behandelt. Sie verlassen das Büro. »Sollen wir dir einen mitbringen?«

»Nein, danke.« Und dann zu seinem Gegenüber: »Also, was gibt es?«

Der Rabbi wartet, bis die Tür geschlossen ist.

»Das hier«, sagt er dann, »ist die Liste der Medikamente, die Frau Axelrath in den letzten Jahren aufgrund ihres Herzleidens täglich und regelmäßig einnehmen musste.«

Er legt dem Kommissar einen Ausdruck vor die Nase. »Morgens ein Medikament gegen hohen Blutdruck. Dreimal vor den Mahlzeiten einen Betablocker. Dazu ein Statin gegen Cholesterin.« Er schaut den Kommissar erwartungsvoll an.

»Ja«, fragt dieser, »was soll ich mit dieser Info jetzt anfangen?«

Der Rabbi beugt sich über den Schreibtisch. »Die Pathologen in Tel Aviv haben nichts davon im Körper der Toten gefunden! Nichts! Nada! Keinen Hauch einer Spur! Das Einzige, was sie fanden, war ein Schlafmittel, das sie wohl am Abend eingenommen hat. In normaler Dosis.«

»Sie haben die Frau obduzieren lassen?«

»Klar, was denken Sie denn? Ich schicke sie nach Israel, damit sie in einem schwarzen Loch verschwindet?«

»Rabbi!« Berking zeigt eine Mischung von Anerkennung und Empörung.

»Was hätte ich denn machen sollen? Hier war alles ge-laufen. Es gab nur noch eine Chance, und die haben wir ergriffen. Frau Fajner war damit einverstanden.«

Jetzt erhebt sich der Kommissar und geht nachdenk-lich zum Fenster. Dabei sagt er: »Vielleicht hat Frau Axelrath die Medikamente absetzen müssen? Oder sie hat sie freiwillig abgesetzt?«

»Selbst dann«, kontert der Rabbi, »sind die Spuren noch Monate zu erkennen, denn sie verändern das Blut.«

»Okay, nehmen wir an, Sie haben recht. Was sagt uns das?«

»Hallo? Das sagt uns, die Frau ist ermordet worden. Man hat ihr in den letzten Monaten ihre lebenswichtigen Medikamente entzogen.«

Der Kommissar kommt vom Fenster zurück.

»Ich glaube gern an das Böse im Menschen, das ist mein Job, aber klingt das nicht ein wenig konstruiert? Je-mand tauscht die Medikamente gegen Placebos aus, nur um darauf zu hoffen, dass Frau Axelrath irgendwann abtritt?«

»Genau so kann es gewesen sein. Menschliche Ab-gründe.«

»Das klingt schwach. Ich meine beweistechnisch.«

»Eben! Und deshalb müssen wir die Sache aufklären.«

Der Kommissar setzt sich neben den Rabbi auf den zweiten Stuhl. »Daraus wird nichts. Jeder Staatsanwalt haut mir den Antrag auf Ermittlung um die Ohren. Nein, mein lieber Herr Silberbaum, das ist die Aufgabe eines neugierigen Rabbiners, der zu viel Freizeit hat.«

»Haha, sehr komisch! Hier liegt ein Kapitalverbrechen vor, ein Offizialdelikt. Der Staat gegen Unbekannt. Obwohl es für mich schon einen Hauptverdächtigen gibt: Max Axelrath.«

»Na, prima. Dann ermitteln Sie gegen ihn, jagen Sie ihn, kreisen Sie ihn ein, stelle Sie ihn, Kommissar Silberbaum! Unauffällig, konspirativ, investigativ. Und wenn Sie einen belastbaren Beweis haben, dann sind wir im Geschäft, versprochen.«

»Wussten Sie, dass sechzig Prozent aller Morde im Familienkreis begangen werden? Und dass davon die Mehrzahl unentdeckt bleibt? Und wollen Sie wissen, warum das so ist? Weil die Polizei Parksünder aufschreibt, anstatt Verbrechen aufzuklären. So sieht es aus.«

Berking erhebt sich. »Danke für Ihre Belehrung, Herr Rabbiner. Aber nun muss ich weiter meine Arbeit machen – Falschparker aufschreiben.«

Die Männer geben sich die Hand.

»Sie hören von mir, Herr Berking«, sagt der Rabbi.

»Soll das eine Drohung sein?«, kontert der Kommissar. »Ich heiße übrigens Robert.«

»Angenehm, Henry!«

Die Männer gehen zur Tür.

»Machen Sie's gut, Henry«, sagt Berking, »und passen Sie auf sich auf. Denn wenn da wirklich was dran sein sollte, kann es da draußen recht unangenehm werden. Der angeschossene Gegner ist der gefährlichste.«

»Danke«, sagt der Rabbi, »das klingt beruhigend. *Schalom, schalom.*«

Der Rabbi sitzt in seinem Büro an seinem Computer und checkt seine Mails: Frau Fajner hat geschrieben, berichtet von der bescheidenen, aber würdigen Beerdigung ihrer Mutter. Henry antwortet ihr, wünscht ihr viel Kraft für die anstehende Auseinandersetzung mit Axelrath und Frau Siemer.

Frau Kimmel klopft kurz an und erscheint im Büro. Sie hat keine Gelegenheit, den Besuch anzumelden, denn unmittelbar hinter ihr schaut Esther Simon vorwitzig durch die Tür.

»Hallihallo!«

»Möchten Sie einen Kaffee?«, fragt die Sekretärin, aber bevor Frau Simon nur »Ja, gern« sagen kann, antwortet der Rabbi: »Nein! Frau Simon möchte keinen Kaffee, sie bleibt nur kurz.«

Die Sekretärin verlässt den Raum und schließt die Tür.

Henry lehnt sich in seinem Stuhl zurück. Er bietet der Besucherin keinen Platz an.

»Was soll das? Es geht nicht, dass Sie hier einfach so hereinschneien.«

»Wir sind per du. Hast du das vergessen? Es tut mir leid, Henry, aber ich war bei Friedländer und dachte, dann kann ich gleich mal meinen Unterricht mit dir besprechen.«

»Welchen Unterricht?«

»Über das Judentum.«

»Was gibt es da noch zu besprechen?«

»Darf ich dir meine wahren Gründe verraten?«

»Schieß los.«

»Ich habe in Israel einen Mann kennengelernt.«

Henry versucht ein Gefühl der Eifersucht zu unterdrücken und sagt: »Schön, das freut mich für dich.«

Sie steht jetzt wie eine seiner Schülerinnen vor ihm, die sich auf ein Referat vorbereitet hat. Sie sieht großartig aus. Ihr Israeli kann sich glücklich schätzen, solch eine Freundin zu haben, denkt der Rabbi, während Esther spricht. »Du hast selbst gesagt, dass es nicht genügt, nach dem religiösen Gesetz Jüdin zu sein, man muss auch Ahnung vom Glauben, den Gebeten und den Riten haben.«

»Vielleicht solltest du besser zu Rabbiner Aronsohn gehen. Ich rede gern mit ihm. Er ist versierter als ich.«

»Nein. Ich habe dich gegoogelt. Du bist der Richtige.«

Sie zieht einen Ausdruck hervor: »Hier. Henry Moritz Silberbaum wird 1976 in Frankfurt am Main geboren. Nach dem frühen Tod seines Vaters übersiedelt seine Mutter Cilly, geborene Kolberg, mit ihm nach New York. Silberbaum studiert Mathematik, Philosophie, Literatur und Psychologie. Später folgen Studien der Judaistik.«

Der Rabbi muss lachen und ergänzt: »Ich sage dir, was du nicht bei Google findest: Er begegnet Yaël Greenblatt, seiner ersten großen Liebe, deren Vater Reformrabbiner in der Upper East Synagoge auf der Lexington Avenue ist. Um das Mädchen zu beeindrucken, besucht er das Hebrew Union College und verlässt es zu seiner eigenen Überraschung als gelernter Rabbiner mit Abschlüssen in Torakunde, Geschichte, Hebräischer Literatur, Jüdischer Erziehung und Sozialmanagement.«

»Was ist aus Yaël Greenblatt geworden?«, fragt Esther.

»Sie hat einen koreanischen Rechtsanwalt geheiratet und wurde Buddhistin. Sie nennt sich Ya-El, was so viel heißt wie ›Goldene Jasminblüte an einem sonnigen Tag in den duftenden Gärten von Pusan‹.«

Esther lacht herzlich. Frau Kimmel betritt das Büro.

»Doktor Reichenberger hat sich gemeldet. Er hat Zeit für Sie.«

Der Rabbi springt auf, packt hektisch ein paar Dokumente zusammen. »Entschuldige«, sagt er zu seiner Besucherin, »ich muss los.«

Rafael Reichenbergers Kanzlei unterscheidet sich kaum von seinem Zuhause, sie wirkt nur noch unaufgeräumter, denn jeder Schreibtisch, jeder Stuhl, jedes Regal ist aktenübersät. Gebrauchte Kaffeebecher stehen herum, Teller mit Schokoriegeln und Keksen.

Der Anwalt kommt mit raschen Schritten in sein Büro, gefolgt von einer jungen Iranerin, seiner Referendarin, und einem deutschen Brillenträger, seinem Bürovorsteher.

»Brauche einen Termin beim Rechtspfleger in Eschborn, in der Sache Müllerklein muss der Widerspruch heute bis Mitternacht noch in den Gerichtskasten, denkt an die Klage von Herrn Düzgün und an die EV wegen der Räumung Rohrbachstraße. Sonst noch was?«

Seine Mitarbeiter schauen ihn unsicher an.

»Dann raus hier, ihr Ahnungslosen«, ruft Rafi und macht eine entsprechende Handbewegung. »Ich muss mit dem Rabbi allein sein. Keine Telefonate die nächste halbe Stunde.«

Die junge Iranerin sagt scheu: »In zehn Minuten kommt aber Frau Obrusnik.«

»Soll warten. Klappe zu!«

Der Riese wirft sich stöhnend in eine Art Thronsessel, der hinter dem überdimensionalen Refektoriumstisch steht, der fast das gesamte Zimmer ausfüllt. Er schaut Henry an, der ihm gegenübersitzt und seinen Kaffeebecher abstellt.

»Ei Gude, nimm dir Kekse«, sagt Rafi, »oder willst du ein Eis?«

»Nein, danke«, meint Henry.

»Bourbonvanille mit Champagner. Taittinger. Schmeckt nach Sünde.«

»Nein!«

»Ist schon gut. Und«, fragt der Anwalt, »hast du's gelesen? Das angebliche Testament.«

Der Rabbi hebt die Kopie eines Briefes hoch. »Glaubst du, dass es echt ist?«, fragt er.

»Das zu prüfen ist die zweite Stufe«, meint Reichenberger lakonisch. Er beginnt sich Notizen zu machen, während er weiterredet. »Zuerst einmal fechten wir es an. Wenn ich dich richtig verstanden habe, hat Frau Ruth Sophie Axelrath, geborene Herschkowitz, verwitwete Rosengarten, dir in deiner Eigenschaft als Rabbiner der Liberalen Jüdischen Gemeinde vertraulich mitgeteilt, dass ihre Tochter Miriam Fajner, wohnhaft in Eilat, Israel, die Alleinerbin ihres Vermögens sein soll. Ihr Ehegatte Max Axelrath soll lebenslanges Wohnrecht in der Villa in der August-Siebert-Straße bekommen, ansonsten aber keine weiteren Zuwendungen. Die Liberale Jüdische Gemeinde soll eine Million Euro aus dem Vermögen erhalten, zur Errichtung einer Bibliothek, die nach der Spenderin und ihrem verstorbenen Gatten benannt sein soll. So weit korrekt?«

Henry nickt. »Jap.«

»Sie hat dir gegenüber erwähnt, dies innerhalb der nächsten zwei Wochen notariell beglaubigen zu lassen.«

»Na ja, sie sagte wörtlich ›demnächst‹.«

»Zwei Wochen! Fertig! Sie hatte vor, ihren Wohnsitz in Frankfurt am Main aufzugeben und nach Eilat in Israel zu übersiedeln, wo sie ein Hotel besitzt, das von ihrer Tochter geleitet wird. So weit die gerichtsrelevanten Fakten. Nun zum spekulativen Teil: Anlass dafür war einmal das zerrüttete Verhältnis zu ihrem Ehemann, dem sie unterstellte, eine Geliebte zu haben. Stimmt das so weit?«

»Das ist korrekt«, bestätigt der Rabbi.

»Nun denn also, diese Geliebte, so vermutete Frau Axelrath, sei niemand anderes als die honorige Anwältin Doktor Sibylle Siemer, die delikaterweise auch noch ihre Vermögensverwalterin ist.«

»Das hat sie so nicht gesagt«, geht Henry dazwischen.

»Sei's drum, ich sage das so. Zweitens habe sie darüber hinaus den Verdacht der finanziellen Untreue, denn ihr Vermögen hat sich auf wundersame Weise stark reduziert, und sie macht dafür nicht nur ihren Mann, der eine Bankvollmacht besitzt, verantwortlich, sondern auch ...«

»Das hat sie nicht gesagt, Rafi, *emmes* nicht ...«

»... ihre Vermögensverwalterin!«

147

»Das kann ich nicht beeiden.«

»Wir werden eine Formulierung finden, die du beeiden kannst. Stell dich nicht so an. Willst du Gerechtigkeit?«

»Ja, aber nicht mit faulen Tricks.«

»Ist es dir lieber, diese Geier erben alles? Axelrath wird das Vermögen verprassen, wird SS überschütten mit Geschenken, während er sie gnädig *trennen* darf. Die Tochter wird ihr Hotel verlieren. Und die Bibliothek kannst du dir in den *tuches* reinschieben.«

Er steht auf und klopft mit der Faust auf den Tisch.

»Meinst du, der alte Rosengarten, ich habe ihn noch gekannt, ein *macher*, hat sich den *tuches* aufgerissen, sich krummgelegt und sich *nebbich* nichts gegönnt im Leben, damit sich diese zwei Verbrecher mit seinem Geld auf und davonmachen? Und sollte dem Schmarotzer Axelrath was passieren, dann kriegt alles diese Seckbacher Nutte! Willst du das?«

»Nein.«

»Na also. Die Schlacht ist eröffnet!«

Er schiebt sich einen kompletten Schokoriegel in den Mund und sagt kauend: »Wir werden im Namen von Miriam Fajner das Testament anfechten, eine eidesstattliche Vermögensaufstellung bei Todeszeitpunkt anfordern, die Konten gesperrt lassen, den Zugriff auf alle Konten, auch auf das Mietkonto, unterbinden und die Artillerie auffahren.«

Der nächste Schokoriegel ist fällig.

»*No prisoners taken*!«

Der Rabbi muss lachen.

Henry erhebt sich, die Männer umarmen sich unge-
lenk.

»*I keep you in the loop*«, sagt der Anwalt und führt seinen
Freund nach draußen. Plötzlich bleibt Reichenberger
stehen. »Kennst du den? Da treffen sich zwei jüdische
Mütter. Sagt die eine: Mein Sohn meditiert jetzt. Sagt die
andere: Gott sei Dank! Besser als zu Hause rumsitzen
und nichts tun!«

Der Rabbi muss herzlich lachen.

7

Max Axelrath verlässt das Haus, nachdem er die Eingangstür sorgfältig zweimal abgeschlossen hat. In einer Hand den Hundekorb, dazu eine Laptoptasche umgehängt und einen kleinen Koffer in der anderen, geht er den gepflasterten Weg zur halbhohen schmiedeeisernen Eingangstür. Er öffnet sie, tritt auf die Straße, schließt die Tür, indem er sie zuzieht, und geht zu seinem Maserati, der am Straßenrand geparkt ist. Er öffnet den Wagen, stellt den Hundekorb auf den Rücksitz, legt sein Gepäck auf den Beifahrersitz, steigt ein und startet den Motor. Mit einem satten Röhren fährt der Wagen davon.

Hinter einer Hecke gegenüber hat der Rabbi die Abfahrt beobachtet. Er überquert rasch die stille Straße und öffnet die Gartentür.

Er betritt die Villa von Frau Axelrath und schließt die Haustür hinter sich zweimal ab. Henry fühlt sich nicht sonderlich gut in diesem Augenblick, und hätte er nicht das Placet der Tochter, würde er sich noch schlechter fühlen. Es ist schon in einer normalen Situation nicht angenehm, das Haus von Verstorbenen zu betreten. All die Dinge, die Möbel und Teppiche, die Bücher und persönlichen Gegenstände sind wie stumme Zeugen, die den Besucher argwöhnisch und wehrlos wahrnehmen. Wie viel schlimmer ist es, wenn sich ein Fremder auf hinterlistige Weise Eingang verschafft.

Auf einem Sideboard im Flur liegen zwei Aktenordner. Die warten auf ihre Abholung, da ist der Rabbi sicher. »Ruth privat« steht auf dem einen, »Israel« auf dem zweiten.

Die Küche ist unaufgeräumt, das mahnt zur Vorsicht. Möglicherweise wird eine Putzfrau erwartet, die in Abwesenheit des Hausherrn nach dem Rechten sehen soll. Und tatsächlich! Auf dem Küchentisch liegen fünfzig Euro sowie ein Zettel. Darauf steht in akkurater Handschrift geschrieben:

Liebe Frau Grolic, bin zwei Tage unterwegs. Bitte vergessen Sie nicht, die Papiertonne rauszustellen. Danke, Axelrath

Der Rabbi ist beruhigt. Es ist fast sechzehn Uhr. Frau Grolic kommt wohl sicher nicht vor morgen.

Henry Silberbaum geht ans Werk. Sorgfältig schaut er sich im Schlafzimmer um. Es ist aufgeräumt. Der Raum wirkt unberührt. Es weist einiges darauf hin, dass Axelrath nicht in diesem Zimmer geschlafen hat. In letzter Zeit nicht, wegen des Todes seiner Frau, oder grundsätzlich nicht? Das wird zu überprüfen sein. Henry geht zum Nachttisch, zieht die kleine Schublade auf. Er findet verschiedene Medikamente und entnimmt jeweils ein Briefchen mit Tabletten und Kapseln. Behutsam öffnet der Rabbi den Kleiderschrank. Es ist keine Herrenkleidung zu sehen. Die Kleidungsstücke von Frau Axelrath sind gewissenhaft in Kleidersäcken aufgehängt, in den Schubladen liegen ordentlich sortiert edle Schals, Wäschestücke, Blusen, T-Shirts, Unterwäsche, Strümpfe. Henry findet nicht, was er sucht.

Er geht ins Badezimmer.

Axelrath hat alle persönlichen Gegenstände seiner Frau, Kosmetika, Parfums und Toilettenutensilien, weggeräumt. Auf der Glasablage über dem Waschbecken befinden sich nur ein Glas und eine Zahnbürste. In einem Spiegelschränkchen findet der Rabbi noch diverse Tabletten, darunter Schlaftabletten, Statine und Betablocker.

In der Abstellkammer in der Küche findet der Rabbi einen großen Karton mit Medikamenten: Kapseln, Zäpfchen, Pillen, Dosen, Cremes, Sprays, Granulate, Pflaster, Thermometer. Genau so würde es auch bei seiner Mutter aussehen, denkt Henry.

Gegenüber der Treppe, die nach oben führt, befindet sich eine verschlossene Tür. Kein Schlüssel zu sehen. Der Rabbi versucht durch das Schlüsselloch zu schauen. Er erkennt einen mächtigen Gründerzeitschreibtisch, darauf die Rückseite eines aufgeklappten Laptops. Das scheint das Arbeitszimmer zu sein.

Plötzlich, als habe er eine Vorahnung, schaut er zur Haustür. Durch die Raute der Milchglasscheibe ist flüchtig ein Schatten zu erkennen! Der Rabbi öffnet rasch die Kellertür, die sich unter der Treppe befindet, und schlüpft hindurch.

Leise schließt er die Tür hinter sich und steigt im Dunkeln vorsichtig Stufe für Stufe hinab. Sein Herz klopft, als er hört, wie die Eingangstür geöffnet wird.

Eine Person hat das Haus betreten, und den Schritten nach zu urteilen, ist es eine Frau. Aber nicht die Putzfrau, sondern eine selbstbewusste Frau mit hohen Absätzen, die sich sicher ist, bei ihrem Besuch nicht überrascht zu werden.

Den Geräuschen nachhorchend, kann der Rabbi erahnen, in welchem Teil des Erdgeschosses sich die Besucherin befindet. Sie geht in den Salon, wo die Teppiche die Schritte verschlucken. Sie geht ins Schlafzimmer. Dort bleibt sie eine Weile, dann kommt sie in den Flur. Kurz danach fällt die Haustür ins Schloss und wird zweimal abgeschlossen.

Blitzschnell ist Henry nach oben gelaufen, eilt durch den Salon und schaut vorsichtig durch die Tüllgardine auf die Straße. Er zückt sein Mobiltelefon.

Frau Doktor Siemer trägt die beiden Aktenordner zu einem BMW X5 und wirft sie auf den Rücksitz. Sie geht um das Auto, steigt ein und fährt mit quietschenden Reifen davon.

Der Rabbi beendet die Videoaufnahme und steckt sein Smartphone ein. Nun ist er sicher, dass er nicht mehr gestört wird, und geht zurück in den Flur.

Ein Sideboard mit drei Schubladen. Er zieht die erste auf, darin sind Handschuhe und Wollschals, öffnet die zweite und findet diverse Schlüssel. Das Schloss der Tür zum Arbeitszimmer ist ein herkömmliches Modell für

153

einen herkömmlichen Schlüssel. Deshalb ist es für den Rabbi keine Überraschung, als einer der Schlüssel greift und er die Tür öffnen kann.

Das Zimmer ist ein für ältere Leute typisches Arbeitszimmer, voller Rudimente aus Zeiten, als diese schweren, sperrigen Möbel noch der letzte Schrei waren. Eine große Stehlampe mit plissiertem Schirm, viele Familienfotos an den Wänden, die meisten zeigen die Rosengartens und andere Leute aus besseren Zeiten. Hochzeiten, Bar-Mizwas, Kreuzfahrten. Ein Porzellanteller mit dem Porträt von Ruth Axelrath, umringt von chinesischen Schriftzeichen. Souvenir aus Hongkong. Einschüchternde Ölschinken mit biblischen Motiven fallen ins Auge. All dies, so wird deutlich, hat mit Max Axelrath wenig zu tun. Bis auf den Laptop, der ziemlich prominent auf dem Schreibtisch thront. Auf der linken Seite des Zimmers befindet sich eine hohe Bibliothek mit vielen antiquarischen Büchern, vereinzelt sind die Rücken von neueren Ausgaben sichtbar.

Zwischen Judaika entdeckt der Rabbi Umberto Eco, Virginia Woolf, Saul Bellow, Isabelle Allende, Phillip Roth, Bildungsbürgerliteratur. Auf der gegenüberliegenden Seite scheint sich die Axelrath-Abteilung zu befinden. Ein modernes Regal mit Kunstbänden, Malerbiografien und Fachliteratur, die vor allem bildende Kunst zum Inhalt haben. In diesem Regal stehen diverse Aktenordner, und eine Lücke in der Reihe ist deutlich auszumachen.

Henry setzt sich vor den Rechner und schaltet ihn ein.

Tatsächlich will dieser nach etwa dreißig Sekunden das Passwort wissen. Der Rabbi *klärt*:

Ist es der Laptop, den Axelrath allein nutzt, dann wird er sein eigenes Passwort haben. Wird das Gerät aber von beiden genutzt, dann wird es sicher »ihr« Passwort sein. Hat sie nicht erzählt, sie habe der Tochter eine Mail gesandt? Da Axelrath beim Verlassen des Hauses einen Laptop dabeihatte, wird es wohl der ihre sein.

Der Rabbi schaut sich um und lächelt. Dass er nicht früher darauf gekommen ist! Links auf dem Schreibtisch steht ein gerahmtes Farbfoto. Es zeigt zwei Kinder, einen Jungen und ein Mädchen an einem Strand. Sie grinsen breit in die Kamera. So, als habe jemand eine Sekunde vorher gesagt: Jetzt stellt euch nicht so an und lacht doch mal, es ist für Oma! Wie hießen sie noch? Der Rabbi tippt URIUNDDORIT in den Computer. Falsches Passwort. Ladies first, DORITUNDURI. Wieder eine Niete. DORITURI. Nichts.

Henry klappt den Laptop kurzerhand zu und klemmt ihn unter den Arm. Als er das Arbeitszimmer verlassen will, kommt ihm ein Gedanke. Er geht zurück zum gut gefüllten Papierkorb und stopft Papierreste in eine Plastiktüte, die er vorsorglich dabeihat. Dann verlässt er das Haus.

»Habe alles mit«, sagt Felix Heumacher, als ihn Henry in seine Küche führt. Ewa war heute hier, deshalb ist es blitzblank sauber, und man könnte jederzeit eine OP am offenen Herzen durchführen. Der Junge setzt, nein, kniet sich auf einen Stuhl und beginnt Frau Axelraths Laptop zu bearbeiten, der vor ihm auf dem Tisch steht. Dabei sagt er:

»Das ist illegal. Das wissen Sie.«

»Ich übernehme die Verantwortung«, sagt der Rabbi.

»Das siebte Gebot: Du sollst nicht stehlen!«

»Felix! Es ist kein Diebstahl. Die Tochter von Frau Axelrath hat den Laptop geerbt. Aber sie kommt nicht rein.«

»Und warum darf ich dann nicht drüber reden?«, fragt der Junge, während er auf der Tastatur tippt.

»Weil es auch unter Hackern eine Schweigepflicht gibt, wie bei Ärzten.«

»So«, erklärt Felix, nachdem er scheinbar planlos auf der Tastatur herum getippt hat, »jetzt heißt es warten.«

Über den Bildschirm rasen jetzt die Daten des Passwort-Programms. Der Rabbi schaut dem Jungen über die Schulter.

»Wahnsinn«, murmelt er dabei.

»Es ist übrigens ein biblisches Programm«, sagt Felix, »es heißt ›Cain and Abek‹!«

Der Rabbi grinst und wuschelt dem Jungen durchs Haar.

»Ich kann dich nach Hause fahren«, sagt Henry nach einer knappen Stunde.

»Nicht nötig, danke.« Felix hat das Passwort geknackt, es hieß sinnigerweise ›BettyBetty‹. Nun sind Dateien und Mails von Frau Axelrath auf einen USB-Stick überspielt.

Der Rabbi nimmt den Laptop. »Ich muss ihn ja heute noch zurückbringen.«

Felix grinst.

»Nicht, was du denkst. Hab's der Tochter von Frau Axelrath versprochen.« Er drückt dem Jungen einen Zwanzigeuroschein in die Hand.

»Ist schon okay«, sagt der Junge, »ich habe ja sowieso Schweigepflicht.«

Beide verlassen die Wohnung.

»Wer sind Sie? James Bond?« Friedländer ist außer sich. Er tigert in seinem Büro umher, während der Rabbi in einem Sessel sitzt und seinen Arbeitgeber beobachtet.

»Habe Besseres zu tun, als jeden Tag irgendwelche Brandbriefe dieser Anwältin zu beantworten, hier, Mail von heute …«

Er liest laut vor: »… möchten wir Sie bitten, Ihren Mitarbeiter, Rabbiner Silberbaum, zu veranlassen, sich aus dem anstehenden Rechtsstreit um den Nachlass meiner Mandantin, der verstorbenen Ruth Axelrath, herauszuhalten. Als Angestellter einer Körperschaft des öffentlichen Rechts steht es ihm nicht zu, sein Amt für private Rachefeldzüge zu missbrauchen. Aufgrund seines Fehlverhaltens wurde meine Mandantin nach Israel überführt. Er beeinflusst weiterhin die Tochter der Verstorbenen und zwingt sie und uns in eine juristische Auseinandersetzung, die man mit etwas gutem Willen hätte vermeiden können. Wir fordern Sie dringend auf, Rabbiner Silberbaums unbotmäßiges Verhalten zu rügen, ge-

gebenenfalls zu sanktionieren, ansonsten sehen wir uns gezwungen, gegen Ihre Gemeinde und den Rabbiner juristisch vorzugehen!«

Friedländer schaut Henry über den Rand seiner Brille an.

»Nu? Sagen Sie was.«

»Die kann uns gar nichts, die Tante! Und das weiß sie auch. Ich habe als Privatmann einige Nachforschungen unternommen und Miriam Fajner einen Rat gegeben.«

»Warum, um Himmels willen?«

»Weil etwas an der Sache stinkt. Was nach dem Tod von Frau Axelrath passiert, ist nicht okay.«

»Nicht okay! Nicht okay! Was hat das mit Ihnen zu tun?« Er bleibt vor Henry stehen und spricht dabei weiter: »Mir gefällt auch vieles nicht, aber was nützt es, sich deshalb in Schwierigkeiten zu bringen?«

»Ist es Ihnen gleichgültig«, wirft der Rabbi ein, »ob die Gemeinde die versprochene Bibliothek bekommt oder nicht? Frau Axelrath hat uns die Spende zugesagt, und nun will keiner was davon wissen.«

Friedländer kommt nah an ihn heran und flüstert laut: »Natürlich! Wäre wunderbar gewesen, wir hätten die Bibliothek bekommen, keine Frage, aber stellen Sie sich vor, die Öffentlichkeit, die Medien kriegen davon Wind: ›Jüdische Gemeinde kämpft mit allen Mitteln um eine Million!‹ ›Juden schrecken nicht vor Unterstellungen und Lügen zurück!‹ ›Rabbiner als Rächer!‹ Das ist *Jud Süß* 3.0!«

Der Rabbi muss lächeln. Das bringt seinen Boss wieder auf Touren. »Das scheint Sie zu amüsieren! Sage Ihnen noch was: Unterlassen Sie Ihre Nachforschungen sofort! Hören Sie auf, sich einzumischen.« Damit setzt er sich an seinen Schreibtisch und fügt an: »Sehen Sie das als Abmahnung!«

Der Rabbi will eigentlich noch etwas sagen, aber er hält sich zurück. Er steht auf. Als er durch die Tür geht, ruft ihm Friedländer nach: »Henry! Geben Sie mir Ihr Wort, dass Sie damit aufhören!«

Der Rabbi dreht sich um. »Ich kann nicht wegsehen, wenn sich unter meinen Augen Unrecht ereignet. Darum geht es: Gerechtigkeit.«

»Gerechtigkeit! Pathetischer Schmus!«

Der Rabbi hebt den Zeigefinger und sagt: »Gerechtigkeit erhöht ein Volk. Salomon. 14, 34.«

Die Schachpartie hat harmonisch begonnen, aber nun ist Jossi Singer nicht mehr fröhlich. Er lehnt sich zurück, schaut sein Gegenüber weniger verärgert als enttäuscht an. »Henry, was war denn das für ein bescheuerter Zug? Der war so hirnrissig, dass ich ihn nicht akzeptieren werde, nicht von dir.«

»Tut mir leid, aber ich bin unkonzentriert.« Der Rabbi gibt das Spiel verloren. Er legt seinen König um.

»Dann lade mich nicht ein.«

»Ich wusste ja nicht, dass ich unkonzentriert sein werde, denn wenn ich es vorher gewusst hätte, hätte ich dich nicht eingeladen.«

»Hör auf mit deinen rabbinischen Weisheiten. Schenk mir lieber noch einen Wein ein.«

Henry tut, wie ihm aufgetragen. Die Männer heben ihre Gläser.

»*Lechaim.*«

»Bist du weitergekommen mit der Axelrath?«

»Es gibt einige Merkwürdigkeiten, offensichtliche Tricksereien, aber keine Fakten. Und Beweise schon gar nicht. Aber trotzdem bin ich fest davon überzeugt, dass Frau Axelrath das Opfer einer Verschwörung geworden ist, und nun ist ihre Tochter die Betrogene.«

»Aber hast du nicht gesagt, dass sich Reichenberger da reinhängt?«

»Ja, aber bisher hat er nur einen Schrotschuss in die Nacht abgegeben, in der Hoffnung, irgendwas zu treffen. Das Gericht hat die Hürden für die Anfechtung eines Erbes hoch gehängt. Jetzt ist zwar Sand im Getriebe, aber irgendwann müssen wir liefern.«

»Ich bin zuversichtlich, dass du was findest.«

»Jossi, ich habe nicht die Zeit dafür. In einem hat Friedländer recht: Ich bin festangestellter Rabbiner, das ist mein Job. Kinder unterrichten, Gottesdienste abhalten, die Kranken und Alten besuchen. Dazwischen Büro, Sitzungen, Reden halten, die Medien bedienen. Da kann ich nicht mal kurz den Papierkorb von Herrn Axelrath durchwühlen ...«

»Du hast was?«

Der Rabbi erhebt sich. Er geht in sein Arbeitszimmer und kommt nach wenigen Sekunden mit Papierresten zurück. Er fügt sie auf dem Tisch neben dem Schachbrett zusammen. Jossi ist aufgestanden und beugt sich über den Fund.

»Wow! Das ist ein Ehevertrag. Ein Vertrag zwischen Ruth Rosengarten und Max Axelrath.«

»Gut erkannt. Und daraus geht unmissverständlich hervor, dass Axelrath nur die Vollmacht für ein gemeinsames Girokonto hat, um den gemeinsamen Lebensunterhalt abzusichern, und ansonsten bleibt das Vermögen, das von Frau Axelrath in die Ehe eingebracht wird, ihr persönliches Vermögen.«

»Und hier steht: keine Zugewinngemeinschaft.«

»So ist es.«

»Und was fängst du jetzt damit an?«

»Zunächst einmal gar nichts. Ich warte ab, wie die Erbangelegenheit ausgeht. Falls die Tochter unterliegt, aufgrund gefälschter oder nicht mehr vorhandener Unterlagen, werde ich es aus dem Ärmel ziehen. Und das wird nicht einfach, denn ich habe es mir illegal angeeignet.«

»Und du kannst nicht beweisen, dass die Axelraths irgendwann ihren Ehevertrag geändert haben und dieser obsolet wurde.«

»Ich habe die Schnipsel fotografiert, mit Datum.«

»Okay, aber du kannst nicht beweisen, ob die Axelraths ihn nicht schon vor Jahren zerrissen haben.«

»Um ihn dann weiterhin aufzuheben? Aus Sentimentalität?«

»Egal, mein Lieber. Deine Argumentationskette ist ziemlich brüchig.«

»Stimmt. Ich müsste einen Mord beweisen können.«

»Und hast du dann schon den Mörder? Ist es Axelrath?«

»Möglicherweise. Was hältst du davon?« Er zeigt Jossi das Video auf seinem Smartphone, in dem Frau Siemer die Akten in ihr Auto wirft.

»Das ist die Anwältin, Sibylle Siemer. Sie war im Haus der Axelraths, um Akten mitzunehmen!«

»Ist sie eingebrochen?«

»Nein, natürlich nicht. Sie hatte einen Schlüssel ...«

»... den ihr sicher Ruth Axelrath gegeben hat. Henry! Die Frau war ihre engste Vertraute.«

»Du hast ein Talent, meine Illusionen zu pulverisieren. Aber einen Trumpf habe ich noch.«

Er greift in seine Tasche und holt den USB-Stick hervor.

»Eine Kopie von Frau Axelraths Festplatte. Keine weiteren Fragen, bitte.«

Singer starrt den Rabbi an wie ein exotisches Tier.

»Glaub mir, es ist nicht angenehm, so etwas durchzusehen. Ich habe ein verdammt schlechtes Gewissen. Es fühlt sich an wie Leichenfledderei. Ich muss mir immer wieder sagen: Henry, es geht um Gerechtigkeit. Ich habe mir lediglich die letzte Mail an ihre Tochter durchgelesen. Das Misstrauen ihrem Mann und der Siemer gegenüber ist offensichtlich.«

»Was ist dein nächster Zug?«

»Ich weiß es nicht. Mir sind die Hände gebunden. Ich kann schlecht an die Öffentlichkeit gehen und sagen:

Hallo, Leute, ich habe hier was Interessantes gestohlen!«

»Du musst warten, bis sie einen Fehler machen.«

»Du sagst es.«

Am folgenden Abend im Jüdischen Seniorenstift ist der Rabbi auf dem Weg zum Pool, als er plötzlich stehen bleibt. Das Becken ist noch nicht frei. Fünf ältere Damen betreiben Wassergymnastik, halten ihre Schwimmnudeln in den Händen, angeleitet von einer hochgewachsenen Frau mit einer bemerkenswerten Figur, wie er von hinten erkennen kann. Wespentaille mit breiten Schultern. Durchaus eindrucksvoll. Sie trägt ein weißes T-Shirt und eng anliegende weiße Jeans. Sie leitet ihre Delinquentinnen mit einer sympathischen Stimme an, die eine russische Färbung erkennen lässt. Als die Frauen in Richtung der Duschen schwärmen, dabei wie Teenager kichern und plappern, hat sich Henry in den Männerteil des Umkleidebereichs zurückgezogen und wartet. Er möchte nicht den Eindruck erwecken, als würde er heimlich Frauen beobachten!

Endlich ist er für sich. Er taucht ein und schwimmt seine Bahnen, während er seine Erkenntnisse sortiert. Langsam müsste er sich näher mit dem Inhalt der Festplatte beschäftigen, so schwer es ihm auch fällt. Es käme dabei sicher einiges ans Tageslicht, was er gar nicht wissen wollte. Aber kann er darauf verzichten? Zuerst aber wird er versuchen, die verschiedenen Möglichkeiten auszuloten. In der klassischen rabbinischen Fragestellung gibt es immer zwei Möglichkeiten. In diesem Fall: Mord oder nicht Mord? Sagen wir kein Mord. Es bestand die Gefahr, dass die Veruntreuung herauskommen könnte. Oder dass Frau Axelrath ihr Testament ändern würde. Aber nun ist sie rechtzeitig gestorben. Klingt dünn. Doch Mord? Unterstellen wir, dass Frau Axelrath in den letzten Monaten ihre lebenserhaltenden Medikamente nicht mehr bekommen hat.

Wer war in der Lage, die Medikamente zu manipulieren? Max Axelrath. Warum? Frau Siemer und er sind ein Liebespaar. Wieder zwei Möglichkeiten. Die Siemer hat das Testament verschwinden lassen oder nicht. Nehmen wir an, die Siemer hätte es verschwinden lassen. Warum? Laut Miriam Fajner ist in den letzten Jahren eine Menge Geld weggekommen. Zweite Möglichkeit: Die Siemer ist schuldlos. Das Geld ist einfach nur weg. Wohin? Wer hat es? Zehn Millionen. Da muss man oft zum Shoppen reisen. Nein, es steckt noch mehr dahinter, da ist Henry sicher. Die Siemer hat einen Plan. Sie macht Frau Axelrath zu ihrer Freundin und den Mann zu ihrem Geliebten. Kann man das glauben? Axelrath ist bereits über siebzig und für eine deutlich jüngere Frau nicht mehr allzu sexy. Plötzlich reift im Rabbi eine Idee: Was, wenn es noch einen Unbekannten gibt, eine dritte Person? Einen Auftragskiller? Oder ein Mastermind? Oder, ganz profan gedacht, einen Lover? Nachdenklich verlässt der Rabbi den Pool.

Es ist schon lang nach Mitternacht. Henry liegt in seinem Bett und nickt immer wieder über einem Kriminalroman von Georges Simenon ein. Einerseits schätzt er diesen Autor als einen ungewöhnlich begabten Schriftsteller, auf der anderen Seite verabscheut er ihn als Mensch. Er war zweifellos einer der fürchterlichsten Antisemiten, der sich in seinen Jahren als Journalist bei einer faschistischen Zeitung nicht scheute, allen Juden die Vernichtung zu wünschen. Die Trennung zwischen einer Person und ihrem Werk ist immer wieder ein Streitpunkt bei diversen Diskussionen in der Gemeinde. Soll Wagner gespielt werden, zum Beispiel. Oder ganz aktuell: Soll man einen Film von Roman Polanski zeigen? Er versteht die Einwände der feministischen Fraktion innerhalb des Vorstands, aber das ändert nichts daran, dass der Regisseur Meisterwerke geschaffen hat. Der Rabbi hat dazu eine pragmatische Haltung: Verbieten geht gar nicht! So wenig man jemanden zwingen kann, »vergiftete« Musik zu hören, so wenig kann man von ihm fordern, einen bestimmten Film anzuschauen. Doch Werke zu verbieten geht gar nicht. Also sollte man diejenigen, die sich umstrittene Filme oder entsprechende Musik reinziehen, nicht verurteilen oder gar mit dem Urheber und dessen Gedankenwelt gleichsetzen. Deshalb liest der Rabbi auch hin und wieder Simenon. Das ist zwar nicht konsequent, aber dafür inkonsequent. Richard Wagner jedoch hat er noch nie gespielt und wird es auch niemals tun.

Henry ist inzwischen eingeschlafen und hat einen merkwürdigen Traum: Es ist Nacht. Henry ist ein Talmudschüler. Er befindet sich gemeinsam mit anderen Talmudschülern unterhalb der Karlsbrücke am Ufer der

Moldau. Die Silhouetten der Steinfiguren, die über ihm auf dem steinernen Geländer der Brücke stehen, zeichnen sich gespenstisch im Licht des riesigen Vollmonds ab. Er und seine Mitschüler leisten schwere Arbeit. Immer wieder tauchen sie ihre Eimer in den Uferschlamm des Flusses, schleppen sie anschließend zu einem aufgeschütteten Haufen, der immer höher und höher wird. Daneben steht ein mittelalter Mann, Rabbi Löw, und treibt die *jeschiwe bocherim*, seine Talmudschüler gnadenlos an. Sie müssen zu einer bestimmten Zeit fertig sein, damit der Wunderrabbi mit seiner Schöpfung beginnen kann. Besonders garstig ist er zu Henry, den er immer wieder beschimpft und ihn einen ומפעיק מענטש, einen »unfähigen Menschen«, nennt, der die Göttlichkeit dieser Stunde nicht begriffen habe. Wenn der »*Golem*« nicht gelingen sollte, dann sei Henry schuld! Denn auf dem Grund des Flusses liege das Herz! Das gilt es zu finden. Das Herz! Henrys Kaftan hat sich mit nassem Schlamm vollgesogen, wird immer schwerer. Er kann kaum noch laufen. Und doch schleppt und schleppt er Eimer um Eimer mit immer schwerer werdendem Schlamm. Die anderen »*jeschiwe bocher*« haben ihre Arbeit beendet und inzwischen ein Spalier gebildet. Sie lachen ihn aus, stellen ihm ein Bein, sodass er mit dem Gesicht in den Schlamm fällt.

געפֿינען די הארץ!, hört er den ungehaltenen Rabbi befehlen: »*Gefinen dus harz!* Finde das Herz!« Dann reißt dieser schreckliche Traum plötzlich ab, und Henry erwacht schweißgebadet.

Was sollte ihm das sagen?

Diana Berking ist ein schmales, blasses Mädchen von dreizehn Jahren. Jedes zweite Wochenende darf sie mit ihrem geschiedenen Vater verbringen, vorausgesetzt, er hat nicht irgendeinen Fall, der keine Freizeit duldet. Aber selbst wenn sie sich sonntags in seinem Büro langweilt, ist es noch angenehmer, als mit dem neuen Mann ihrer Mutter wandern zu gehen. Einem Biolehrer! Und das ist er vierundzwanzig Stunden, sieben Tage lang.

Heute Mittag sitzt sie in einem italienischen Lokal mit ihrem Vater und diesem Rabbiner, der sie ungeniert ausfragt. Und sie erzählt ihm davon, dass sie leidenschaftlich gern reitet und den Traum hat, Tierärztin zu werden. Sie berichtet von ihrer Mutter, die im Senckenberg-Museum arbeitet, wo sie Besucher durch die Ausstellungen führt.

Kommissar Berking ist überrascht, denn seine Tochter ist sonst Fremden gegenüber eher zurückhaltend. Aber Rabbi Silberbaum hat eine angenehme Art, mit Teenagern umzugehen, ohne sich anzubiedern, und gibt ihnen das Gefühl, sie ernst zu nehmen. Diana fühlt sich offensichtlich wohl, während sie diesem freundlichen Mann gegenübersitzt, der sie anschaut und fragt: »Hast du etwas gefunden?«

Das Mädchen schaut über den Rand der Speisekarte. »Ich weiß nicht. Wie ist denn die Pizza hier?«

Ihr Vater sitzt neben ihr und meint verschmitzt: »Diana! Rabbi Silberbaum lädt uns ein. Das solltest du ausnützen.«

Jetzt muss auch das Mädchen lächeln. »Ich mag aber nur Pizza.«

»Okay«, sagt der Rabbi, »dann such dir eine aus. Wie wäre es mit Vier Jahreszeiten? Da hast du von allem etwas.«

Diana rümpft die Nase. »Da sind sicher Sardellen drauf, eklig!«

In diesem Moment kommt Nicola, der Wirt, an den Tisch.

»Rabbino«, sagt er zu Henry, »was darf es sein?«

Der Rabbi schaut fragend zu dem Mädchen.

»Pizza Capri«, sagt die Tochter des Kommissars.

»Für mich ein Saltimbocca«, meint ihr Vater.

»Und ich wie immer«, sagt der Rabbi.

»Va bene«, brummt Nicola und geht.

Berking legt seine Hand auf den Arm seiner Tochter. »Bist du mir böse, wenn wir für einen Augenblick dienstlich werden?«

»Nein«, sagt Diana, »überhaupt nicht. Sonst redest du ja nie über deine Arbeit.«

Ein Augenblick des Schweigens, dann sagt der Kommissar: »Also, Henry, haben Sie irgendetwas, was Ihre Theorie stützen könnte?«

Der Rabbi schüttelt den Kopf. »Nichts. Es ist lediglich ein Gefühl. Dasselbe Gefühl, das ich hatte, als ich Frau Axelrath in ihrem Bett liegen sah. Dass da irgendetwas nicht stimmt.«

»Das ist nicht viel.«

»Ich weiß. Aber wie ist das bei Ihnen? Sie haben doch sicher auch manchmal so ein Bauchgefühl.«

»Stimmt. Besonders dann, wenn eine Sache eindeutig

aussieht. Entweder ich erlebe einen Tatort, wo die Gewalt mich anspringt. Oder einen, der zu clean aussieht. Aber wie kommen Sie auf den großen Unbekannten? Bisher hatten Sie doch Axelrath im Auge.«

Der Rabbi trinkt einen Schluck Mineralwasser, dann sagt er: »Habe ich immer noch. Aber Sie erinnern sich, dass Frau Axelrath mir von dem Einbrecher erzählt hat? Was wäre, wenn es kein Einbrecher war, der etwas stehlen wollte, sondern ein Mann, der etwas gebracht hat?«

Der Kommissar ist verblüfft. »An was denken Sie?«

»Medikamente. Manipulierte Kapseln und Pillen. Die Frau hat nachweislich in den letzten Monaten ihre Tabletten nicht mehr bekommen. Es gibt keine Spuren. Vielleicht gab es einen Komplott gegen sie. Robert, unter uns, halten Sie das für abwegig?«

Diana sieht ihren Vater neugierig an. Die Sache scheint das Mädchen zu interessieren.

»Nehmen wir an«, sagt Berking, »es war so, wie Sie mutmaßen. Cui bono?«

»Wem nützt es«, ruft Diana dazwischen.

Ihr Vater sieht sie anerkennend an und hebt den Daumen hoch.

»Sibylle Siemer«, sagt der Rabbi. »Sie ist die Geliebte des Ehemanns und fürchtet um ihre Pfründe, falls das herauskommt. Sie stellt fest, dass Frau Axelrath sich ihr entfremdet, und hat erfahren, dass sie beabsichtigt fortzugehen. Dass sie ihr Geld verteilt. Dass sie gegen die Stiftungsidee ist, dass sie misstrauisch wird wegen der

Fehlbeträge. Höchste Zeit also, etwas dagegen zu unternehmen.«

Der Kommissar ist skeptisch. »Und Axelrath?«

»Der bangt auch um seine Zukunft, aber ein Mord? Er hätte nicht einbrechen müssen, um die Medikamente auszutauschen.«

»Meinen Sie, dass er von dem Plan wusste? Dann wäre er Mittäter.«

»Keine Ahnung.«

Der Kommissar schaut den Rabbi an. »Wie sieht Ihr Plan aus?« Während der Kommissar einen Schluck Bier trinkt, beugt sich der Rabbi vor und beginnt leise: »Die Siemer hat ein Verhältnis mit Axelrath, so weit, so schlecht. Aber es ist, wie soll ich es ausdrücken...« Er schaut zuerst auf das neugierige Mädchen ihm gegenüber und sagt dann zu Berking: »...eine Pflichtübung, wenn Sie verstehen. Die Kür findet mit einem anderen statt.«

»Mit einem Komplizen?«

In diesem Augenblick wird das Essen serviert.

Die Pizza, das Saltimbocca, die Pasta mit Olivenöl und Knoblauch für den Rabbi.

»Müssen Sie denn nicht auch *halal* essen?«, fragt Diana plötzlich.

»*Koscher* heißt das bei Juden«, sagt ihr Vater.

»Ja, das stimmt, sehr gut. Dieser Teller ist aus meinem Haushalt.«

»Sie bringen Ihren eigenen Teller mit?«

»Der steht hier und ist nur für mich da. Er wird sogar separat gespült.«

»Und das Besteck auch?«

»Ja, das Besteck auch.«

»Und warum?«

»Damit ich sicher sein kann, dass nie Schweinefleisch darauf serviert wird. Das gehört zu den 613 sogenannten *mizwot*, also Vorschriften, die fromme Juden in ihrem Alltag zu berücksichtigen haben.«

»613? Wahnsinn!« Diana ist erstaunt. »Und die halten Sie alle ein?«

»Kein Kommentar!« Der Rabbi lächelt. Diana lächelt zurück.

Der Kommissar schüttelt den Kopf: »Verzeihen Sie, aber das ist schon merkwürdig. Was ist denn so schlimm an Schweinefleisch?«

»Das Judentum, wie übrigens auch später das Christentum und der Islam, ist in der Wüste entstanden. Und viele der Gesetze, wie zum Beispiel die Toten rasch zu beerdigen oder kein Schweinefleisch zu essen, sind dem Klima geschuldet. Fleisch verdirbt rasch bei Hitze, und Schweinefleisch besonders.«

»Wegen der Trichinen«, ruft Diana.

»Sehr richtig«, sagt der Rabbi, »der Biolehrer ist doch für was gut.«

Sie verdreht die Augen, während der Rabbi weiterspricht:

»Deshalb sind diese Vorschriften entstanden. Es waren Hygieneregeln. Später sind sie dann religiös überhöht und einem strafenden Gott, der alles sieht, angedichtet worden.«

171

»Damit sich jeder daran hält«, sagt Berking.

»Wie mit den Gesetzen heute«, meint Diana.

»Genau. Es würde genügen zu sagen, du sollst nicht morden, zum Beispiel. Aber erst ein Gesetz und die Aussicht auf Strafe halten die Menschen davon ab.«

»Nicht alle«, sagt der Kommissar, »leider.«

»Dann wärst du arbeitslos!«, sagt das Mädchen verschmitzt.

Die Männer müssen lachen.

»Zurück zu unserem Fall ...«, meint Henry.

»Zu Ihrem Fall!«, fällt ihm Berking ins Wort und deutet mit der Gabel auf ihn.

»Auch gut. Also, es ist natürlich mühsam, einer alten Dame Medikamente vorzuenthalten, in der Hoffnung, sie würde irgendwann sterben.«

»Eben«, sagt Berking, »außerdem würde es der Hausarzt beim nächsten Check merken ...«

Der Rabbi legt seine Gabel zur Seite.

»Das ist auch so ein Punkt: Sie hat den Arzt gewechselt!«

»Aha?« Jetzt ist auch der Kommissar ganz Ohr.

»Ja. Wer auch immer hat Frau Axelrath davon überzeugt, sich von Doktor Perlmann zu trennen, einem guten Allgemeinmediziner, der sie seit Jahren als Patientin behandelt, und ihr empfohlen, zu einem Spezialisten zu gehen, zu Doktor Ostermüller, einem Kardiologen.«

»Den würde ich mir an Ihrer Stelle mal genauer ansehen, den Herrn«, meint der Kommissar.

»Vielleicht steckte er mit den Bösen unter einer Decke«, bemerkt das Mädchen.

»Wie alt bist du, dreizehn?«, fragt der Rabbi launig, »unglaublich!«

Er ruft den Wirt.

»Nicola! Noch eine Cola für die junge Dame!«

8

Es ist nach 19 Uhr, die Praxis ist geschlossen. Marek Perlmann scheint es zu genießen, endlich mal wieder dozieren zu können. Er geht in seinem Sprechzimmer auf und ab und schaut dabei immer wieder den Rabbi an, der sich den Vortrag seines Freundes anhören muss.

»Die Herzinsuffizienz ist ein komplexes Ereignis«, sagt der Doktor, »in dem das geschädigte Herz den Ansprüchen des Organismus nicht mehr genügen kann. Der Körper will frisches, sauerstoffreiches Blut, das Herz kann's nicht mehr liefern. Das geschieht entweder schon im Ruhezustand oder unter Belastung. Im Fall von Frau Axelrath wissen wir, dass sie alt war und an hohem Blutdruck litt, der medikamentös eingestellt wurde. Sie nahm dreimal täglich Captopril, einen ACE-Hemmer, und bekam dazu ein ausschwemmendes Medikament verordnet, ein Thiazid. Wie wir an ihren Medikamenten sehen konnten, erhielt sie zusätzlich ein Antiarrhythmikum, da sie, wie bei der Herzinsuffizienz nicht selten, einen unregelmäßigen Herzrhythmus hatte. Quasi als Signal für die Verengung der Herzkranzgefäße bekam sie stenocardische Beschwerden, also eine Angina pectoris, das, was der Volksmund Herzanfall nennt. Dabei handelt es sich um ein Engegefühl unter dem Brustbein mit Ausstrahlung in den linken Arm. Deshalb wurde zusätzlich Nitrospray bei Bedarf verordnet, nach dem sie wohl noch greifen wollte.«

»Von all dem fand sich nachweislich nichts in ihrem Körper. Also? Was passiert, wenn man die Medikation weglässt, wie ja offenbar bei ihr geschehen?«, fragt Henry.

»Wenn man die Medikamente alle weglässt beziehungsweise durch Placebos ersetzt, wird es der Frau zunehmend schlechter gehen, sie wird kraftloser, kurzatmiger, erst nur bei Belastung, später auch in Ruhe, sie wird irgendwann auch sterben, wenn sie keiner ins Krankenhaus bringt. Bei akutem Herzversagen kommt es zum Rückstau des Blutes in die Lunge und schließlich zum hochdramatischen Bild eines Lungenödems, mit panischer Angst und Erstickungssymptomen. Auch Rhythmusstörungen können einen Stillstand des Herzens verursachen, der dann innerhalb kürzester Zeit zum Tod führt.«

Der Rabbi unterbricht.

»Wenn ein Arzt nichts tut, stimmt's?«

»Also das, was du dir zusammengereimt hast, ist im Prinzip möglich – es ist ein schleichender Prozess, in dem die Axelrath immer schwächer werden würde und eigentlich merken müsste, dass mit der Behandlung etwas nicht stimmt.«

»Es sei denn, ihr Arzt spielt es herunter, macht ihr immer wieder Mut, sorgt für kurzfristige Erholung«, sagt Henry.

»So kann es gewesen sein«, meint Perlmann.

»Danke für die Vorlesung«, sagt der Rabbi.

Der Arzt läutet den Feierabend ein, indem er die Jalousien schließt. Er schaut seinen Freund und Patienten an.

»Ist noch was?«

Der Rabbi ist zögerlich.

»Kannst du mir eine Überweisung ausstellen? Ich möchte zum Kardiologen.«

»Warum? Du bist fit wie ein Turnschuh. Deine Blutwerte sind einwandfrei, dein EKG ist das EKG des Monats.«

»Ich möchte zu einem kompetenten Arzt, zum Beispiel zu Doktor Ostermüller!«

»Das darf nicht wahr sein!«

Perlmann setzt sich und sagt: »Wenn Ostermüller was mit dieser Sache zu tun haben sollte, also wenn es überhaupt so etwas wie ›eine Sache‹ gibt, dann wird er misstrauisch werden, wenn ich dich schicke.«

»Marek! Ich will, dass er misstrauisch wird, verstehst du? Nur dann macht er vielleicht Fehler. Wenn wir ihn aus der Reserve locken.«

»Du spinnst, ehrlich!«

Und schon hört man den Drucker, der kurz darauf eine Überweisung ausspuckt.

Die kardiologische Praxis von Doktor Jens Ostermüller befindet sich in einem eindrucksvollen Gebäude im Frankfurter Osten. In den letzten Jahren sind hier in der Gegend um die Europäische Zentralbank und am gegenüberliegenden Flussufer neue Viertel entstanden, mit teuren Lofthäusern, mit Galerien, Edelboutiquen, schicke Restaurants oder eben Arztpraxen. Sobald ein Stadtteil wohnlicher, urbaner wird, wenn Künstler, Cafés, Bioläden und Clubs einziehen, Mietwohnungen in Eigentum umgewandelt werden, die Lebensqualität – oder das, was die Menschen darunter verstehen – steigt, ist er gefährdet. Oft regen sich die Menschen über die Gentrifizierung auf, obwohl sie, wenn auch unfreiwillig, dazu beigetragen haben, denkt der Rabbi.

Bevor er die großzügige Lobby des Hauses betritt, wirft er einen Blick auf die Parkplätze, die sich hinter dem Gebäude befinden. Die vorderen Stellplätze sind Besuchern und Patienten vorbehalten, aber dann folgt ein Platz, auf dem ein roter Ferrari steht und davor ein Metallschild an einem Pfosten: *Reserviert Dr. Ostermüller.* Wer in diesem Haus residiert, muss viel Geld verdienen.

Die Praxis ist aufs Feinste ausgestattet, was Henry nicht überrascht. Geschmackvolles Interieur, Designermöbel, wertvolle Drucke an den Wänden. Hier hat ein stilsicherer Mensch das Sagen, keine Frage. Selbst die Sprechstundenhilfen sehen aus wie aus einem 3D-Drucker. Alle jung, blond, mit Pferdeschwanz, pinkfarbene kurze Kittel, weiße Söckchen, Ballerinas. Schon erschreckend nah am Fetischismus. Eine Gleichstellungsbeauftragte gibt es hier sicher nicht.

Nachdem sich Henry Silberbaum angemeldet hat, wobei er ausgesucht höflich behandelt wird, sitzt er als einziger Patient auf einem edlen Ledersofa. *Gala* oder

Auto, Motor, Sport sucht man hier vergebens. Er blättert unkonzentriert in *Côté Sud*, einem französischen Hochglanzmagazin über gediegenes Wohnen und die feine Lebensart. Nach wenigen Minuten ertönt eine erotische Stimme über den Lautsprecher: »Herr Silberbaum in Zimmer drei, bitte!«

Henry erhebt sich, geht in einen Flur, findet das Zimmer, betritt es. Ein helles Untersuchungszimmer mit einem Ultraschallgerät in der Ecke, und auch hier bekommt man den Eindruck, der Doktor hat erlesenen Geschmack. Der Rabbi setzt sich auf einen Drabert-Stuhl mit grünem Plastikbezug aus den Fünfzigern und wartet.

Auftritt Doktor Jens Ostermüller! Ein sportlicher, gut aussehender Mann, der auch als Vorstandschef eines DAX-Konzerns durchginge. Er drückt Henry fest die Hand, bittet ihn danach mit einer Geste, vor dem Schreibtisch Platz zu nehmen, und begibt sich dahinter. Nachdem er sitzt, fragt er mit einem Seitenblick auf seinen Monitor.

»Nun, Herr ... Silberbaum, wie kann ich Ihnen helfen?«

»Ich komme auf Empfehlung einer Ihrer Patientinnen, Frau Axelrath ...«

Der Arzt lächelt. »Danke. Das ist nett. Eine fabelhafte Dame, wirklich. Grüßen Sie sie herzlich.«

Damit will er zur Tagesordnung übergehen. Aber Henry sagt: »Das wird schwer. Sie ist gestorben.«

»Was?« Der Doktor ist offensichtlich geschockt. »Das ist nicht möglich! Also, sie war doch hervorragend eingestellt. Wieso weiß ich davon nichts? Ich bin ihr behandelnder Arzt.« Er schaut Henry an, als müsse der die Antwort kennen.

»Ich habe selbstverständlich zuerst ihren langjährigen Hausarzt, Doktor Perlmann, in Kenntnis gesetzt. Ich hatte ja keine Ahnung, dass Sie ...«

»Und was haben Sie mit der Sache zu tun, wenn ich fragen darf?«

Der Doktor schaut den Rabbi misstrauisch an. »Oh«, meint Henry, »ich vergaß, das zu erwähnen, ich bin Rabbiner.«

»Aha.«

»Ja. Und ich wurde von Herrn Axelrath zu der Toten gerufen.«

»Und wieso wurde der Kollege ...«

»Perlmann«, sagt der Rabbi.

»... Perlmann gerufen und nicht ich?«

Er wirkt jetzt beinah gekränkt.

»Herr Axelrath beziehungsweise eine Bekannte der Familie hat den Notarzt gerufen, und der stellte dann den Tod fest. Das geschah, bevor ich eintraf.«

»Ach so ... Trotzdem hätte man mir Bescheid sagen müssen.«

»Es war Sonntag.«

»Egal, ich wäre sofort da gewesen.«

»Davon bin ich überzeugt«, sagt der Rabbi, »ich habe Ihren Wagen gesehen.«

Der Doktor lächelt gequält. »Was kann ich für Sie tun?«

»Ich bin in den letzten Wochen oft kurzatmig.«

»Treiben Sie Sport?«

»Nicht übermäßig, aber ich bin ganz fit und halte mich für sportlich. Ich fahre Rad, schwimme …«

»Machen Sie bitte mal den Oberkörper frei.«

Henry erhebt sich, beginnt sein Hemd aufzuknöpfen.

Henry schaut den Kommissar an.

»›Sie war doch hervorragend eingestellt!‹ Das waren seine Worte. Er fragte nicht: ›Wie ist sie gestorben?‹ Sie hätte ja aus dem Fenster gefallen sein können oder in der Badewanne ausgerutscht. Nein. Für ihn war es klar ein Herzanfall, ohne dass ich auch nur ein Wort gesagt hatte! Warum?«

Der Kommissar steht übernächtigt an einem Stehtisch vor seinem Lieblingsrestaurant, der Trinkhalle, dem »Wasserbüdche« an der Ecke, und isst eine Bockwurst, während Henry sich kaum zurückhalten kann vor Erregung.

»Mann, Robert, sagen Sie was dazu!«

Der Kommissar kaut stoisch.

»Das ist doch höchst verräterisch«, hakt der Rabbi nach, »ich sage, die Frau ist tot, und er sagt …«

»Sie war doch hervorragend eingestellt!«, sagt Berking kauend. »Ich habe es verstanden, Henry, wirklich. Aber was beweist das? Er ist Arzt, Herzspezialist, seine Patientin ist tot. Logisch, dass er denkt, es habe was mit ihrer Krankheit zu tun. Man denkt immer zuerst an das Naheliegende.«

Henry kann es nicht glauben. So viel Ignoranz ist ihm

lang nicht begegnet. »Der Mann hat sich verraten, und Sie lassen ihn damit davonkommen? Sie sollten ihn festnehmen. An Ihrer Stelle würde ich endlich versuchen, diesen verdammten Fall zu lösen!«

»Das tun Sie doch schon«, sagt Berking und wischt sich mit einer Papierserviette den Mund ab.

»Aber ich bin ein Rabbiner. Ich bete für das Heil der Menschen und führe Kinder zum rechten Glauben.«

Der Kommissar lächelt für eine Sekunde. Dann sagt er: »Es tut mir leid, aber wir haben noch zu wenig.«

»Zu wenig? Wir haben einen Arzt, der sich verrät, eine hinterfotzige Vermögensverwalterin, die Akten verschwinden lässt, einen geldgierigen Witwer. Keine Spuren von lebenswichtigen Medikamenten in der Toten. Reicht das nicht?«

»Sie haben den koscheren Teller vergessen«, sagt der Kommissar und fügt dann an: »Ich finde, Sie machen das sehr gut, Henry, echt. Je wasserdichter unsere Beweise sind, desto besser unsere Chance, den oder die Täter zu überführen.«

»Unsere Beweise! Ich mache hier die Kärrnerarbeit, und Sie stehen später in der Zeitung.«

Der Kommissar muss lachen. »Da können Sie mal sehen, wie ungerecht das alles ist. So geht es mir mein ganzes Berufsleben lang. Ich fange die Bestie von Sossenheim, und mein Vorgesetzter ist in der Talkshow. Ich hole mir noch ein Bier zum Einschlafen, und Sie?«

»Danke, ich schlafe schon ohne Bier ein.«

»Henry«, sagt der Kommissar und fühlt sich befleißigt,

zum Abschluss des Abends noch etwas Tröstliches von sich zu geben. Er legt dem Rabbi dabei freundschaftlich die Hand auf die Schulter. »Sie sind wirklich ein begabter Kriminalist und haben sicherlich auch durch Ihre talmudische Ausbildung ein Talent entwickelt, dem Offensichtlichen zu misstrauen und dahinter zu schauen. Aber vernachlässigen Sie niemals dabei das, was sich vorn abspielt. Nur wer beides in Einklang bringt, findet die Lösung.«

»Amen«, bemerkt der Rabbi und fährt fort: »Robert, Sie haben einen Apparat zur Verfügung, Datenbänke, Software, Amtshilfe, Spitzel, Rechercheure, und ich stochere hier im Nebel. Wenn Sie mir wenigstens …«

»Okay«, unterbricht ihn Berking, »aber kein Wort zu keinem, sonst kann ich umschulen, auf Pfarrer.«

Der Rabbi muss lachen.

»Was wollen Sie wissen?«, fragt der Kommissar.

»Jens Ostermüller, der Kardiologe von Frau Axelrath. Er fährt einen Wagen für über zweihunderttausend Euro.«

»Kann man leasen.«

»Okay. Seine Praxis kostet gut und gern eine Million.«

»Die Pharmaindustrie vergibt Darlehn. Außerdem gibt es Banken, und die Kredite kosten heute …«

»Geschenkt! Sie wollen mir nicht helfen.«

Der Kommissar zückt sein Notizbuch.

»Wie heißt der Mann? Ostermeier?«

»Ostermüller, Jens. Hanauer Landstraße.

Der Polizist schreibt, dann sagt er väterlich: »Passen Sie auf sich auf.«

Damit geht er in Richtung Trinkhalle.

»Karim! Noch ein Bier.«

Der Smart hält in der Auffahrt des Golfhotels in Stromberg. Ein imposantes Gebäude im Tudorstil.

Der Rabbi ist ausgestiegen, als ein Bell-Captain naht.

»Guten Tag, der Herr. Darf ich Ihren Wagen parken lassen«, fragt er.

»Danke, aber ich bleibe nicht lang.«

»Wie Sie wünschen.«

Der Mann reagiert eingeschnappt und hält Henry fast angewidert die Tür auf.

Henry ist ausgestiegen, betritt die Lobby des Hotels. Er geht zur Rezeption. Ein Hotelportier steht beflissen hinter dem Tresen und fragte ihn nach seinem Wunsch.

»Ich habe eine Verabredung mit Herrn Axelrath, Max Axelrath. Aus Frankfurt.«

Der Portier tippt auf die Tastatur seines Computers und schaut auf den Monitor.

»Das tut mir leid, wir haben keine Reservierung für Herrn Axelrath.«

»Und für Frau Doktor Siemer auch nicht?«, fragt der Rabbi.

Wieder checkt der Portier seinen Computer.

»Nein, bedaure.«

»Kann es sein, dass ich mich geirrt habe? Wir haben uns im März hier beim Golfen getroffen und verabredet.«

Der Portier ist zögerlich, dann sagt er: »Ja, da war Herr Axelrath hier.«

»Vom 14. auf den 15. März?«

»Exakt.«

»Ist es indiskret, wenn ich frage, ob Frau Siemer auch hier war und ob sie ein Doppelzimmer hatten?«

»Ja. Das darf ich Ihnen beim besten Willen nicht sagen. Sie könnten ja ein eifersüchtiger Ehemann sein. Wir nehmen Diskretion und die Privatsphäre unserer Gäste sehr ernst.«

Der Rabbi lacht. »Und wenn ich Sie besteche?«

Jetzt lacht der Portier.

Einige Minuten später steht der Rabbi in Sichtweite des Hotels und telefoniert.

»Wie soll ich das anstellen, Robert? ... Danke, toller Tipp! Soll ich den Portier fesseln und knebeln und seinen Computer klauen? ... Welche Möglichkeit? ... Ja. Sie haben ja recht! Wieso bin ich nicht selbst darauf gekommen? ... Genau! Er hat gesagt, er habe noch getankt, das hat er gesagt. ... Wie lange heben die Tankstellen die Aufnahmen der Videoüberwachung auf? ... Das wäre super, wenn Sie das machen könnten, das ist offizieller und macht Eindruck, danke!«

Er beendet gut gelaunt das Telefonat, steigt in seinen Wagen und braust davon.

»Eigentlich darf ich mit dir nicht darüber sprechen! Isst du das noch?« Bevor er etwas sagen kann, kreist Rafi Reichenberger bereits mit seiner Gabel über Henrys Teller und spießt die letzte Falafel auf.

Mit seinem Freund essen zu gehen ist für den Rabbi jedes Mal eine Tortur. Besonders im Kosher Kitchen von Gad Amar im Sandweg. Hier kauft Rafi Reichenberger immer erst mal die Vorspeisenvitrine leer. Der Anwalt ist in jeder Lebenssituation maßlos. Frauen, Kinder, Kunst. Egal. Er kann nirgends genug bekommen. So auch beim Essen. Nicht nur, dass er sich diverse Vorspeisen und Hauptgänge bestellt und auch noch die Reste seiner Mitesser vertilgt, nein, auch im Konsum von Süßspeisen ist er unschlagbar. All-you-can-eat-Büfetts würden bei ihm pleitegehen.

»Immerhin habe ich dir das Mandat vermittelt«, sagt der Rabbi vorwurfsvoll.

»*Nebbich!* Außerdem«, murmelt der Anwalt kauend, »ich sagte ›eigentlich‹ darf ich mit dir nicht darüber sprechen, aber selbstverständlich reden wir darüber, was glaubst du denn? Weshalb sind wir hier, obwohl es keine Küche gibt, die so viele Speisegesetze hat und die so grauenvoll ist wie die jüdische. Und hier besonders. Koscher und so was von mies. Aber gut, habe ich gedacht, warum meckern, es ist eine Einladung…«

»He«, ruft der Rabbi grinsend, »du *ganef*! Von Einladung war keine Rede. Ich habe dich lediglich gefragt: Was hältst du davon, wenn wir eine Kleinigkeit – wohlgemerkt, eine ›Kleinigkeit‹ – bei Gad Amar essen gehen.«

»Nu sei nicht so geizig«, er tupft sich dabei mit einer riesigen, ehemals weißen Stoffserviette den Mund ab, »aber so seid ihr Juden!«

Beide müssen herzlich lachen.

»Was soll ich dir sagen? Die Sache stockt. Keiner kommt wirklich weiter. Wir haben alles angehalten, das ist die gute Nachricht, denn die Gegenseite kommt nicht an die *mesumen* ran. Sie haut eine EV nach der anderen raus, die *kurwe*!«

»Hier, sieh dir das an.« Der Rabbi reicht ihm sein Smartphone.

»Was ist das?«, fragt der Anwalt.

»Ein Ehevertrag, jedenfalls die Einzelteile davon.«

»Woher hast du das«

»Aus Axelraths Papierkorb.«

»Bist du *meschugge*? Außerdem beweist das gar nichts. Nur dass der Vertrag offensichtlich nicht mehr gilt.«

»Bist du blind? Er hat den Vertrag zerrissen, nachdem sie tot war. Und jetzt haben sie sich die Geschichte mit der Stiftung ausgedacht.«

»Quod erat demonstrandum«, sagt der Anwalt nachdenklich, um dann unschuldig zu fragen: »Hast du Lust auf was Süßes? Ich könnte jetzt einen Kaiserschmarrn vertragen.«

»Gibt es hier nicht.«

»Weiß ich doch. Wir fahren zum Wiener Anton!«

»Nein, da ist es nicht koscher.«

»Koscher! Henry, wir kennen uns über vierzig Jahre! Soll ich dir mal erzählen, was du alles gegessen hast, bevor du fromm geworden bist? Bratwurst im Waldstadion! Und die Mädels waren auch nicht koscher. Und es ist kein Blitz von Himmel gefahren. Rabbiner musste er werden, ausgerechnet. Hättest du dir nicht einen anständigen Beruf aussuchen können?«

Henry unterbricht ihn.

»Kannst du nicht mal beim Thema bleiben, verdammt! Ich liefere dir einen Beweis nach dem anderen, und du bist nicht in der Lage, sie fertigzumachen? Die Frau ist ermordet worden. Man hat ihr lebenswichtige Medikamente vorenthalten, der Mann hat ein Verhältnis mit der Siemer, sie waren in der Nacht, als Frau Axelrath starb, zusammen!«

»Umso schlimmer«, sagt der Anwalt und stochert unbekümmert mit einem Zahnstocher zwischen seinen Zähnen herum, »jetzt haben sie auch noch ein Alibi.«

»Na und! Sie haben gemeinsam die Frau um Millionen betrogen, jetzt reißen sie sich das Erbe unter den Nagel, und du sitzt hier und denkst nur ans Fressen!«

Der Anwalt lehnt sich zurück, schaut seinen Freund einen Augenblick schweigend an, dann sagt er: »*Mon cher ami*, ich habe meinen Teil dazu beigetragen, gebührenfrei bisher, das möchte ich nicht unerwähnt lassen, in absehbarer Zeit jedoch wird das Nachlassgericht Fakten sehen wollen, die da sind: Die Siemer muss beweisen, dass sie den letzten Willen der Verstorbenen exekutiert. Das wird nicht so schwer sein, denn sie hat eine ungekündigte Vereinbarung darüber, dass sie die Vermögensverwalterin ist, und sie hat Vollmacht über die Konten. Diese erlischt nach dem Tode des Vollmachtgebers nicht automatisch. Sie verwaltet außerdem die Liegenschaft in der Kaiserstraße und alle Anlagegeschäfte. Die Verstorbene hatte angeblich die Absicht, den gesamten Besitz in eine Stiftung in Liechtenstein zu überführen, deren Vorsitz praktischerweise Frau Siemer innehaben sollte.« Rafi Reichenberger winkt dem Ober zu, während er weiterredet: »Und glaube mir, ich halte die Tante für so ausgebufft, dass sie früher oder später die entsprechenden Papiere beibringen wird. Und wir kratzen uns die Eier, so sieht's aus.«

Henry schweigt.

»Bist du *broiges*?«, will der Anwalt wissen, doch da naht schon der Ober. »Einmal die Schokoeiscreme mit Schokosauce. Und danach einen *bronfn*, sonst rebelliert mein Magen. Ich darf so spät nichts Süßes mehr essen.«

»Und für Sie, Rabbi?«, fragt der Ober.

»Nichts, danke, Sammy.«

Als der Ober geht, fragt Rafi noch einmal: »Bubele, ich seh's dir doch an: Du willst mir etwas sagen.«

Henry nickt und sagt leise: »Ich bin im Besitz eines USB-Sticks mit einer Kopie von Frau Axelraths Computerfestplatte!«

Der Anwalt schaut sich um und sagt dann entgeistert: »Was?« Er beugt sich völlig konsterniert über den Tisch. »Wie kommst du da ran?« Aber bevor Henry antworten kann, sagt Rafi leise und scharf: »Stop it! I shouldn't know!«

Henry sagt leise: »Das Problem ist, mich plagt mein schlechtes Gewissen. Außerdem habe ich keine Zeit und keine Nerven, mir die Dateien anzusehen oder Mails durchzulesen, um vielleicht irgendwann irgendwo irgendwas zu entdecken.«

»Wie Woody Allen schon sagte, das schlechte Gewissen ist eine jüdische Erfindung«, flüstert Rafi, »gib mir den Stick, ich setze einen meiner Referendare dran, der soll alles durchforsten nach verwertbaren Spuren. Alles, was gerichtsrelevant sein könnte ...«

Bevor Henry einhaken kann, redet der Anwalt weiter: »... aber ich will gleich deine Illusionen zerstören. Selbst wenn da drinstünde ›Liebe Polizei, mein Mann und meine Vermögensverwalterin betrügen mich um mein Geld und haben außerdem ein Liebesverhältnis, deshalb wollen sie mich ermorden‹, so nützt uns das einen Dreck.«

»Versteh ich nicht«, wundert sich Henry.

»Bei allen meinen Fällen tue ich gern so, als verträte ich die Gegenseite. Ich würde in diesem Fall also behaupten, die Frau litt unter Wahnvorstellungen. War nicht die Siemer ihre engste Vertraute? Hat sie sich nicht bis zum letzten Tag rührend um die alte Dame gekümmert? Ist mit ihr gereist, bis nach Auschwitz. Und sogar wieder zurück!«

»Und was bedeutet das?«

»Du musst liefern, Alter. *Sine quod nulla actio.* Ohne Beweise keine Tat!«

Chat

»Ich bin verzweifelt.«

»Dann hör auf, dich zu quälen, und geh an die Öffentlichkeit, so what?«

»Wie denn?«

»Facebook.«

»Möchte ich nicht.«

»Ich mach's für dich. Ich stelle eh alles rein, was uns betrifft.«

»Was?«

»Sicher, was denkst du? Fotos, Liebesbriefe ... just kiddin'.«

»Ich stelle fest, dass ich nichts mehr richtig mache durch diesen Fall.«

»Henry, darling, so kenne ich dich gar nicht. Du bist doch ein chochem.«

»Ich weiß nicht, wo ich ansetzen soll.«

»Was ist mit der Tochter? Vielleicht gibt es noch etwas, was sie nicht erzählt hat. Dysfunctionality is running in every family.«

»Kann ich versuchen, ich muss mich eh bei ihr melden.«

»C'mon pal! Get your act together.«

»Lov ya, bye.«

»Bye, rabbi.«

9

»Gute Nacht, *leila tow*.«

Zurückhaltend freundlich winkt Miriam Fajner in die Kamera. Henry sitzt in seiner Küche und hat soeben das Zoom-Gespräch beendet. Es ist ihm nicht leichtgefallen, der Tochter von Ruth Axelrath all das zu übermitteln, was ihm sein Freund Rafi Reichenberger schonungslos erklärt hat. Die Chancen, gegen die Geier zu gewinnen, waren nicht gestiegen, im Gegenteil. Am Ende würde Miriam noch um ihren Pflichtteil zu kämpfen haben, denn wenn sich der Plan mit der Liechtensteiner Stiftung realisieren würde, hinge es vom Wohlwollen der Vermögensverwalterin ab. Außerdem würden Axelrath und seine Geliebte mit Sicherheit alles tun, um einen Kassensturz zu vermeiden, da war Henry sicher.

»Das wird schon«, verkündet der Rabbi am Schluss mit gespieltem Optimismus, aber er hat noch keinen Plan. Sein Kopf ist leer. Mit diesen düsteren Gefühlen geht er schließlich zu Bett. Doch in der Nacht hat der Rabbi wieder einen seltsamen Traum, und dieser Traum wird vieles verändern …

Henry bahnt sich seinen Weg durch die engen, finsteren Gassen des jüdischen Ghettos. Eilige Menschen kommen ihm entgegen, fromme Juden im Kaftan sehen ihn an. Einige drehen sich verwundert nach ihm um. Kleine Jungen mit *pajes*, mit Schläfenlocken, laufen ihm nach, verspotten ihn. Es liegt an seiner modernen Kleidung. Er kommt an ein Haus. Über der offenen Haustür ein metallenes Schild, das einen liegenden Löwen zeigt. Im Flur stehen die Wartenden. Talmudschüler, alte Männer, Frauen. Henry geht durch die Reihen, man starrt ihn an, wenige grüßen ihn. Die Tür zum Zimmer am Ende des Flurs steht offen. ‏קום אריין!‏

»Komm arein!«, hört er eine sanfte Stimme sagen. Hinter einem wuchtigen Tisch, umgeben von vielen Büchern, sitzt ein alter Mann mit einem langen weißen Bart, Rabbi Löw! Der berühmteste Rabbiner seiner Zeit, der Schöpfer des Golems. Er ist so anders als in Henrys früherem Traum. Mitfühlend, zugewandt. »Ich wusste, dass du kommen würdest, mein Sohn«, sagt Rabbi Löw mit sanfter Stimme, »doch schmerzt es mich, dich wütend zu sehen. Wut macht aus Weisen Narren. Auch ich war einmal ungestüm und dummstolz. Deshalb ist mein Werk nicht gelungen.«

»Ihr habt recht, verzeiht meine Ungeduld. Ich brauche Euren Rat, großer Meister«, sagt Henry, »ich suche nach dem letzten Stein im Mosaik der Wahrheit.« Der weise Rabbi *klärt*, dann sagt er: »Wo dich nichts hindern kann, selbst das Unmögliche zu denken, dort ist der Ort, an dem du finden wirst, nach dem du suchst.«

Leise sagt Henry: »Das Herz.«

Der weise Rabbi Löw nickt: »Ja, mein Sohn. Und weißt du auch, wo du es findest?«

»In der Moldau?«, fragt Henry unsicher.

Rabbi Löw lächelt. »Ja. Die Moldau ist überall.«

Der Traum der vergangenen Nacht beschäftigt den Rabbi den ganzen Tag. Gegen Abend radelt er zum Seniorenstift. Es ist ein weiter Weg, die Strecke geht lang bergauf. Aber seine Gedanken lenken ihn von der Strapaze ab. Insgeheim hofft er, Esther Simon zufällig über den Weg zu laufen, aber sein eigentliches Anliegen ist es, Jossi Singer von seinem Traum zu erzählen. Was jüdische Mythologie betrifft, ist der Buchhändler ein Experte.

Bevor der Laden schließt, nimmt Henry die Gelegenheit wahr, zwei seiner Problemkinder, die er regelmäßig besucht, eine gute Nacht zu wünschen. Es ist für ihn immer wieder erschütternd mitzuerleben, wie die Traumata der Holocaustüberlebenden deren Alltag bestimmen und besonders die Nächte zu schlaflosen machen. Manches Mal hört man Schreie in der Nacht, erzählen Mitbewohner.

Ein spezieller Fall ist Sonja Rappaport, eine eindrucksvolle Dame von einhundertvier Jahren. Sie hat zwei Kinder in Auschwitz verloren und ein weiteres bereits überlebt, und sie ist davon überzeugt, dass der liebe Gott vergessen habe, sie zu sich zu holen. Trotz dieses immer wiederkehrenden Lamentos ist sie meistens gut gelaunt, geistig noch ziemlich fit und löst leidenschaftlich gern Sudokus, die ihr Rabbi Silberbaum mitbringt.

Ein weiterer Kandidat mit eindrucksvoller KZ-Karriere ist Anatol Lipschitz, ein ehemaliger Croupier, der über neunzig ist. Er stammt aus Timişoara und spricht neun Sprachen, mit Jiddisch sind es zehn! Nun hat er vor einigen Jahren angefangen, eine elfte Sprache zu sprechen, die niemand versteht. Zuerst wurde vermutet, es sei so etwas wie Farsi, dann Urdu, dann Sanskrit.

Schließlich, nach etwa zwanzig vergeblichen Gegenüberstellungen mit Menschen unterschiedlichster Nationalität, Kultur und Stammeszugehörigkeit, nach intensiver Suche im Internet und diversen Lipschitz-Foren, wurde festgestellt, dass es diese Sprache nicht geben kann, dass Anatol Lipschitz diese Sprache wohl erfunden haben muss.

»Prito bloste« heißt »Guten Tag« in Lipschitz' Sprache, und zwar immer, genau wie »Prito nab« »Gute Nacht« bedeutet. So verwundert es nicht, dass der Rabbi den Heimbewohner Lipschitz ab und zu mit einem herzlichen »Prito bloste« begrüßt, wenn er dessen Zimmer betritt. Lächelnd antwortet der alte Herr dann: »Prito bloste, Rabbinjub, aber wir können auch Deutsch reden.«

Der Rabbi steht an dem großen Tisch, der sich mitten in Singers Buchladen befindet, und blättert in dem Roman *Der Golem* von Gustav Meyrink. Da kommt Jossi mit einem Buch aus seiner Judaika-Abteilung und drückt es seinem Freund in die Hand. »Hier, Leo Perutz. Er kam aus Prag und hat über Rabbi Löw und den Golem geschrieben. Und über die Moldau.«

»Das ist lieb von dir«, sagt Henry, »aber mich interessiert vor allem, was du über diesen Traum denkst.«

»Das geht nur mit einem schönen Glas Rotwein, bist du dabei?«

»Nein, danke, ich bin mit dem Rad da. Ein Wasser würde ich ja nehmen.«

»Mann, bist du ungemütlich«, sagt Jossi und geht in seine kleine Teeküche. Von dort ruft er: »Also, es ist eindeutig, dass dieser Traum einen Sinn hat. Es gibt ja Träume, die sind total absurd und ohne jeden Zweck. Sie bestehen aus Gedankenmüll, aber der hier, der will dir was sagen.«

Er kommt mit einem Glas Wein und einem Glas Wasser zurück, das er dem Rabbi in die Hand drückt. »In der Legende vom Golem, und es ist eine Legende, da sind wir uns sicher einig, wird berichtet, dass Rabbi Löw den Golem aus Lehm oder meinetwegen auch aus Schlamm geformt hat. Deshalb ist deine Geschichte erst einmal fundiert. Die Legende ist entstanden in einer düsteren Zeit im 14. Jahrhundert, wo Pogrome gegen Juden an der Tagesordnung waren, wo man den Juden die Pest, Ritualmorde, Vampirismus und sonstige Bösartigkeiten unterstellte. Da sie sich nicht wehren konnten, erfanden sie sich einen unbesiegbaren Riesen, der sich an ihrer Stelle für das erlittene Unrecht rächen konnte. Das gipfelte schließlich zweihundert Jahre später in den Geschichten um den weisen Rabbiner Judah Löw, der von 1520 bis

1609 in Prag lebte. Er ›schuf‹ wie ein Doktor Franken-
stein diesen stummen Kerl aus Lehm, der tatsächlich
zum Leben erwachte und die Christen vermöbelte und
auch einige tötete. Am Ende kam es, wie es kommen
musste: Die Kreatur verselbstständigte sich durch einen
Fehler des Rabbis und zerfiel schließlich zu Staub.«

»Ein Gleichnis über die Hybris und darüber, wie der
Mensch sich zum Gott erhebt und dafür gestraft wird«,
stellte Henry fest.

»Genau. Das übliche Muster, wenn der Mensch diszi-
pliniert werden muss. In Auschwitz wäre so ein Golem
auch nicht schlecht gewesen.«

Der Rabbi nickt. »Da ist was dran.«

»Zurück zu deinem Traum. Darin geht es gar nicht
um den Golem an sich, sondern im *kabbalistischen* Sinn,
um das Symbol, um das ›Dahinter‹. Rabbi Löw hat dich
aufgefordert, der Sache auf den Grund zu gehen. Es
kann die Ursache eines Problems sein, aber auch der
Grund eines Gewässers. Die wortsinnige Doppelung ist
ja kein Zufall. Du hast selbst eine Ahnung davon, was dir
im Fall Axelrath, denn um nichts anderes geht es, weiterhelfen könnte.«

»Es ist ein wenig wie beim Schach. Was ist der nächste
Zug?«, fragt der Rabbi nachdenklich.

»Manchmal macht man einen scheinbar falschen tak-
tischen Zug, um den Gegner zu locken, das weißt du
doch selbst.«

Henry zeigt mit dem Finger auf seinen Freund: »Das
ist es!«

Der Rabbi ist früh erwacht, erhält eine WhatsApp und ist sofort gut gelaunt. Die Nachricht von Kommissar Berking mit dem kryptischen Inhalt »Das Pferd war nicht allein an der Tränke« beweist zumindest, dass eine weitere Person an jenem Sonntagmorgen gegen sieben Uhr im Maserati saß, während Axelrath tanken war! Langsam kommt Ordnung in die Dinge. Und als er mit der Espressotasse in der Hand am Schachbrett vorbeigeht, kommt ihm das Gespräch mit Jossi wieder in den Sinn: der nächste Zug! Wie jeder gute Stratege würde er versuchen, dort anzusetzen, wo es den größten Schwachpunkt im Frontverlauf gibt. Und dieser Schwachpunkt ist einfach auszumachen: Max Axelrath!

Nach dem Unterricht übergibt ihm Frau Kimmel im Vorzimmer einen Zettel mit einer Telefonnummer. Henry geht in sein Büro, wo er die Tür schließt. Er setzt sich hinter seinen Schreibtisch und wählt die Nummer. »Danke für die Tanke!«

»Nicht dafür. Sind Sie allein?«, fragt der Kommissar.

»Logisch«, meint Henry, »bin doch Profi.«

»Passen Sie auf, Ihr Doktor Ostermüller scheint in der Tat ein interessanter Vogel zu sein. Vor acht Jahren arbeitete er an der Berliner Charité, wurde fristlos entlassen, weil er Patienten ohne ihr Einverständnis für eine Studie benutzte, die er sich von einem Pharmakonzern bezahlen ließ. Er kam mit einer Abmahnung der Ärztekammer davon. Er zog nach Frankfurt und eröffnete eine kardiologische Praxis in Höchst, die nach zwei Jahren kurz vor der Pleite stand. Aber dann geschah ein

Wunder. Er konnte ins Ostend ziehen, eine Edelpraxis eröffnen und wurde ein wohlhabender Mann, inklusive Ferrari und Penthaus im Holzhausenviertel.«

»Das stinkt«, sagt der Rabbi.

»Sehe ich genauso, aber wie kommen Sie darauf, dass da eine Verbindung zu unserem Fall besteht?«

»Frau Axelrath hat vor ein paar Monaten auf Empfehlung einer Freundin den Arzt gewechselt und ist zu Ostermüller gegangen.«

»Und Sie vermuten, die Freundin ist ...«

»Genau. Und das werde ich vielleicht heute noch herausbekommen.«

»Tatsächlich? Wie das?«

»Ich werde Kreide fressen, Robert, ein ganzes Kilo!«

Er beendet das Telefonat. Da steht plötzlich Esther Simon in der Tür. »Hi, Rabbi! Wir haben einen Termin.«

»Wir haben einen Termin?«

Er schaut in seinen Kalender. Tatsächlich.

Also zeigt er auf das Sofa und schließt hinter Frau Simon die Tür. »Also. Was gibt es?«

»Was es gibt? Du bist ja lustig. Heute beginnt unser Unterricht.«

»Unterricht?«

»Ich werde Jüdin!«

»Du bist Jüdin, schon vergessen?«

»Du hast selbst gesagt, dass ich mich im Judentum auskennen muss, um vollwertig zu sein, meinen Job im Heim gut zu machen und einen jüdischen Mann zu heiraten. Was ich vorhabe, wie du weißt.«

Sie schaut ihn kokett an.

Wie vollwertig sie ist, kann der Rabbi unschwer erkennen. Aber so wie sich diese Frau auf dem Sofa drapiert, ist sie in jedem Fall hinreißend.

Er setzt sich der schönen Esther gegenüber und beginnt: »Zuerst einmal möchte ich dir sagen, dass ich meine Arbeit als Religionslehrer nicht ausschließlich liturgisch und gottergeben sehe, wie viele meiner Kollegen, also in dem Sinn, den Menschen die Riten und den Glauben an den einen Gott nahezubringen. Es geht mir darum, meinen Schülern die verbindlichen Werte der Aufklärung und den Glauben an die Menschen zu vermitteln. Gelebte Jüdischkeit im gesellschaftlichen Umfeld, Humanismus und Wissen. Dazu gehört die Auseinandersetzung mit talmudischen und anderen rabbinischen Texten im Licht heutiger gesellschaftspolitischer Herausforderungen. Kannst du mir folgen?«

»Hältst du mich für doof?«, fragt sie.

»Nein. Im Gegenteil.« Er lächelt sie an. »Heute wollen wir gegenüberstellen, was das Judentum vom Christentum unterscheidet. Das ist ziemlich einfach. Bei uns ist alles anders. Es beginnt bereits damit, dass der Begriff Religion für das Judentum per se schon falsch ist. Während alle Religionen eine auf dem Glauben begründete Weltauffassung diktieren und alle ihre Gläubigen gleichmachen wollen, ist das Judentum eher eine Lebensform, die sich weder nach innen noch nach außen angleicht, sondern sich bewusst unterscheiden will. Beleg dafür sind die unendlich vielen Strömungen, die es bei uns gibt und die oft schon von

199

Gemeinde zu Gemeinde extrem unterschiedlich sind. So kann im Grunde jeder Jude glauben, was er will. Es gibt Normen und Gebote und Gesetze, die vorgegeben sind, aber der Rest ist individuelle Interpretation.

Die etwas saloppe Feststellung, jeder macht sich seine Religion selber, trifft auf das Judentum auf alle Fälle zu. Von Beginn an wurden die Schriften von Philosophen und Gelehrten, von Rabbinern und Wissenschaftlern kommentiert und interpretiert. Es ist ein permanenter Zweifel, eine kontinuierliche Infragestellung, ein auf der Skepsis beruhender Diskurs, der das Judentum bis zum heutigen Tag lebendig hält.«

In Sachsenhausen, unweit des Museumsufers, in einer eher bürgerlichen Ecke, gibt es einen unauffälligen Laden. Im Schaufenster findet sich lediglich ein einsames konstruktivistisches Bild. An der Tür der Schriftzug »MA – Masterful Art«. Hinter den Initialen verbirgt sich außerdem der Name von Max Axelrath, der hier seine Kunstgalerie führt, die schon bessere Tage gesehen hat. Seit dem Tod seiner Frau und der Sperrung der Konten bis zur Klärung des Nachlasses sieht man Axelrath nun wieder öfter in seiner Galerie. In den vergangenen Jahren hat er seine Tätigkeit als Galerist etwas vernachlässigt, da er durch das Vermögen seiner Frau nicht mehr auf regelmäßige Einkünfte angewiesen war. Außerdem wurde das Golfen zu seinem Lebensinhalt. Dadurch hat er nicht nur den Kontakt zu seinen Künstlern, sondern auch zur Kunstszene verloren, obwohl er hin und wieder zu den einschlägigen Messen nach Basel, Köln oder sogar Miami reist. Aber dies ist eher seiner Eitelkeit geschuldet als dem Bedürfnis, unbedingt einen lukrativen Deal abzuschließen. Es gefällt ihm, dass seine ehemaligen Kunden oder Berufskollegen glauben, er habe das Tagesgeschäft nicht mehr nötig.

Als der Rabbi die Galerie betritt, rennt die kleine Betty auf ihn zu und bellt fröhlich. Henry nimmt sie hoch und streichelt sie. Als er sie absetzt, weicht sie ihm nicht mehr von der Seite. Herr Axelrath sitzt hinter seinem schicken Mauser-Tonnenschreibtisch und ist überrascht von dem Besuch. Er schaut nur kurz hoch und sagt dann schnippisch: »Wir schließen gleich.«

»Deshalb bin ich gekommen«, erklärt Henry, »ich wollte Sie auf ein ›Schöppche‹ einladen.«

»Weshalb sollte ich das annehmen, nachdem Sie mein Leben zerstört haben?« Axelrath beginnt Unterlagen zusammenzupacken.

»Ich habe Ihr Leben nicht zerstört, Herr Axelrath, ich bin meinem Gewissen gefolgt, das erwartet man von mir. Wenn Sie mich um Hilfe gebeten hätten, wäre ich an Ihrer Seite gewesen.«

»Sie haben sich für die Gegenseite entschieden.«

»Es gibt für mich keine Gegenseite, nur eine Seite des Rechts und der Wahrheit.«

»Das geht nur nicht immer beides zusammen.«

»Das haben Sie gut gesagt, Herr Axelrath, recht haben und recht bekommen ist nicht das Gleiche.«

»Diese Weisheit haben Sie wohl von Ihrem gerissenen Anwaltsfreund.«

Henry will sich nicht auf Axelraths Quengelei einlassen.

»Ich möchte nicht, dass Sie Unannehmlichkeiten haben. Ich bin hier, um einen Weg zu finden, aus dieser misslichen Sache herauszukommen.«

»Pfeifen Sie Reichenberger zurück?«

»Das kann ich nicht, und das wissen Sie genau. Ich bin nicht der Vormund Ihrer Stieftochter. Wie das ausgeht, entscheidet das Gericht. Aber ich kann dabei helfen, dass wir uns alle annähern und jeder lernt, die Sorgen der anderen zu erkennen und zu verstehen. So steht es bei Hiob. *Du musst lernen, mit meinen Sorgen zu leben*, wie Rabbi Elieser diese Textstelle kommentiert.«

Der Mann hinter dem Schreibtisch nickt kaum merklich. Axelraths Gesichtszüge werden weicher. »Kennen Sie die Klaa Stubb?«

Der Rabbi schüttelt den Kopf. »Nein.«

»Da kann man draußen sitzen. Kommen Sie. Gassi!«

Betty hält es kaum aus vor Glück.

Die beste Methode, um etwas herauszufinden, ist es, den anderen reden zu lassen. Und so sitzt Henry bereits über eine halbe Stunde schweigend dem quasselnden Axelrath gegenüber, hat Betty auf dem Schoß, nippt hin und wieder an einem Glas Wasser, während der Galerist bereits den zweiten Apfelwein fast geleert hat.

»Wissen Sie«, sagt er, »mir ist doch klar, was die Leute reden. Ich hätte Ruth nur wegen ihres Geldes geheiratet. Ich würde auf ihre Kosten leben wie ein

Parasit. Das hat die Tochter wörtlich gesagt, das muss man sich mal vorstellen! Dass zwei Menschen sich lieben, so wie wir uns geliebt haben, ist keine Selbstverständlichkeit heute. Gut, es war nun nicht mehr die große Leidenschaft, wenn Sie wissen, was ich meine. Aber wir haben uns vertraut und respektiert. Und viel unternommen zusammen. Und viel gelacht. Das ist wichtig. Humor ist der Kitt jeder Beziehung. Das ist zwar nicht von Rabbi Elieser, aber trotzdem richtig.« Damit kippt er den Rest Apfelwein in sich hinein und winkt nach der Kellnerin.

»Haben Sie ein Verhältnis mit Frau Siemer?« Henrys Frage kommt so unmittelbar wie ein Keulenschlag für den armen Axelrath!

»Wie, was, Verhältnis …«, stottert er, »natürlich nicht! Was denken Sie? Behauptet das die Tochter?«

»Auch, aber Ihre Frau hat mir das gesagt. Sie hat mich etwa drei Wochen vor ihrem Tod besucht. Das wissen Sie ja.«

Der Kunsthändler wird schmallippig. »Und da hat sie behauptet, ich hätte was mit Frau Doktor Siemer?«

»Sie hat angedeutet, dass Sie fremdgehen würden. ›Mein Mann hat eine *schikse*‹, sagte sie wörtlich, ›und ich ahne, wer sie ist‹.«

Axelrath grinst jetzt unsicher. »Okay, Herr Rabbiner, man ist ja nicht aus Holz. Ich bin über siebzig, aber es funktioniert noch. Wenn Sie verstehen, was ich meine, als Mann. Und hin und wieder, na ja, dann leiste ich mir jemanden. Ist das so verwerflich?«

»Es steht mir nicht zu, darüber zu richten. Ich frage Sie noch mal: Ist es Frau Siemer?«

»Eigentlich geht Sie das nichts an, aber ...« Er unterbricht. Der dritte Schoppen wird serviert. Die Kellnerin geht.

»... nein und nochmals nein! Für wie verschlagen halten Sie mich? Sie ist die beste Freundin meiner Frau und ihre Anwältin, ihre Vertraute. Sie haben alles besprochen miteinander, sie haben Kreuzfahrten gemacht ...«

»Ich weiß, nach Auschwitz.«

»Im Dezember waren sie noch gemeinsam in Bad Ragaz, über Neujahr.«

»Wer hat das finanziert?«

»Meine Frau hat ... hatte große Freude daran, Menschen einzuladen. Außerdem hat Frau Siemer für ihre Leistung als Beraterin kein Honorar in Rechnung gestellt. Wo findet man so was heute noch?«

»Ich bin gerührt. Und wie ist Ihr Verhältnis zu Frau Siemer, wenn es keines ist?«

»Ich schätze sie sehr. Ich habe ihr vor Jahren, 2009, 10, war das glaube ich, drei Bilder verkauft für ihre neue Kanzlei. Sie war eine junge Anwältin damals. Und viel später, als Ruth einen Rat brauchte, habe ich die beiden zusammengebracht. Die Frauen mochten sich auf Anhieb. Und so ist alles gekommen.«

Henry sieht Axelrath ernst und schweigend an.

»Rabbi, die Frau ist keine fünfzig, und ich bin zweiundsiebzig! Für die bin ich ein alter *kacker*.« Er lacht und hebt sein Glas.

204

»Wieso hat Ihre Frau den Arzt gewechselt?«

Axelrath lässt die Hand wieder sinken. »Ganz einfach, sie hat sich nicht mehr gut versorgt gefühlt bei Perlmann. Sie war unzufrieden. Sie kennen ihn, er ist manchmal ruppig, nervös, sprunghaft, uneinsichtig. Er spielt entweder alles runter oder macht es schlimmer, als es ist. Er ist kein schlechter Arzt, aber ein Chaot. Meine Frau meinte, er kann nicht zuhören, kennt die Diagnose schon vor der Untersuchung. Er ist kein Fachmann für Herzprobleme, und weil es ihr vor ein paar Monaten immer schlechter ging, hat Sibylle, also Frau Siemer, den Doktor Ostermüller empfohlen. Ich sage Ihnen, eine Koryphäe. Er kann zuhören, das ist das Wichtigste bei einem Arzt. Ruth war angetan von ihm, hat sich spontan besser gefühlt. Leider erlitt sie irgendwann einen Rückfall.«

»Wann war das«, will Henry wissen.

»Seit knapp zwei Monaten ging es plötzlich bergab, so kann man es ausdrücken.«

»Wie hat sich das gezeigt?«

»Sie bekam dieses Engegefühl in der Brust mit Ausstrahlung in den linken Arm. Da hat sie dann zusätzlich Nitrospray verordnet bekommen. Doktor Ostermüller hat sich viel Mühe mit ihr gegeben. Da kann man nichts sagen.«

»Kennen Sie ihn?«

»Nein. Nicht persönlich.«

Der Rabbi nickt nachdenklich.

Axelrath schaut ihn an. »Rabbi Silberbaum, wie kamen Sie auf diese abwegige Selbstmord-Theorie?«

»Ehrlich gesagt, ich habe Ihre Frau nie für suizidgefährdet gehalten, zumal sie mir gegenüber von einer Zukunft in Israel gesprochen hat, aber wir wollten jede Möglichkeit ausschließen.«

»Wenn Sie sagen, jede Möglichkeit, dann denken Sie doch nicht an etwas anderes?«

Der Rabbi schweigt. Axelrath ist erschüttert. »Also, wie können Sie so etwas nur denken?«

Henry will ihn beruhigen. »Es ist ja jetzt geklärt, und sie ist unter der Erde.«

»Und ich muss um mein Recht kämpfen.« Axelrath trinkt einen Schluck.

Da sagt der Rabbi: »Vielleicht finden Sie irgendeinen Hinweis. Sie haben doch einen Computer, oder?«

»Sie hatte ihren eigenen Laptop, und ich kenne das Passwort nicht.«

Der Rabbi denkt nach. »Tja, das ist dumm… Ich könnte Ihnen vielleicht jemanden besorgen, einen Fachmann, der das Passwort knackt.«

»Tatsächlich? Was es alles gibt. Ich denke darüber nach.«

»Vielleicht reden Sie mit Frau Siemer darüber. Damit Sie auf der sicheren Seite sind. Rechtlich.«

Axelrath winkt der Kellnerin. Er schaut auf den Rabbi, dann auf den Hund auf seinem Schoß. »Betty mag Sie.«

»Scheint so. Sie ist ein freundliches, schlaues Tierchen.«

»Sie ist durchtrieben und hinterfotzig. Ich hasse diese Töle, und sie hasst mich!« Axelrath trinkt seinen Apfelwein in einem Zug aus. Danach tippt er auf sein leeres Glas, als die Kellnerin sich nähert.

206

»Sie ist ein lebender Vorwurf. Sie behandelt mich, als wäre ich schuld am Tod ihres geliebten Frauchens.«

Henry schaut Betty an, dann sagt er: »Geben Sie den Hund doch der Tochter.«

Axelrath winkt ab. »Sie will ihn nicht. In Eilat gibt es Bergleoparden, wussten Sie das? Da ist Betty ein Frühstück.«

»Das kann Ihnen doch egal sein.«

»Für wen halten Sie mich? Nein, sie kommt ins Tierheim. Habe schon angerufen.«

»Ins Tierheim?«

Chat

»*Ein Hund? Du bist meschugge!*«

»*Nein, hier, schau: Das ist Betty! Mach schön winke, winke, Betty! Das ist Zoe. Sie liebt kleine Hunde.*«

»*Ja, am liebsten gegrillt!*«

»*Sei nicht so garstig.*«

»*Du bist Rabbiner, Hunde sind nicht koscher.*«

»*Wo steht das?*«

»*Keine Ahnung.*«

»*Weil man sie im Orient schlecht behandelt, sind sie noch lange nicht unrein.*«

»*Hast du nicht schon genug Sorgen?*«

»*Cool it, baby. Ich hüte sie ja nur ein paar Tage, bis ich einen schönen Platz für sie gefunden habe. Bei Axelrath kann sie nicht bleiben, der behandelt sie wie einen Hund.*«

»*Frag deine Mutter.*«

»*Hab ich schon. Sie hat daraufhin mit mir gebrochen. Ein ›kelef‹ hat sie geschrien, ›fehlt dir noch aus! Du hast nicht genug zures?‹.*«

»*Deine Mom ist eine kluge Frau.*«

Der Buchladen in der Lobby des Seniorenstifts ist bereits geschlossen, das Gitter ist unten. Die kleine Betty hat sich zusammengerollt und schläft auf der Fußmatte. Sie scheint sich hier wohlzufühlen.

Jossi und Henry lieben es beide, zur blauen Stunde noch zwischen den Büchern zu sitzen und miteinander zu reden. Heute ist die Sackgasse das beherrschende Thema, die Sackgasse, in der sich Rabbi Silberbaum mit seinen Nachforschungen befindet.

»Versuche es immer wieder«, so spricht der alte Buchhändler, »mit der talmudischen Tradition der Fragestellung: Was will Axelrath erreichen? Was ist das maximale Ziel der Sibylle Siemer?«

»Okay«, antwortet Henry, »Max Axelrath will meiner Meinung nach sorgenfrei leben und sein Geld für *schikses* ausgeben.«

»Gut«, sagt Jossi, »kommen wir zu dieser ominösen *schikse*. Ist es die Siemer?«

»Es ist die Siemer. Hundertpro. Ich sage nur: 15. März, Tankstelle an der A 61, 7.32 Uhr!«

»Du sagst, dein Kommissar sagt, die zweite Person im Auto war nicht zu erkennen.«

»Aber Axelrath war nicht allein, wie er es behauptet hat!«

»Ergo, nehmen wir an, es ist die Siemer, damit bekommt die Sache einen Hautgout.«

»Mehr als das«, meint der Rabbi, »dann wird es kriminell.«

»Das musst du erst beweisen. Wasserdicht.«

209

»Soll ich Axelrath observieren?«

»Nein, natürlich nicht, aber ... warte mal.«

Jossi geht zu seinem Schreibtisch und beugt sich über den Computer. Auf Google gibt er »Sibylle Siemer« ein, und Sekunden später hat er eine Fotogalerie auf dem Schirm, die nun beide einsehen: zahllose Fotos, darunter Frau Siemer hier, Frau Siemer dort, in der Kanzlei, an einem Rednerpult, im Römer mit dem Oberbürgermeister, in einer Ausstellung, bei einem Richtfest, einer Benefizveranstaltung mit ... Doktor Ostermüller!

»Da! Ärzte ohne Grenzen! Das passt!« Der Rabbi zeigt aufgeregt mit dem Finger auf das Foto. »Das ist dieser Arzt, der Arzt von Frau Axelrath!«

»Du musst herausbekommen, ob sie mit dem etwas hat«, sagt Jossi.

»Und weiter?«

»Dann steckst du das ganz *stiekum* dem Axelrath. Mal sehen, was er daraus macht.«

Der Rabbi grinst. Jossi ist und bleibt ein altes Schlitzohr. Henry geht zur Hintertür.

»Komm, Betty, Gassi!«

10

Der Rabbi hat sein Telefon am Ohr. »Ja, Ewa, ja, ich hätte es Ihnen sagen sollen, aber der Hund ist wirklich harmlos.«… »Sie heißt Betty.«… »Was, sie beißt in den Staubsauger?«… »Okay, sperren Sie sie in mein Zimmer, so lange.«… »Gern. Aber nehmen Sie eine Plastiktüte mit… danke!« Er beendet das Gespräch. »Uff!« Er schaut hinüber zum Haus. Mindestens zehntausend der Quadratmeter, so ist die Einschätzung des Rabbis, als er in gehöriger Entfernung des imposanten Terrassenhauses steht, von dem aus man einen herrlichen, unverbaubaren Blick in den Park hat. Das Röhren des Ferraris reißt ihn aus seiner Nachdenklichkeit. Das Tor zur Tiefgarage ist hochgefahren, aus dem Dunkel brettert der rote Blitz ans Tageslicht, und Herr Doktor Ostermüller ist einen Augenblick später verschwunden.

Das Geräusch des Aufsitzmähers ist jetzt wieder zu hören. Henry setzt sich auf sein Rad und fährt nun in die Richtung des Knatterns. Auf der üppigen Rasenfläche vor der Wohnanlage sieht er einen Mann in einem grünen Overall auf einem Mäher herumkutschieren, voll auf seine Arbeit konzentriert.

Der Rabbi steigt ab, beobachtet den Mann ein paar

Sekunden. Dann wird der Motor abgestellt. »Kann ich Ihnen helfen?«, ruft er.

»Danke. Ich suche eine Frau Doktor Siemer. Die soll hier wohnen.«

Der Mann steigt von seinem Mäher ab und kommt auf den Rabbi zu.

»Na ja, nicht direkt. Sie ist ein- bis zweimal die Woche hier«, sagt der Mann, »wenn sie ihren Freund besucht, den Doktor Ostermüller. Das Penthouse. Oben rechts.« Der Mann zeigt zum Dachgeschoss, zu einer großzügigen Terrasse mit eindrucksvollen Oleandertöpfen und Olivenbäumen in den Ecken. »Aber jetzt ist keiner da. Kann ich was ausrichten? Ich bin hier der Concierge.«

Natürlich, denkt Henry, in so einem Luxusbau heißt der Hausmeister »Concierge«! »Danke, das ist sehr freundlich«, sagt er, »aber ich wollte Frau Siemer überraschen, ich bin ein Kommilitone und lebe jetzt auch in Frankfurt.«

»Sie wohnt im Dichterviertel«, sagt der Mann.

»Ja, ich weiß, aber es hieß, dass ich sie hier eher erwische.«

»Versuchen Sie es doch mal am Wochenende.«

»Nein, da will ich nicht stören.«

»Gehen Sie mal ins Café am Park am Samstag, da sind sie regelmäßig, so um zwölf, zum Brunch.«

»Das ist ein guter Tipp. Aber nicht sagen, dass ich hier war. Soll ja eine Überraschung sein.«

»Alles klar. Schönen Tag noch.«

»Danke. Ihnen auch.«

Für den Rabbi ist die allmonatliche Sitzung des Gemeinderats ein Graus. Nicht nur, dass der Vorsitzende Avram Friedländer permanent mäkelt, auch andere Mitglieder des Vorstands fühlen sich aufgerufen, unqualifizierte Meinungen kundzutun. Henry Silberbaum stellt frustriert fest, dass es den meisten um das Reden an sich geht, weniger um den Inhalt. Und ist die Sitzung eigentlich bereits beendet, gibt es stets noch Alfred Pick, Steuerberater seines Zeichens, der immer und immer wieder »zusammenfassen« muss, indem er wiederholt, was schon tausendfach gesagt wurde.

Diesmal allerdings werden auf Betreiben Friedländers die investigativen Unternehmungen »unseres Rabbiners Silberbaum«, wie es im Tagesordnungspunkt »Verschiedenes« so treffend vermerkt ist, auf die Agenda gesetzt, und alle starren Henry daher unverfroren an, als dieser Punkt aufgerufen wird. Sogleich vernimmt man die Einführung von Avram Friedländer: »Rabbiner Silberbaum scheint offenbar nicht genügend ausgelastet. Betätigt sich daher nebenberuflich noch als Privatdetektiv. Nimmt das bedauerliche Ableben unseres verehrten Gemeindemitglieds Ruth Axelrath zum Anlass, eigenmächtig Untersuchungen anzustellen hinsichtlich eines angeblich unnatürlichen Todes!«

Ein Raunen geht um den Tisch, und bevor Henry etwas erwidern kann, spricht Friedländer weiter: »Darüber hinaus hat er durch sein obsessives Verhalten dafür gesorgt, dass es nun zu einem Rechtsstreit um das Erbe kommt. Wie Sie vielleicht wissen, hat Frau Axelrath kurz

213

vor ihrem Ableben der Gemeinde eine Spende von einer Million Euro angekündigt für eine Bibliothek. Diese ist jetzt durch die voreiligen Handlungen unseres Rabbiners stark gefährdet.«

Jetzt hält es Henry nicht mehr auf seinem Stuhl. »Einspruch, Herr Friedländer, das geht zu weit.«

Der Gemeindedirektor lässt sich durch den Zwischenruf nicht beirren: »Sie können sich gleich dazu äußern. Zuerst möchte ich den Antrag stellen, Rabbiner Silberbaum abzumahnen und zu verpflichten, weitere Untersuchungen in dieser Sache zu unterlassen, ansonsten sieht sich der Gemeindevorstand gezwungen, ernsthaft über eine Entlassung nachzudenken!«

Nicht nur Henry ist empört über diese Aussage, auch die Mehrzahl der Damen und Herren in dieser Runde reagiert konsterniert. Alle reden durcheinander.

Dann scheint sich Frau Adele Mandel, die sich seinerzeit vehement für seine Anstellung eingesetzt hat, als Erste von dem Tiefschlag zu erholen und meldet sich zu Wort. »Herr Friedländer, Sie können hier noch hundert Anträge stellen. Bevor wir nicht den Rabbiner in dieser Angelegenheit gehört haben, passiert nichts. Bitte, Henry, äußern Sie sich dazu.«

»Vielen Dank!« Der Rabbi erhebt sich. »Ich werde mich kurz halten. Nachdem Herr Axelrath mich zu seiner verstorbenen Frau gerufen hat, um meinen religiösen Pflichten nachzukommen, fielen mir im Sterbezimmer Eigentümlichkeiten auf, um es einmal so auszudrücken. Näher möchte ich darauf nicht eingehen. Nur so viel: Ich habe privat einem befreundeten Kriminalkommissar davon berichtet, der meine Skepsis teilt. Darüber habe ich Frau Fajner, die Tochter von Frau Axelrath, die in Eilat lebt, in Kenntnis gesetzt. Der Verdacht erhärtete sich in dem Augenblick, als sowohl das Erbe der Tochter als auch die angekündigte Spende für die Gemeinde nicht mehr zur Debatte standen, die mir Frau Axelrath in einem letzten persönlichen Gespräch angekündigt hatte.« Der Rabbi macht bewusst eine Kunstpause, um die Reaktion des Vorstands zu beobachten und daraus seine Schlüsse zu ziehen. Dann spricht er weiter: »Frau Axelrath habe, so ihre Vermögensverwalterin, ihr gesamtes Vermögen in eine Stiftung in Liechtenstein überführen wollen, deren Vorsitz besagte Vermögensverwalterin innehaben soll. Daraufhin habe ich Frau Fajner, als sie mich um einen Rat bat, Rechtsanwalt Reichenberger empfohlen ...«

Ein anerkennendes Raunen geht durch den Raum.

»... der sich inzwischen der Sache angenommen hat und das gesamte Vermögen bis auf Weiteres gerichtlich hat sperren lassen. Von einer Obsession meinerseits, Herr Friedländer, kann also nicht die Rede sein.« Nach einer kurzen dramatischen Pause, in der er seinem »Ankläger« fest in die Augen blickt, redet Henry weiter: »Ich habe mich in der Zwischenzeit mit Herrn Axelrath ausgesprochen und auch ihm meine Unterstützung in dieser Sache angeboten. Dass die Vermögensverwalterin um sich schlägt und mich diskreditiert, liegt natürlich auf der Hand.«

Henry setzt sich und denkt: Einige Fakten zu ignorieren ist keine Lüge.

»Nun, ich stelle fest, wenn ich das richtig verstanden habe …« Herr Pick will gerade zusammenfassen, als ihn Frau Mandel ruppig unterbricht. »Alfred«, sagt sie, »ich bin mir sicher, Sie haben alles richtig verstanden!«

Pick schaut beleidigt und schweigt verkniffen, während Frau Mandel weiterredet: »Erstens, liebe Kollegen, Sie sehen, dass Rabbiner Silberbaum seinem Gewissen gefolgt ist, was wir von ihm auch erwarten dürfen. Zweitens gibt es keinerlei Hinweise darauf, dass der Rabbi seine Aufgaben innerhalb unserer Gemeinde vernachlässigt hat.«

Henry kann ein kleines Lächeln in seine Richtung feststellen, während Frau Mandel weiterspricht: »Drittens, aus diesem Grund halte ich den Antrag von Herrn Friedländer für obsolet und stelle den Antrag, keinen Antrag zu stellen, der als eine Abmahnung gilt und die Arbeit von Herrn Silberbaum einschränkt.«

Bis auf die Hand von Herrn Friedländer und die des Rabbiners, gehen alle Hände hoch.

Der *Schabbat*-Gottesdienst in der Westend-Synagoge ist gut besucht. Jeden Samstagvormittag wird die *Torarolle* aus dem Schrein geholt, dann auf das Lesepult der *bima*, der Empore, gelegt und anschließend eine *paraschah*, ein Abschnitt, daraus vorgelesen. Nach 54 Abschnitten beginnt ein neues Jahr. So einfach ist das. Wenn der Abschnitt verlesen ist, trägt der Rabbiner die Tora wieder zurück, schließt einen Vorhang und beginnt mit der wöchentlichen Predigt. So auch heute. Kurz bevor seine

Predigt endet, sagt Rabbi Silberbaum: »Viele meiner Vorgänger, zahllose Rabbiner in vielen Jahrhunderten, haben
immer wieder gegen die Sünden angeredet und sich doch
stets enttäuscht fragen müssen: Warum bewirken wir so
wenig im Bewusstsein der Menschen? Liebe Freundin-
nen und Freunde, das hat damit zu tun, dass jedes Indivi-
duum seinen eigenen moralischen Kompass in sich trägt,
und nur in den seltensten Fällen zeigen diese Kompasse
in die gleiche Richtung. Die Subjektivität ist es, die uns
alle voneinander unterscheidet. Was für den einen ein
kleines, lächerliches Vergehen ist, empfindet ein anderer als eine schwere Untat und vice versa. Mit uns selber
sind wir in der Regel nachgiebiger und gnadenvoller als
mit den anderen. Das wird immer so sein, sonst könnten
wir es mit uns selber nicht aushalten. Es wäre schon viel
erreicht, wenn wir uns bei schwerwiegenden, einflussrei-
chen Entscheidungen kurz darauf besinnen würden, was
dies in unserem Gegenüber auszulösen vermag. Deshalb
entlasse ich Sie heute in einen hoffentlich entspannten
Schabbat mit einem Spruch des weisen Rabbi Akiva: Ein
falsches Wort ist wie ein falscher Schritt.«

Der Gottesdienst ist beendet. Rabbi Silberbaum faltet
seinen *talles* zusammen, verabschiedet sich mit Hand-
schlag von einigen treuen Gemeindemitgliedern.

Er nimmt sein *siddur*, sein Gebetbuch, und will die
bima verlassen, als plötzlich Herr Axelrath zwischen den
anderen Besuchern der Synagoge auftaucht. Er signali-
siert dem Rabbiner, dass er ihn sprechen möchte.

Bereits auf dem Flur, auf dem Weg zum Aufenthaltsraum, ist Axelrath neben ihm und berichtet von einem mysteriösen Vorkommnis. »Ich wollte Ihren Rat befolgen, aber, Sie werden es nicht glauben ...«

Der Rabbi unterbricht ihn: »Der Laptop Ihrer Frau ist verschwunden!«

»Woher wissen Sie ...«

»Ich habe damit gerechnet.«

»Tatsächlich?« Axelrath ist verwundert. »Ja. Der Laptop meiner Frau wurde gestohlen!«

»Ein Einbruch also«, konstatiert der Rabbi.

»So kann man es nicht sagen, denn die Terrassentür stand auf. Ich habe wohl vergessen, sie zu schließen, als ich fortging.«

»Ist sonst noch etwas weggekommen?«, will der Rabbi wissen.

»Das ist es ja. Nichts ist gestohlen worden außer dem Laptop!«

»Wer hat einen Schlüssel von Ihrem Haus?«

»Ich sagte Ihnen doch, der Einbrecher kam durch den Garten.«

»Es kann eine falsche Spur sein, und der Dieb kam durch die Haustür. Also noch mal: Wer hat einen Schlüssel außer Ihnen?«

Axelrath grübelt. »Die Putzfrau, Miriam Fajner und Frau Siemer.«

Der Rabbi tut so, als müsse er überlegen, und sagt dann: »Schließen wir die Putzfrau und Frau Fajner aus. Welches Interesse könnte Frau Siemer am Laptop Ihrer Frau haben?«

»Gar keins«, sagt Axelrath, »sie kennt alle Geheimnisse meiner Frau, wenn Sie so wollen. Außerdem kam ich von einem Termin mit ihr.«

Henry wird hellhörig.

»Ah, und wo hat der stattgefunden?«

»Im Café am Weiher. Hinter dem Hilton.«

»Kenn ich. Um wie viel Uhr waren Sie verabredet?«

»Um vier.«

»Mussten Sie warten?«

»Ja. Vielleicht eine halbe Stunde. Das ist nichts Ungewöhnliches. Sie ist eine viel beschäftigte Frau.«

Der Rabbi ist jetzt im Aufenthaltsraum angekommen und legt den Gebetsschal und das Gebetbuch in ein Regal. »Da Frau Siemer mit Ihnen verabredet war, kann sie, kurz nachdem Sie das Haus verließen, angekommen sein, den Laptop genommen und sich dadurch verspätet haben.«

»Herr Rabbiner!« Damit bekommt Axelrath wieder diesen aggressiven Unterton. »Es ist unverschämt, dass Sie Frau Siemer alle Schmutzigkeiten dieser Welt unterstellen!«

Der Rabbi muss schmunzeln. »Das ist ein wenig übertrieben, aber ich halte sie nicht für sauber, in der Tat.«

Axelrath hat jetzt genug und hält dagegen. »Ihr Misstrauen ist völlig unbegründet. Sie ist eine loyale, integre Person.«

»Der Laptop ist aber erst verschwunden, nachdem Sie ihr von der Möglichkeit erzählt haben, das Passwort zu knacken, oder?«

Axelrath reagiert ziemlich ungehalten. »Hören Sie endlich auf mit Ihren abwegigen Mutmaßungen. Sie sind ja ... paranoid sind Sie!«

Jetzt setzt der Rabbi den ersten Stachel.

»Sie wissen aber schon, dass sie ein Verhältnis mit dem Arzt Ihrer Frau hat, mit Doktor Ostermüller!«

Axelrath wird totenbleich. Er starrt den Rabbi an.

»Was? Was sagen Sie da? Das ist unmöglich! Hören Sie auf mit Ihren skandalösen Behauptungen. Sie verrennen sich da in etwas ...« Axelrath wendet sich zum Gehen und sagt: »Das muss ich mir nicht anhören.«

»Warum regen Sie sich eigentlich so auf, Herr Axelrath? Die Frau kann doch tun und lassen, was sie will, und ins Bett gehen, mit wem sie will.«

Wortlos geht Axelrath davon, und der Rabbi ruft ihm hinterher: »Frau Siemer ist ja nicht Ihre Geliebte! Oder?«

Die wenigen Gläubigen, die im Flur stehen, erblicken Axelrath und hören es mit Staunen.

»Hier. Sieh dir das an.« Der überdimensionale Rafi Reichenberger thront auf seinem Sessel hinter seinem überdimensionalen Arbeitstisch und schiebt dem Rabbi, der ihm gegenübersitzt, einen Ausdruck zu. »Kein Wunder, dass die Tante den Laptop hat verschwinden lassen.«

Henry liest laut: »*Liebe Sibylle, wie bereits telefonisch angekündigt, habe ich mich entschlossen, die Stiftung nicht zu gründen, und wollte Dich bitten, eine aktuelle Vermögensaufstellung vorzubereiten und ein Testament zugunsten meiner Tochter zu entwerfen. Max erhält Wohnrecht in der Villa, und die Jüdische Gemeinde* eine Million für die Bibliothek. Kannst Du das bitte machen? Danke, bis später, Deine Ruth.«

Der Rabbi bekommt den nächsten Ausdruck zugeschoben. »Liebe Sibylle, Du hattest mir zugesagt, das Testament vorzubereiten. Ich habe das Gefühl, dass die Sache dringlich ist, und wollte Dich nunmehr bitten, es bis nächste Woche zu erledigen. Danke, herzlich, Ruth.«

»Et voilà!« Wie eine Trophäe reicht der Anwalt nun den dritten Ausdruck an Henry weiter. Der nimmt die Seite und liest: »Sibylle! Ich verstehe nicht, warum Du angeblich keine Zeit hast, Dich um meine Angelegenheit zu kümmern. Ich will die lange zugesagte Vermögensaufstellung haben sowie die aktuellen Kontoauszüge, um mein Erbe zu regeln! Du weißt, dass es eilig ist. Falls wir das Testament nicht bis Ende des Monats machen, werde ich mich an einen Notar wenden. Ruth«

»Ich halte jede Wette, dass sich diese Mails nicht mehr im Account von Frau Siemer befinden«, sagt der Rabbi zu seinem Freund.

»Und der Laptop von Frau Axelrath liegt auf dem Grund des Mains«, fügt Reichenberger an.

Henry denkt ein paar Sekunden nach. Auf dem Grund des Mains! »Oder auch nicht!« Der Rabbi springt auf.

Der Smart fährt über den Anlagenring. Betty sitzt auf der hinteren Ablage und schaut hinaus. Während Henry aufgekratzt redet und redet, sitzt Kommissar Berking als Beifahrer neben ihm, starrt auf die Straße und schweigt. In seinen Händen hält er die Mail-Ausdrucke.

»So, jetzt kriegt die Siemer langsam kalte Füße. Was

passiert, wenn Frau Axelrath hinter die Sache kommt? Sie wird sie rauswerfen und gegen sie klagen. Das ist das Ende des süßen Lebens! Das muss verhindert werden, mit allen Mitteln. Sie redet mit ihrem Lover. Es gibt nur einen Weg: Ruth Axelrath muss sterben! Und zwar schnell. Noch an diesem Wochenende. Aber wie? Das mit den vertauschten Tabletten war eine langfristige Lösung. Ihr Freund, der Arzt muss sich etwas Effektiveres einfallen lassen. Etwas, was wie ein Herzkasperl ausschaut. Wenn ich den Laptop finde, glauben Sie mir dann?«

»Ich gebe zu, dass es da Ungereimtheiten gibt«, murmelt der Kommissar.

»Oho! Ungereimtheiten! Robert! Aufwachen! Wir reden von Mord!«

»Sie reden von Mord.«

»Jawohl. Und ich werde es beweisen.« Er steuert den Wagen plötzlich scharf nach rechts über den Bürgersteig, dann Richtung Weiher, der von einer Steinmauer umgeben ist.

»Sie dürfen hier nicht halten«, sagt der Kommissar.

»Pst«, sagt der Rabbi verschwörerisch, »ich kenne da einen bei der Polizei...« Er stellt den Motor ab.

»Sehen Sie, ein hübscher, malerischer kleiner Weiher. Wenn meine Vermutung stimmt, so hat die Siemer vor dem Treffen mit Axelrath dort hinten im Café den Laptop hier entsorgt.«

»Woher wollen Sie das wissen? Sind Sie Mentalist?«

»Nein, aber Wasser ist das Element, in dem ich mich auskenne. Ich schwimme gern. Es macht den Körper leicht und die Gedanken frei. Und beim Tauchen kommt man irgendwann auf den Grund!« Die Männer steigen aus. Sofort ist Betty aufgeregt zum Weiher gelaufen, springt jetzt auf die halbhohe Mauer und bellt. Henry öffnet die Kofferraumklappe, entnimmt eine Taucherbrille.

»Na, wie wär's«, fragt er den Polizisten, »nicht doch Lust? Ich habe sogar eine zweite Badehose dabei.«

»Nein, danke«, sagt Berking und setzt sich auf eine Bank, »der beste Sport ist der, den die anderen machen!«

Schnell hat der Rabbi Hemd und Hose abgelegt und steht nun in seinen Bermudashorts da, während Betty ununterbrochen bellt.

»Und, was ist? Wollen Sie wetten?«

Berking lächelt verschmitzt. »Einverstanden. Wenn Sie den Laptop finden, helfe ich Ihnen, den Mörder zu überführen!«

»It's a deal«, ruft Henry, zieht die Taucherbrille über und springt ins Wasser. Als der Rabbi im Wasser verschwindet, stehen bereits staunende Spaziergänger an der Mauer und beobachten neugierig das Treiben.

Nach zwei Tauchgängen bleibt der Rabbi verdächtig lang unter Wasser, und der Kommissar ist beunruhigt. Er erhebt sich und läuft aufgeregt zum Weiher.

»Henry!«, ruft er. Berking legt rasch seine Jacke ab, beginnt hektisch, sein Hemd aufzuknöpfen. Aber jetzt freut sich Betty und wedelt mit dem Schwanz: denn der Rabbi taucht prustend auf. Wie einen Pokal hält er Frau Axelraths Laptop in der Hand! Er reißt sich die Taucherbrille vom Gesicht. »Yeah! Wir haben es gewusst!«

»Wer ist wir?«, fragt der Kommissar.

»Ich und Rabbi Löw!«

»Wer ist das nun schon wieder? Auch so ein *meschuggener*?«

»Du spinnst«, sagt Marek Perlmann mürrisch, dreht sich um und schlurft in sein unaufgeräumtes Wohnzimmer, während der Rabbi hinter sich die Wohnungstür schließt. Der Arzt schiebt Unterlagen und Zeitschriften beiseite, bevor er sich auf eine weiße Ledercouch fallen lässt. »Es ist nach Mitternacht«, sagt Perlmann.

»Ich weiß«, sagt der Rabbi, »übrigens, hübscher Pyjama. Von deiner Mutter, vermute ich.«

»Stimmt. Woher weißt du das?«

»Weil er zu groß ist. Männer kaufen immer zu klein, ihre Mütter zu groß.«

»Hast du mich deshalb geweckt, um mir das zu sagen?«

Der Rabbi geht jetzt im Zimmer auf und ab, während sein Freund ihn beobachtet. »Kann man eine Kochsalzinjektion nachweisen?«

»Wie kommst du darauf?«

»Tipp eines Polizisten.«

»Nein. Aber man kann einen Einstich nachweisen.« Der Doktor muss gähnen.

»Warum hat man keinen bei Frau Axelrath gefunden?«

»Weil man nicht danach gesucht hat. Außerdem ist ein Einstich wesentlich kleiner als zum Beispiel ein Golfloch.«

»Danke für die Belehrung. Wir müssen Frau Axelrath exhumieren lassen.«

»Bist du wahnsinnig? Ich bin froh, dass wir sie unter der Erde haben.«

Henry geht nah an Perlmann heran. »Und die Mörder sind auch froh!«

Perlmann springt auf. »Das ist zu viel. Ich brauche einen *bronfn*! Trinkst du einen eiskalten Wodka mit?« Er geht, ohne eine Antwort abzuwarten, in die Küche.

»Ja«, ruft ihm der Rabbi hinterher.

Während der Doktor nebenan klappert, spricht Henry laut weiter. »Der Ostermüller und die Siemer sind ein Liebespaar!«

»Was du sagst?«, ruft Perlmann aus der Küche.

»Sie hat sich an den Axelrath rangemacht und ihm den Kopf verdreht.«

»Nicht nur den Kopf«, grinst der Doktor, als er mit zwei Wassergläsern voller Wodka ins Zimmer zurückkommt.

»*Lechaim*«, sagt der Rabbi, als er sein Glas nimmt. Die Männer trinken. »Außerdem wurde sie Ruth Axelraths beste Freundin und hat sich somit für das Ehepaar unentbehrlich gemacht. Sie hat von beiden profitiert. Aber sie brauchte viel Geld für das Luxusleben ihres Geliebten. Penthouse, Praxis, Ferrari und Co.«

»Unberufen, der Kollege Ostermüller«, bemerkt Perlmann grimmig.

»Nun begab es sich«, sagt der Rabbi weiter, »dass Frau Axelrath irgendwann festgestellt haben muss, dass viel Geld versickert ist. Natürlich hatte sie ihren Gatten im Verdacht. Deshalb wollte sie einen Kassensturz, ein Testament machen, einen Schlussstrich ziehen und nach Israel gehen. Seit Monaten geben sie der Frau nur noch Placebos, und trotzdem stirbt sie nicht. So was Dummes.«

»Du meinst, Axelrath wusste davon?«, fragt Perlmann und trinkt den Rest Wodka aus.

»Nein, ich glaube, der hat keine Ahnung. Der ist ein verliebter, alter *schmock*!«

Perlmann geht jetzt ebenfalls hin und her.

»Und da sie partout nicht sterben will…«, sagt der Rabbi nachdenklich.

»… hilft der Kollege nach…«

»… und verpasst ihr Kaliumchlorid!«

»Oder nur Luft!«

Der Rabbi fragt: »Würde man das jetzt noch sehen können, den Einstich. In der Armbeuge?«

»Unter Umständen. Aber so blöd wäre kein Mörder. Der sucht sich eine Stelle für die Injektion aus, die man leicht übersieht. Eine Narbe vielleicht.«

»Oder zum Beispiel ein Tattoo«, ruft der Rabbi.

Perlmann bleibt wie erstarrt stehen.

»Die Auschwitz-Nummer! Mein Gott!«

»Es geht los«, ruft der Rabbi, »morgen telefoniere ich mit Frau Fajner. Sie soll Leo anrufen und alles veranlassen. Und Rafi hat sicher einen Kollegen in Israel, der Amtshilfe leistet. Wir werden sie an die Wand nageln!«

11

Nachdenklich steht Max Axelrath vor seinem Fund. Ein farbiges, expressionistisches Gemälde, das lachende, erhitzte Gesichter von gut gekleideten Menschen in einer Loge zeigt. Frauen in Abendgarderobe, Herren im Smoking. Sibylle Siemer ist hinter ihn getreten, legt ihre Arme um seine Schultern, küsst ihn liebevoll aufs Haar. »Sehr schön, wirklich.«

»Ich habe lange darum gekämpft.«

»Wie heißt es?«

»Opéra. Von neunzehnhundertfünfundzwanzig. Die Malerin ist Lou Albert-Lasard. Eine Französin. Eine Jüdin. Sie war übrigens ein paar Jahre die Geliebte Rilkes.«

»Und warum ist es auseinandergegangen? Weißt du das?«

»Sie hat ihn betrogen, sie war jünger als er«, sagt Axelrath ernst. Er schaut sie an, als sie sich dekorativ in einen Sessel setzt und sich eine Zigarette anzündet. Dabei sagt sie: »Woher weißt du das? Steht das im Exposé?«

Langsam kommt er auf sie zu. »Nein. Aber ich denke es mir.« Axelrath schaut ihr jetzt in die Augen.

»Max, was ist los? Warum machst du so abfällige Bemerkungen? Was habe ich dir getan?«

»Sag mir die Wahrheit!«

Frau Siemer lächelt unschuldig und hilflos. »Ich verstehe dich nicht.«

Er tritt nun nah an sie heran, schaut sie von oben herab an. »Du hast ein Verhältnis mit diesem Ostermüller! Gib es einfach zu.«

Sie zieht hektisch an der Zigarette.

»Wer behauptet das? Reichenberger? Die Hyäne! Oder dieser übereifrige Rabbiner? Nein, vermutlich deine nette Stieftochter, die hinterfotzige Kuh.«

Er geht nicht auf ihre Angriffe ein. Er nimmt sie an den Schultern, schüttelt sie. »Sibylle! Hör mir jetzt genau zu. Wenn es stimmt, und du hast was mit dem Arzt, dann platzt unser Deal, das ist dir doch klar!«

Sie schaut ihn zynisch lächelnd an. »Schon allein deshalb würde ich dich nicht hintergehen.«

Er starrt sie entgeistert an.

»Komm, Bärchen, das war ein Witz«, sagt sie und greift ihm dabei in den Schritt, »lass die Jalousien runter.«

»Ich bin Kriminalpolizist, und was ich in Israel mache, darf und werde ich Ihnen nicht sagen!«

Der israelische Sicherheitsbeamte am Frankfurter Flughafen bleibt ruhig, er ist es gewöhnt, dass Touristen sich bei der Befragung aufregen. Er betrachtet den Ausweis und sagt: »Also noch mal: Mister Berking, wo werden Sie sich aufhalten?«

»In Tel Aviv.«

»Ausschließlich dort?«

»Ja, wie Sie sehen, fliege ich übermorgen wieder zurück nach Deutschland. Gemeinsam mit meinem Freund, Rabbiner Silberbaum, der da drüben verhört wird.«

Er zeigt auf den Rabbi, der von einer jungen Sicherheitsbeamtin befragt wird.

»Warten Sie hier«, sagt der junge Mann und geht zu seiner Kollegin. Die beiden reden miteinander. Dann winkt der junge Mann den Kommissar zu sich und geht ihm dabei ein paar Schritte entgegen. Er übergibt ihm den Ausweis und seine Reiseunterlagen und wünscht ihm einen guten Flug.

»Glauben Sie nicht, dass wir Juden privilegiert sind. Nur da ich öfter nach Israel fliege, gelte ich inzwischen als relativ unbedenklich.«

Die beiden Männer gehen zum Gate.

Der Kommissar ist grimmig.

»Robert, das sind Sicherheitsmaßnahmen. Das müssten Sie doch gutheißen.«

»Ja«, sagt der Kommissar, »tue ich ja auch, aber wenn es einen selbst betrifft, wird man ungnädig.«

»Ich erzähle Ihnen einen Witz«, sagt der Rabbi, »zur Aufheiterung: Da kommt ein Mann zum Rabbiner und fragt: ›Rabbi, was soll ich machen? Ich muss nach Israel fliegen, aber ich habe solche Angst, dass eine Bombe an Bord ist.‹ Da sagt der Rabbi: ›Nehmen Sie eine Bombe mit. Die Wahrscheinlichkeit, dass zwei Bomben an Bord sind, ist sehr gering.‹«

Der Kommissar muss herzlich lachen.

Es ist früher Morgen. Sibylle Siemer hat sich aufgesetzt, zieht die Daunendecke über ihre nackten Brüste und starrt an die Wand.

Der Mann neben ihr wird wach.

»Was ist mir dir?«, fragt Jens Ostermüller misstrauisch. »Wie weit bist du?«

»Nächste Woche ist alles wasserdicht. Dann steht die Stiftung.«

»Und die Unterschrift von Ruth?«

»Sie muss nicht unterschreiben, ich habe alle Vollmachten.«

Sibylle lächelt, setzt sich auf, greift nach den Zigaretten, die auf dem Nachttisch liegen. Der Doktor ist ungehalten. »Hör endlich auf damit. Es tut mir weh, mit ansehen zu müssen, dass du dir selbst schadest.«

Sie legt ihre Hand auf seine nackte, behaarte Brust.

»Bärchen, wenn wir das Geld haben, höre ich auf, versprochen. Aber jetzt bin ich zu nervös.«

»Hast du Zweifel, dass es klappt?«, fragt er.

»Nein, aber ich mag nicht mehr mit ihm schlafen. Er ekelt mich an.«

Er nimmt sie in den Arm. »Nur noch ein paar Tage, dann ist es vorbei.«

»Gut, dann kommen wir an unser Geld, aber ihn gibt es immer noch. Wie lang soll ich bitte dieses unerträgliche Doppelleben führen?«

»Bis er tot ist«, sagt Ostermüller lakonisch, »und das kann jederzeit passieren. In seinem Alter.«

Doktor Leo Bialistok ist ein drahtiger Mann, der es seiner Größe verdankt, dass er sich ein Leben lang gekrümmt und dadurch einen Haltungsschaden entwickelt hat. Er schaut auf seine beiden Besucher, die gemeinsam mit ihm vor einem Leuchtkasten stehen.

»Hier«, sagt der Arzt, »der Täter, wenn ich das mal so unvorsichtig sagen darf, hatte Glück, denn genau unter der Mitte der Acht befindet sich die Vene.«

Deutlich ist eine tätowierte Acht auf dem Schirm zu erkennen und in der Vergrößerung ein Einstich.

Kommissar Berking nickt. Er schaut zum Rabbi.

»Danke, Leo«, meint der. »Dann brauchen wir jetzt ein Gutachten von dir. Du musst uns bestätigen, dass die Frau kurz vor ihrem Tod noch eine Injektion bekommen hat.«

»Gern, aber das ist auch alles. Luft oder Kaliumchlorid kann ich nicht nachweisen.«

»Ja, das ist klar«, sagt Henry, »den Mörder und seine Methode müssen wir schon selber finden.«

Berking schaut skeptisch. »Selbst das wird schwer nachzuweisen sein. Der Notarzt könnte versucht haben, sie durch eine Injektion zu retten.«

»Indem er genau die Mitte der Acht trifft! Jeder Notarzt würde zuerst in der Armbeuge suchen.«

»Nicht unbedingt. Bei alten Menschen finden sich die Venen oft besser an der Hand.«

»Genau«, ruft der Rabbi, »auf der Hand, aber nicht in einer Auschwitznummer! Außerdem hat der Notarzt nichts von einer Injektion gesagt. Im Gegenteil. Die Frau war schon Stunden tot. Da hätte selbst eine Hühnersuppe nicht mehr geholfen.«

Leo Bialistok macht das Licht am Leuchtkasten aus.

»Wir müssen los.«

»Wohin?«, fragt der Rabbi.

»Sie beerdigen«, sagt der Arzt.

Die Männer verlassen das Sprechzimmer.

Beerdigungen im strahlenden Sonnenschein unter Palmen sind für einen Polizisten aus dem Vogelsberg etwas Ungewöhnliches. Hauptkommissar Robert Berking schaut sich die Gesichter der wenigen Trauergäste an. Frau Fajner, die Tochter der Toten, steht stumm und starrt in die Grube. Neben ihr der Ehemann Alexej, ein dicklicher, gemütlicher, russischstämmiger Israeli. An seiner Seite ein schlaksiger, junger Mann in Uniform, Sohn Uri. An der Hand hält er Dorit, seine Schwester. Sie trägt sinnigerweise ein schwarzes T-Shirt mit einem silbernen Totenkopf drauf und kaut ununterbrochen Kaugummi.

Rabbi Silberbaum steht vor dem Grab und beendet das *Kaddisch*. Er gibt ein kurzes Handzeichen, und zwei Männer beginnen Sand in das Grab zu schaufeln. Der Rabbi gibt jedem Familienmitglied stumm die Hand. Am Ende umarmt ihn Miriam Fajner herzlich. »Haben Sie vielen Dank, das werde ich niemals vergessen.«

»Ich auch nicht«, flüstert der Rabbi, »dass ich für eine Verstorbene zweimal *Kaddisch* sagen musste.«

Sie sitzen in einem Restaurant am Strand und blinzeln in die untergehende Sonne. Direkt vor ihnen im Sand spielen junge Leute Volleyball. Daneben liegt ein schwules Pärchen auf einem Badetuch und knutscht ungeniert. Ein Hund jagt hinter einem Frisbee her.

»Um es mal in der Sprache meiner Tochter zu sagen«, bemerkt der Kommissar, »Tel Aviv ist eine echt megageile Stadt irgendwie.«

»Ja, das kann man sagen«, bestätigt der Rabbi und trinkt seinen Espresso aus.

»Und was das Essen betrifft«, fährt Berking fort, »könnte ich mich für die orientalische Küche erwärmen. Bisher standen Hummus und Falafel nicht auf meinem Speiseplan.«

»Gab es überhaupt bei Ihnen je etwas anderes als Bockwurst?«

Berking trinkt sein Bier aus. »Sie werden es nicht glauben, aber es gab eine Zeit, in der ich ein bürgerliches Leben geführt habe, mit all den Ingredienzen, die naturgemäß dazu gehören: Frühstück und Abendessen. Urlaub, Besuch bei den Schwiegereltern. Und regelmäßig Geschlechtsverkehr natürlich. Wie es bei Ihnen in Ihrem schlauen Buch steht.«

»Und wieso ist das abgerissen«, will der Rabbi wissen.

»Meine Mörder waren schuld. Sie haben mich Tag und Nacht beschäftigt. Ich konnte nicht nach Hause gehen und abschalten. Außerdem verfolgten mich die Phantome auch zu Hause. Das hat mich umgetrieben. Besonders in der Nacht. Das ist die Zeit des Mordens. Da rasten die

Menschen aus, da sind sie angreifbar, betrunken, unterwegs oder zu Hause. Da fahren sie andere tot, lauern in einsamen Parkhäusern oder Hinterhöfen ihren Verflossenen auf, suchen sich Opfer in den Clubs oder Bordellen. Da wird in dunklen Parkanlagen mit Drogen gedealt. Da treiben sie sich auf Bahnhöfen herum oder in der S-Bahn. Und irgendwann schreckt man aus dem Bett, weil das Handy klingelt. Ein Toter treibt im Main. Das war nichts für eine Familie. Ich musste mich entscheiden.«

»Bereuen Sie es?«

»In besonderen Augenblicken. Wenn ich glückliche Paare sehe, wie hier. Oder wenn ich mit meiner Tochter zusammen bin und denke: Warum habe ich das nicht jeden Tag? Und wie werde ich es ihr erklären, wenn sie diese Fragen ihrerseits nicht mehr verdrängen kann? ›Der Beruf war mir wichtiger‹? Soll ich ihr das antworten?«

Henry schaut den Kommissar lange an.

»Schon klar«, sagt er dann, »es ist ein unauflösbarer Konflikt. Aber wie ich Ihre Tochter einschätze, wird sie es verstehen, auch wenn sie Sie nicht aus der Verantwortung entlassen kann. Es ist eine Art von Währung im zwischenmenschlichen Zusammensein. Man lädt das Schuldkonto des anderen auf, um genügend Kapital zu haben, falls es zu Konflikten kommt. Da wird dann die Du-hast-damals-Karte gezogen. Meine Mutter ist darin Weltmeisterin.«

»Erzählen Sie mir von ihr.«

»Ihre guten Eigenschaften sind schnell aufgezählt, bei ihren schlechten dauert es etwas länger.«

Der Kommissar schaut den Rabbi zweifelnd an.

»Nein, war nur Spaß. Meine Mutter ist eine typische jiddische *Mame*, wie wir es nennen. Besitzergreifend, diktatorisch, besserwissend, wehleidig, angstbesetzt, ungeduldig, sich selbst verleugnend einerseits, dies mir aber immer wieder vorhaltend andererseits. Und über allem schwebt das stets schlechte Gewissen, das sie ihrem Kind macht. Am besten erklärt das ein Witz: Ein junger Mann kommt zu seiner Mutter und ist entsetzt. ›Mein Gott‹, sagt er, ›du hast ja dramatisch abgenommen.‹ ›Ja‹, sagt sie, ›ich habe vierzehn Tage nichts gegessen.‹ ›Warum das denn?‹ ›Na ja, du hast vor vierzehn Tagen versprochen, mich anzurufen, und da wollte ich nicht mit vollem Mund ans Telefon!‹«

Es ist eine kleine Runde, die sich im Amtszimmer der Richterin Antje Theuerkauf eingefunden hat, um die gerichtliche Entscheidung über den Nachlass der verstorbenen Ruth Axelrath zu hören. Sibylle Siemer und Max Axelrath sitzen in der linken Ecke, Rafi Reichenberger und der Rabbi in der rechten. Nachdem die Richterin einige Zeit in Akten geblättert hat, wendet sie sich an den Protokollführer, der neben ihr sitzt, dann an die Beteiligten:

»Wir eröffnen heute die Nachlasssache Axelrath gegen Fajner. Es liegen dem Gericht vor a) die eidesstattliche Erklärung der anwesenden Frau Doktor Sibylle Siemer als Vermögensverwalterin der Verstorbenen, b) die eidesstattliche Erklärung des anwesenden Ehemanns der

Verstorbenen Herrn Max Axelrath, c) die eidesstattliche Erklärung der Tochter der Verstorbenen Frau Miriam Fajner, geborene Rosengarten, vertreten durch den anwesenden Anwalt Herrn Doktor Rafael Reichenberger, sowie die eidesstattliche Erklärung des anwesenden Herrn Henry Moritz Silberbaum, Rabbiner der Jüdischen Liberalen Gemeinde zu Frankfurt am Main, Körperschaft des öffentlichen Rechts. Dazu alle erforderlichen Unterlagen, die den Gesamtwert des zu verhandelnden Erbes betreffen, sowie Korrespondenzen und Verträge, die den Erbanspruch der einzelnen Parteien belegen sollen.« Sie macht eine Kunstpause, schaut jeden der Anwesenden lange an und fährt dann fort: »Aufgrund der dem Gericht zugänglich gemachten Unterlagen der Banken, der Steuerbehörden, der Vermögens- und Hausverwaltung sowie des Grundbuchamts Frankfurt am Main sowie des Katasterregisters Eilat in Israel setzt das Gericht den Nachlass der Verstorbenen fest auf 11.738.000 Euro. Das Vermögen setzt sich zusammen aus Barvermögen, Aktien und Fondspapieren, zuzüglich einer Villa in der August-Siebert-Straße 8, 60323 Frankfurt am Main, aktueller Verkehrswert 1.600.000 Euro, einem Mietobjekt Kaiserstraße 10 im aktuellen Verkehrswert von 6.200.000 Euro sowie das Hotel Paradise Palace in Eilat, Israel, im aktuellen Wert von einer 1.800.000 Euro. Dazu ein Barmittelanteil von 2.138.000 Euro auf Giro- und Anlagekonten der Bank Hauck & Aufhäuser, der Deutschen Bank und der Frankfurter Sparkasse. Weitere Geldmittel oder geldwertes Vermögen sind dem

Gericht nicht bekannt. Gibt es dazu Einlassungen?« Sie schaut sich um. »Keine. Auf dieser Grundlage eröffne ich hiermit die Verhandlung zur Feststellung der Erbberechtigung betreffend den Nachlass der Ruth Axelrath, verstorben am 15. März dieses Jahres in Frankfurt am Main, belegt durch den L-Schein 2713, ausgestellt von Doktor Johannes Braun.«

Sie schaut zu Sibylle Siemer, die sich zu Wort meldet. »Bitte, Frau Rechtsanwältin.«

Frau Siemer hat sich erhoben. Sie wirkt dezent elegant in ihrem grauen Jil-Sander-Kostüm. Dem Anlass angemessen.

»Frau Vorsitzende, obwohl, wie bereits dargelegt, das gesamte Vermögen der Verstorbenen seit Beginn dieses Jahres in die Axelrath-Stiftung mit Sitz in Liechtenstein eingeflossen ist, wie Sie den nachgereichten Unterlagen entnehmen können, erklärt sich der Stiftungsrat bereit, den Anspruch der Miriam Fajner ohne Präjudiz anzuerkennen, und überlässt ihr das Hotel in Eilat, in dem dieser Wert aus dem Stiftungsvermögen entfernt wird.«

»Hört, hört, wie großzügig«, lässt sich Reichenberger vernehmen.

»Bitte, Herr Rechtsanwalt, mäßigen Sie sich, Sie erhalten noch Gelegenheit, sich zu äußern«, weist ihn die Richterin zurecht. »Fahren Sie fort, Frau Siemer.«

»Der Ehegatte der Frau Axelrath, Herr Max Axelrath, erhält von der Stiftung ein lebenslanges mietfreies Wohnrecht in der Villa im Westend, die erst nach dessen Ableben verkauft und deren Erlös anschließend dem Stif-

237

tungsvermögen zugeschlagen werden wird. Außerdem erhält der Ehegatte eine monatliche Zuwendung aus dem Stiftungsvermögen von viertausend Euro für den Unterhalt des Hauses sowie für Reparaturrückstellungen und monatliche Umlagen. Im Gegenzug steht er als Beirat der Stiftung zur Verfügung. Durch die Mieteinnahmen aus dem Objekt in der Kaiserstraße ist gewährleistet, dass die Stiftung gemäß Satzung ihr Vermögen mehrt und den jährlichen Mehrwert bedürftigen jüdischen Familien zukommen lässt, so wie es dem Stiftungszweck und dem Wunsch der Verstorbenen entspricht.«

»Ich brauche ein Taschentuch«, flüstert der Anwalt dem Rabbi zu.

Frau Siemer spricht indessen weiter: »Von einer angeblichen Spende an die Jüdische Gemeinde in Höhe von einer Million Euro ist uns nichts bekannt. Die Stiftung erklärt sich bereit, die Kosten dieses Verfahrens zu übernehmen. Aus den hier vorgetragenen Gründen bittet die Axelrath-Stiftung das Gericht nunmehr um den beantragten Erbschein, um das Erbe antreten zu können. Vielen Dank.«

Sie setzt sich siegessicher hin und tätschelt dabei freundschaftlich Axelraths Hand. Der nickt ernst und wirkt verkrampft.

Rafi Reichenberger wirft noch einen verschmitzten Blick auf den Rabbi und erhebt sich.

»Frau Vorsitzende, ich erlaube mir, der Kollegin Siemer in allen Punkten zu widersprechen, und erhebe hiermit im Namen meiner Mandantschaft Anspruch auf nicht nur den Pflichtteil, sondern auf die gesamte Erbmasse. Wie Sie den angefügten Dokumenten entnehmen können, gibt es nicht einen glaubhaften Beleg für die ordnungsgemäße Gründung dieser ominösen Stiftung in Liechtenstein zu Lebzeiten der Stifterin.« Er macht bewusst eine Kunstpause, dann fährt er fort: »Die Damen Axelrath und Siemer waren zwar in den letzten Neujahrstagen in Bad Ragaz und Liechtenstein, aber außer dem Wunsch, eine Stiftung zu gründen, und den dafür notwendigen Unterlagen aufgrund der Vorgespräche mit dem Notariat Vetterli in Vaduz gibt es nichts, was eine rechtlich ›wasserdichte‹ Gründung zu diesem Zeitpunkt beweist. Eine rückwirkende Gründung nach dem Ableben der Stifterin ist nicht zulässig. Dem Stiftungsregister in Vaduz ist eine Gründung zu Lebzeiten der Stifterin nicht bekannt, wie man an der beigefügten Erklärung ersehen kann.«

Frau Siemer geht dazwischen. »Wir haben die Stiftung zu Jahresbeginn beantragt. Das dauert eben in Liechtenstein.«

Reichenberger lächelt süffisant. »Selbst wenn dem so ist, war Frau Axelrath nicht mehr imstande, das Gründungsprotokoll zu unterschreiben. Die Vollmacht der Frau Siemer deckt nach EU-Recht nicht die Gründung einer Stiftung ab.«

Frau Siemer geht dazwischen: »Liechtenstein ist nicht Mitglied der EU, Herr Kollege!«

»Aber es hält sich an unser Recht. Außerdem war Frau Axelrath deutsche Staatsbürgerin, Frau Kollegin. Ansonsten würden solche offensichtlichen Manipulationen, wie Sie sie beabsichtigen, jeden Tag versucht werden.«

Frau Siemer ist empört. »Unverschämt!«, murmelt sie.

Rafi Reichenberger lässt sich nicht beirren: »Im Übrigen halten wir die ausgedruckten und beigefügten E-Mails von Frau Axelrath für Fälschungen!«

Frau Siemer ist an den Richtertisch getreten. »Das ist doch eine bösartige Unterstellung«, ruft sie, »das ist Rufschädigung! Ich werde Sie anzeigen! Ich bitte das zu Protokoll zu nehmen, Frau Vorsitzende!«

»Werte Kollegin«, ruft Reichenberger, »damit sollten Sie warten, denn es kommt noch mehr!« Er geht ebenfalls nach vorn zum Richtertisch und legt Ausdrucke von E-Mails vor.

»Hier erkennen Sie, wie Frau Axelrath ihrer Anwältin gegenüber schriftlich von der Stiftungsidee Abstand genommen hat. Der Account von Frau Axelrath kann jederzeit eingesehen werden.«

»Nein, das entspricht nicht den Tatsachen«, schreit Frau Siemer dazwischen, »der Account beim Provider ist auf ausdrücklichen Wunsch von Herrn Axelrath gelöscht worden.«

»Ja«, schreit Reichenberger zurück, »beim Provider wohl, das wurde eiligst angesagt, aber nicht auf der Festplatte von Frau Axelraths Laptop!«

»Der Laptop wurde gestohlen«, ruft Herr Axelrath.

»Stimmt«, sagt der Anwalt und fährt leise und nicht ungefährlich fort, »aber er ist wieder ... ›aufgetaucht‹, sozusagen.«

240

»Unmöglich«, kreischt jetzt Frau Siemer.

»Warum, werte Kollegin? Haben Sie vielleicht etwas damit zu tun?«

»Ruhe!«

Die Vorsitzende versucht die Wogen zu glätten.

»Was bieten Sie mir an, Herr Reichenberger?«

»Eine Kopie der Festplatte. In dieser haben Sie die gesamte Korrespondenz der Verstorbenen mit Frau Siemer und mit ihrer Tochter.« Sibylle Siemer atmet schwer, während der Anwalt weiterredet: »Man erkennt deutlich nicht nur ihren Wunsch, von der Stiftungsidee Abstand zu nehmen, nicht nur ihre Absicht, der Jüdischen Gemeinde eine Million zu spenden, sondern auch ihren Verdacht, ihre Anwältin würde sie hintergehen, ihre Freundschaft ausnützen, Millionen veruntreuen und darüber hinaus ein Verhältnis mit ihrem Ehemann haben!«

Er überreicht der Richterin einen USB-Stick.

»Das ist ein übler Trick, das stinkt doch zum Himmel!« Frau Siemer giftet Reichenberger an. »Ihre Kopie ist eine Fälschung! Alles fake!«

»Ist das auch eine Fälschung?« Der Rabbi zieht Frau Axelraths Laptop aus der Aktentasche! »Lag in einem kleinen Weiher in der Stadtmitte. Allerdings nicht lang genug.«

Max Axelrath wirkt wie jemand, der ein Gespenst gesehen hat. Frau Siemer rafft eilig ihre Sachen zusammen. »Das wird Folgen haben, glauben Sie mir«, schreit sie Reichenberger an.

»Ich hoffe es«, sagt der Anwalt freundlich lächelnd.

Die Vorsitzende erhebt sich.

»Das Gericht vertagt sich aufgrund der neuen Sach-lage! Das Vermögen bleibt bis auf Weiteres gesperrt! Die Sitzung ist beendet!«

12

Der Stau vor der Konstabler Wache scheint wieder einmal unauflösbar. Max Axelrath starrt ernst durch die Windschutzscheibe seines Maseratis. Neben ihm sitzt Sibylle Siemer. Sie zündet sich nervös eine Zigarette an.

»Bitte nicht im Wagen«, sagt er streng.

»Stell dich nicht so an.«

Sie zieht heftig und lässt den Rauch durch den Mundwinkel entweichen.

»Wie geht es jetzt weiter? Hast du einen Plan?«, fragt er.

»Dieser Scheißrabbiner ist an allem schuld. Warum mischt er sich ein?« Sie ist extrem ungehalten.

»Ich finde das auch schrecklich«, sagt Axelrath, »aber viel schlimmer finde ich, dass wir nicht gegenhalten können. Und dann finden sie auch noch den Laptop! Unglaublich!«

»Er hat mich beobachtet, ganz eindeutig«, sagt sie, »und weißt du, warum?«

»Weil er uns misstraut«, sagt Axelrath.

»Weil er dir misstraut, mein Lieber«, antwortet sie kalt. »Weil du immer so emotional auf alles reagierst und dich immer gleich erregst, anstatt cool zu bleiben. Das macht dich verdächtig.«

»Na klar«, ruft er und fährt dabei wieder einen Meter nach vorn, »jetzt ist es meine Schuld! Du hast doch gesagt, die Sache mit der Stiftung ist unanfechtbar.«

»Jetzt komm mal runter. Wir kriegen das schon hin.«

Sie will ihn beruhigen. Sie legt ihm die Hand aufs Knie.

Ruppig schiebt er ihre Hand weg.

»Außerdem«, sagt er dann, »fehlen ungefähr sechs Millionen in dieser Aufstellung. Wo sind die?«

»Bist du blöd, oder was?« Sie schaut ihn wütend an. »Drei sind auf einem Konto in Nassau. Und drei habe ich kurz vor ihrem Tod noch abgezweigt. Die sind bereits in Vaduz. Als Anzahlung auf das Stiftungskapital. Ich habe dir doch gesagt, dass ich die verschwinden lasse.«

»Und wieso habe ich keine Vollmacht für diese Konten?«

»Liegt alles in der Kanzlei im Safe, mach dir keinen Kopf.«

»Ich will die Vollmachten! Am Ende bleibt mir nichts.« Er lässt den Motor aufheulen, wechselt in einem riskanten Manöver die Spur und rast bei Rot über die Ampel, wo er nach einer Vollbremsung weiter im Stau steht.

»Bist du wahnsinnig?« Sie ist stocksauer.

»Hör mir jetzt gut zu«, sagt er und schaut sie dabei mit eiskalten Augen an, »in einer Woche will ich über die sechs Millionen in Nassau, Vaduz oder sonst wo verfügen können. So war der Deal.«

»Nein«, schreit sie los, »so war der Deal nicht! Es ist unser Geld. Wir sind zusammen und teilen alles.«

»Hast du vergessen, wie viel du in den letzten Jahren

abgesahnt hast, mit meiner Hilfe? Wo ist das Geld hin? Hast du es deinem Lover in den Arsch geschoben?«

Sie nimmt ihren Aktenkoffer und steigt wütend aus, mitten im Stau. »Du bist doch nicht mehr ganz dicht«, schreit sie ihn an und knallt die Tür zu.

Er lässt das Fenster runter und kreischt ihr hinterher: »Ich will mein Geld! Hast du verstanden! Es ist mein Geld.«

Im Weggehen zeigt sie ihm den Mittelfinger, ohne sich umzudrehen.

Mit Karacho biegt der Maserati in die stille Straße ein, rast etwa zweihundert Meter bergauf und bleibt nach einer Vollbremsung vor der Villa stehen. Noch sichtlich verärgert steigt Max Axelrath aus seinem Wagen, betätigt die Schließautomatik und geht auf den Vorgarten zu.

»Herr Axelrath?« Der Rabbi steht auf der anderen Straßenseite neben seinem Smart. Er hält Betty auf dem Arm und streichelt sie. Die Hündin knurrt, als sie Axelrath erspäht.

»Sie schon wieder! Was wollen Sie? Hauen Sie ab! Lassen Sie mich in Ruhe! Sie haben mir genug angetan!« Er will weitergehen, als Henry rasch die schmale Straße überquert.

»Warten Sie«, ruft er Axelrath nach, »ich denke, wir sollten reden.«

»Es gibt nichts zu reden.« Axelrath ist dennoch stehen geblieben. Der Rabbi hat Betty abgesetzt, die zum Haus läuft.

»Ich dachte, Sie sind jetzt auf meiner Seite«, meint der
Mann.

»Das bin ich auch, Sie merken es nur nicht.«

»Wie kann ich das verstehen, wenn Sie dabei zusehen,
wie ich alles verliere, was ich habe?«

»Hören Sie mir bitte einen Moment zu. Ich …«

Axelrath schneidet ihm das Wort ab. »Herr Silberbaum, ich will nichts mehr hören von Ihnen. Meinetwegen sollen Sie Ihre Million bekommen, aber verschwinden Sie aus meinem Leben.«

»Mir geht es nicht um die Million, mir geht es um
Sie. Sie werden von Ihrer Geliebten benutzt, und wenn
sie das Geld hat, werden Sie weggeworfen wie ein alter
Schuh!«

»Mein Privatleben geht Sie einen feuchten Dreck an.
Das ist einzig und allein meine Sache. Und wenn ich
weggeworfen werde, wie Sie befürchten, dann hatte ich
wenigstens ein paar schöne Jahre.«

Er dreht sich abrupt um und geht zum Haus. Als
Betty hineinwill, scheucht er sie fort. »Hau ab!«

»Ich glaube, Sie sind in großer Gefahr«, ruft ihm der
Rabbi hinterher.

»Dann beten Sie für mich. Das ist doch Ihr Job«, sagt
Axelrath, ohne sich umzudrehen.

»Komm, Betty«, sagt der Rabbi. Als er zu seinem
Wagen zurückkommt, steht dort ein älterer, dicklicher
Herr mit seinem dicklichen Rauhaardackel.

»Na, Streit unter Freunden?«, fragt er spöttisch.

»Wir sind nicht befreundet. Ich war ein Bekannter der

verstorbenen Frau Axelrath und passe jetzt vorüberge-
hend auf den Hund auf.«

»Ja«, sagt der Mann in bestem Frankfurterisch, »die
Frau Axelrath, die war schwer in Ordnung. Wir haben
immer miteinander gebabbelt, wenn wir uns gesehen
haben, beim Gassigehen. Ich kannte auch noch ihren ersten Mann, den Rosengarten. Ein bescheidener Mensch.
Und sparsam. Aber er, der Neue, das ist vielleicht ein
Angeber. Schon dieses Auto. Wer so was nötig hat, dem
fehlt es woanders.«

Er zeigt in seinen Schritt und lacht.

»Sie wohnen schon lange hier?«, fragt Henry.

»Über vierzig Jahre. Darf ich mich vorstellen, Ewald
Holzinger. Sie kennen vielleicht die Konditorei Holzinger hier ums Eck, im Grüneburgweg. Das bin ich. Also,
das war mein Geschäft. Jetzt sind meine beiden Töchter
drin. Wir wohnen da unten.« Er zeigt zu einem Haus, das
an der nächsten Straßenecke steht. »Und wer sind Sie,
wenn ich fragen darf?«

»Silberbaum, mein Name«, sagt der Rabbi und gibt
dem Mann die Hand, »ist Ihnen vielleicht in den letzten
Wochen nach Frau Axelraths Tod etwas aufgefallen?«

»Nein, aber in der Nacht, in der sie starb. Da habe ich
etwas Merkwürdiges gesehen beziehungsweise gehört.«

»Darf ich fragen, was das war?«

»Sind Sie Detektiv?«, fragt der Mann.

»So etwas Ähnliches. Bin stets auf der Suche nach der
Wahrheit.«

»Also, so gegen neun am Abend habe ich ein Röhren

gehört, gell, und dachte zuerst, Mann, jetzt hat der Axelrath wieder einen neuen Wagen, aber es war ein roter
Ferrari, der vor dem Haus hielt, und ein Mann stieg aus
und ist reingegangen. Nach ungefähr zwanzig Minuten
kam er wieder raus und ist weggefahren.«

Henry ist jetzt wie elektrisiert. »War das alles?«

»Von wegen«, sagt der Mann leise und tut geheimnis-
voll.

Henry sitzt in seinem geparkten Auto und telefoniert.
»Und dann«, sagt er, »hört der Mann mitten in der Nacht
wieder ein Röhren, er sei wegen des Motorgeräuschs
wach geworden und zum Fenster gelaufen, aber diesmal
hat der Ferrari weiter unten gehalten, und der Fahrer ist
zu Fuß hochgekommen und im Haus der Axelraths verschwunden. Fünf Minuten später ist er wieder raus, die
Straße runter und weggefahren ... so gegen eins, sagt der
Mann.«

Der Rabbi schweigt jetzt, hört zu. Dann: »Was ich vermute? Bin ich der Kriminalist oder Sie?«

Henry hört wieder einen Moment zu und nickt zwischendurch, dann sagt er: »Ja, so könnte es gewesen sein,
aber man muss es beweisen können.« Pause. »Die Ver-
bindungsdaten von Frau Axelraths Telefon? ... Gut, ich
kann warten. Nein, keine übereilten Schritte, versprochen!« Er beendet das Gespräch, startet den Wagen und
fährt los. Vor seiner Haustür steht Herr Holzinger mit
seinem Dackel und winkt.

Henry kommt in das Vorzimmer, er hat Betty auf dem Arm. Die Sekretärin beobachtet ihn missbilligend. »Der Hund steht Ihnen nicht.«

»Ich wollte mir auch keine Mütze aus seinem Fell machen lassen, liebe Frau Kimmel.«

»Das sieht schwul aus.«

»So what?«

»Außerdem gab es schon Beschwerden. Hunde sind hier im Haus verboten.«

»Wo steht das?«

Er geht in sein Zimmer, sie kommt hinterher.

»Nirgends, aber Doktor Friedländer wird einen Zettel am Schwarzen Brett anbringen lassen.«

»Das elfte Gebot: Du sollst keine anderen Hunde haben neben mir!«

Frau Kimmel muss lachen.

»Außerdem habe ich sie nur so lange, bis ich ein neues Zuhause für sie gefunden habe.«

»Süß ist sie ja«, sagt die Sekretärin.

»Sehen Sie!«

Er drückt der verdutzten Frau den kleinen Hund in den Arm.

»Bringen Sie ihr Wasser und mir einen Kaffee. Und dann raus, ich muss arbeiten.«

Gerade als er sich hinter seinen Schreibtisch begibt, kommt seine Mutter ins Zimmer.

»Hab dir deine Hemden gebracht, gewaschen, gebügelt, wieder picobello. Wenn du mich nicht hättest. Wenn ich mich nicht kümmern würde, du würdest rumlaufen

249

wie ein Schnorrer. Hier der Zettel von der Reinigung für deinen Anzug. Was ist mit dem *kelef*? Warum bringst du ihn nicht ins Tierheim? Wir müssen reden, Bubele.«

»Guten Morgen, Mom«, sagt der Rabbi. Er schließt die Tür, zeigt zur Sitzecke, die Mutter setzt sich.

»Du machst uns zum Gespött der Leute mit diesem Hund. Hast du nicht genug Sorgen?«

»Ich habe dir gesagt, sobald ich ein neues Zuhause für sie gefunden habe, gebe ich sie weg. Aber sie muss erst einmal zur Ruhe kommen. Sie ist traumatisiert.«

»Zur Ruhe kommen? Traumatisiert? Ein Hund? Wer bist du? Brigitte Bardot? Denkst du auch mal an mich? Jeder fragt mich nach dem Hund. ›Hat Ihr Sohn tatsächlich einen Hund?‹«

»Auch Hunde haben eine Psyche. Jetzt, wo das Frauchen tot ist, fehlt Betty jede Orientierung, und Axelrath ist nicht gerade ein Tierfreund.«

»Weißt du, was Frau Feinbrot gesagt hat?«

»Nu?«

»Der Hund wird alles erben, und deshalb ist der Rabbi so nett zu ihm!«

Henry muss laut lachen. »Frau Feinbrot hat recht, aber ich bekomme das Geld nur, wenn ich Betty heirate!«

Das Polizeipräsidium Frankfurt liegt an einer stark befahrenen vierspurigen Straße. Es ist ein moderner, fünfstöckiger Bürokomplex mit endlosen Fluren, der für Besucher eine unwirtliche Atmosphäre entfaltet. Das ist beabsichtigt, denn dieser Ort soll die Menschen klein und demütig machen. Ganz anders die Kantine des Hauses. Hier herrscht eine überraschend freundliche Atmosphäre, es kommt genügend Licht durch die Fenster. Der Rabbi und der Kommissar sitzen sich an einem langen Tisch gegenüber, es ist später Vormittag, in der Küche wird gewerkelt, es klappert und klirrt, eine Mitarbeiterin stellt Sets mit Pfeffer, Salz und Servietten auf die Tische.

»Wann wollen Sie endlich tätig werden«, fragt Henry. »Wie viele Beweise benötigen Sie noch, damit Sie endlich in Bewegung kommen?«

Berking setzt seine Tasse ab. »Darf ich Sie daran erinnern, dass wir bereits einmal bei der Staatsanwaltschaft eine krachende Niederlage erlebt haben? Wenn ich ein zweites Mal bei Herrn Teichert auftauche, möchte ich mit mindestens zwei Haftbefehlen sein Büro wieder verlassen, und dafür gibt es noch nichts Evidentes.«

Der Rabbi schüttelt ungläubig den Kopf. »Robert! Wir haben eine kriminelle Vermögensverwalterin, die Unsummen beiseitegeschafft hat, indem sie den Ehemann der Toten umgarnt hat. Wir haben einen Arzt, der ihr Lover ist, der auf dubiose Weise reich wurde und der nachweislich zweimal in der fraglichen Nacht bei Frau Axelrath aufgetaucht ist. Wir haben einen manipulierten Tatort, wir haben eine Injektion, wir haben unterschlagene Medikamente, wir haben einen verschwundenen Laptop, gefälschte E-Mails, Telefonate in der Tatnacht, und wir haben eine betrügerische Stiftung. Was brauchen Sie noch?«

»Mein lieber Freund, ich werde es Ihnen in aller Ruhe

erklären.« Der Kommissar spricht jetzt mit Henry wie mit einem aufsässigen Kind. »Lassen wir mal Ihre radikale Subjektivität und Ihre Moral beiseite, die ich im Übrigen schätze, und konzentrieren wir uns auf die Fakten: Wir haben keinerlei Beweise, dass Frau Siemer Vermögen unterschlagen und für sich genutzt hat. Sie war mit Frau Axelrath befreundet, hat von ihrer Großzügigkeit profitiert und hatte zudem alle Vollmachten. Vergessen?

Sie hat ihrem Liebhaber Ostermüller vermutlich Kredite, ja sogar Geschenke zukommen lassen. Es war die Leichtgläubigkeit der Frau Axelrath, die diese Veruntreuung ermöglicht hat. Außerdem hat sie ein Verhältnis mit dem Mann der Verstorbenen, der ihr ebenfalls Geld oder teure Geschenke machen konnte, ohne dass es in einer Weise gesetzeswidrig war.«

Der Rabbi schaut den Kommissar aufmerksam an, während der an seinem Kaffee nippt und dann weiterspricht. »Kommen wir nun zu dem, was Sie leichtfertig ›Mord‹ zu nennen pflegen. Was wir wissen, ist, dass Frau Axelrath schwer herzleidend war. Dagegen nahm sie regelmäßig Medikamente. In den letzten Wochen hat sie darauf verzichtet, warum auch immer. Vielleicht eine Art Todeswunsch. Hat sie nicht versucht, ihren Nachlass zu regeln zugunsten ihrer Tochter und der Jüdischen Liberalen Gemeinde? Entgegen der ursprünglichen Idee, den Nachlass in eine Stiftung in Vaduz eingehen zu lassen, änderte Frau Axelrath ihre Meinung. Vielleicht hatte sie sogar eine beginnende Demenz, die sie in ihren

Entscheidungen sprunghaft werden ließ. Leider kam es nicht mehr dazu, ihrem Wunsch nachzukommen, denn sie verstarb. In jener Nacht waren ihr Ehemann und ihre engste Vertraute nicht bei ihr.«

»Genau«, geht Henry dazwischen, »sie waren in Stromberg zusammen im Hotel.«

»Hatten sie ein Doppelzimmer?«

»Das wollte man mir nicht sagen. Aber laut Axelraths Aussage war er allein. Er lügt also. Oder war das eine Anhalterin, die bei ihm im Auto saß?«

»Egal. Alles, was Sie anführen, ist nicht strafbar. Darf ich weitermachen?«

»Bitte«, sagt der Rabbi.

»Ruth Axelrath fühlt sich schlecht. Sie ruft ihren Kardiologen an, der kommt gegen zehn Uhr abends und gibt ihr ein Beruhigungsmittel. Möglicherweise gibt er es ihr in den Unterarm, in die Tätowierung. Gegen ein Uhr will er noch mal nach seiner Patientin sehen und parkt seinen auffällig lauten Wagen, der jeden aufwecken würde, weiter weg. Er klingelt, er klingelt noch mal, Frau Axelrath schläft, so muss er annehmen, also geht er wieder zu seinem Wagen und fährt weg. Am Morgen kommt der Ehemann gemeinsam mit Frau Siemer zu der Frau, die seit circa vier Uhr tot ist. Man ruft den Notarzt. Alles ist klar und überschaubar, bis auf einen zerbrochenen Teller, dem ein krimibesessener Rabbiner Bedeutung beimisst. Ein gestohlener Laptop taucht wieder auf und soll beweisen, dass die E-Mails der Anwältin Fälschungen sind. Heute, wo man Fotos und selbst Videos manipulieren kann, wird mir das ein Staatsanwalt nicht abkaufen. So sieht es aus, auch wenn es Ihnen nicht gefällt.«

»Was erwarten Sie von mir? Dass ich den Mörder auf frischer Tat ertappe?«

Der Rabbi schaut den Kommissar ratlos an.

»Das wäre das Beste«, sagt Berking trocken.

Chat

»*I'm stuck!*«

»*Was ist mit dem Hund?*«

»*Der kann mir auch nicht weiterhelfen.*«

»*Henry! Sei nicht blöd. Wieso belastest du dich mit diesem Tier?*«

»*Was regst du dich auf, es ist meine Sache. Ich werde Betty wieder abgeben, sobald ich was gefunden habe. Das habe ich ihr schon gesagt.*«

»*Very funny!*«

»*Ich dachte, du könntest mir einen Rat geben, wegen des Mordfalls.*«

»*Ja, den gebe ich dir: Halte dich raus, verdammt! Was geht es dich an? Wenn es wirklich ein Verbrechen war, dann bist du in Lebensgefahr, ist dir das eigentlich bewusst?*«

»*Sicher, deshalb habe ich ja den Hund!*«

»*Ruf mich an, wenn du wieder normal bist. I gotta go.*«

»*Wohin? Wieder mit Mike Schiffmann?*«

»*Shifrin.*«

»*Wie geht es ihm?*«

»*Gut. Er hat alles, was man braucht. Erfolg, Geld, Freunde, ein Loft ...*«

»*Hat er auch einen Hund?*«

»*Bye, rabbi!*«

»*Zoe!*«

13

Der Rabbi zieht seine Bahnen im Pool des Seniorenstiftes und macht sich dabei wie immer seine Gedanken. Es ist in der Tat fatal, denn etwas Greifbares hat er nicht vorzuweisen. Da hat Berking sicher recht. Obwohl alles dafür spricht, dass sein Verdacht sich bestätigen und Frau Axelrath einem Verbrechen zum Opfer gefallen sein könnte, steht er vor einem Kartenhaus, das beim geringsten Windhauch in sich zusammenfallen würde. Henry Silberbaum ist ratlos, obwohl er spürt, dass es nur noch ein kleiner Schritt bis zur Lösung ist. Er grübelt und sucht nach einer Möglichkeit, in dieser verfahrenen Situation weiterzukommen. Er kann sich nicht dreiteilen und Axelrath, die Siemer und den Arzt gleichzeitig observieren. Auch die Chance, den Witwer auf seine Seite zu ziehen und Misstrauen zu säen, ist vertan.

In diesem Augenblick erscheint die Frau mit der Wespentaille und den breiten Schultern am Beckenrand! Sie trägt heute einen schwarzen einteiligen Badeanzug. Schon hat sich die unbekannte Schöne eine Badekappe über ihre dunklen Locken gezogen, ist mit einem gekonnten Kopfsprung in den Pool getaucht und krault jetzt mit sportlichen Zügen an Henry vorbei. An ihm vorbei? Das geht gar nicht! Der Rabbi ist ein guter Schwimmer. Einer, der es in seiner Jugend auf dem College sogar zu Meisterehren gebracht hat. Er zieht das Tempo an, um die fremde Frau zu überholen, die so dreist in sein Revier eingedrungen ist. Aber er hat keine Chance, sosehr er sich auch müht und schließlich verausgabt. Sie ist entweder immer eine Länge voraus oder lässt ihn näher kommen, um dann wieder einen Spurt anzuziehen. Sie ist ohne Frage ein Profi.

»Herzlichen Glückwunsch zum Geburtstag!«

Mit einem Blumenstrauß bewaffnet steht Henry vor seiner Mutter.

»Komm rein«, sagt sie schmallippig, während Betty an ihr vorbei in die Wohnung flitzt. »Oj, wieder der *kelef*«, schreit sie, »wann gibst du ihn endlich weg?«

»Was ist«, fragt er, »bist du *broiges*?«

»Natürlich bin ich beleidigt, was glaubst du denn? Mein Geburtstag begann vor neunzehn Stunden, und jetzt kommt der Herr Sohn und gratuliert gnädigst! Und hat auch noch dieses schreckliche Tier dabei. Ich fasse es nicht!«

»Was willst du«, meint er, während er in den Flur tritt, »ich war unterwegs, hatte zu tun. Außerdem habe ich dir heute früh per WhatsApp …«

»*WhatsApp-SchmatsApp*«, giftet die Mutter zurück, »du meinst, das genügt. So gratuliert man? Ein paar flüchtige Worte. Ist das der Dank?«

»Der Dank wofür?«, fragt Henry jetzt zurück und wird

langsam lauter. »Du hast Geburtstag. Was hat das mit Dank zu tun?«

Sie winkt ab und geht in die Küche.

»Ich wärme dir dein Essen auf. Setz dich.«

Während der Rabbi Platz nimmt und die Mutter das Gas anmacht, fragt sie: »Und bist du weitergekommen mit dem Axelrath?«

»Leider nein. Es gibt einiges, was sehr dubios ist, Verdachtsmomente, aber nichts, was konkret gegen die Vermögensverwalterin verwendet werden kann. Sie hat das geschickt eingefädelt. Wir wissen, dass sie einen Lover hat, wir wissen, dass sie ihn und sich mit Millionen von Frau Axelrath versorgt hat, aber beweisen können wir es nicht.«

»Wieso nicht?« Frau Silberbaum schaut ihren Sohn an. »Ich denke, du hast diesen Bekannten, diesen Kommissar? Kann der denn nicht mal auf die Konten von diesem Arzt schauen?«

Henry glotzt seine Mutter dümmlich an. Wieso ist er nicht selber darauf gekommen? Er greift nach seinem Mobiltelefon. Betty springt währenddessen auf seinen Schoß. Die Mutter kann es nicht glauben.

»Robert«, sagt der Rabbi, »ich bin gerade bei meiner Mutter, und wie wir so reden, sagt sie …«

»Wie war das?«

Der Rabbi sitzt in seinem Büro an seinem Schreibtisch und schreibt auf einen Notizzettel. »Fidelity Bank, sehr schöner Name, Nassau. Ja, ich höre, insgesamt vier Überweisungen.«

Er stößt einen Pfiff aus. »Nicht übel. Ausgewiesen als Darlehn. Können Sie ersehen, ob je was zurückgezahlt wurde?... Okay, bis später.«

Er legt auf und schaut Esther Simon an, die in der Ecke auf der Couch sitzt. »Gute Nachrichten?«, fragt sie.

Der Rabbi klatscht in die Hände. »Super Neuigkeiten.«

Er steht auf, kommt zu ihr, setzt sich ihr gegenüber.

»Also, wo waren wir zuletzt stehen geblieben?«, fragt der Rabbi.

»Beim Talmud.«

»Sehr schön. Erzähl mir davon. Ich höre.«

Sie setzt sich jetzt aufrecht hin und beginnt zu sprechen. »Der Talmud, der auf Deutsch so was wie ›Lehre‹ heißt, ist ein wichtiges Element im Judentum. Das Buch besteht aus zwei Teilen, der *Mischna* und der *Gemara*. Der *Talmud* enthält selbst keine Texte aus der *Tora*, sondern erklärt, wie die religiösen Regeln im Alltag ausgelegt werden sollen.«

»Sehr schön, Esther, was ist die *Mischna*?«

»Die *Mischna* beinhaltet die Überlieferungen der rabbinischen Auslegungen und...«

Das Telefon klingelt.

»Moment!« Der Rabbi springt auf, läuft zum Schreibtisch. Dabei sagt er: »Du siehst, das Judentum ist ein nervöser Glaube!« Er nimmt den Hörer. »Robert? Ich höre... Keine Rückzahlungen. Genial, danke!« Er legt auf. Sieht wieder zu Frau Simon. »Sei mir nicht böse, aber wir müssen Schluss machen«

Sie erhebt sich schweigend. Er geht zu ihr. »Sorry.«

Er legt die Hand auf ihre Taille. Sie dreht sich zu ihm und küsst ihn spontan auf den Mund! Er lässt es geschehen. Dann löst sie sich und flüstert: »Henry, ich mache, was du willst.«

Er schaut sie an. »Wirklich?«

Der Rabbi betritt die Galerie MA, aber bevor Axelrath sich erheben und echauffieren kann, sieht er die schöne Frau Simon, die Henry im Schlepptau hat. Als Mann von Welt hält sich der Galerist mit seiner Philippika zurück. Damit hat der Rabbi gerechnet. Genau darum hat er Esther mitgenommen.

»Was wollen Sie?«, fragt Axelrath kurz angebunden, »Sie stehlen mir meine Zeit.«

»Apropos ›stehlen‹«, sagt Henry freundlich, »darf ich Ihnen Frau Gerlach vorstellen, von der Deutschen Bank.«

Axelrath hat sich der Besucherin genähert, gibt ihr einen gekonnten Handkuss, ganz Kavalier. Für Henry läuft es wie geplant. Er kennt seine Pappenheimer.

»Frau Gerlach«, sagt Axelrath, »habe die Ehre.«

»Frau Gerlach ist meine Sachbearbeiterin, und wir kennen uns schon lang. Sie vertraut mir. Sie führt unter anderem auch die Konten eines Doktor Jens Ostermüller. Sowohl die privaten als auch die der Praxis. Und da ist ihr etwas aufgefallen. Und da sie mitbekommen hat, dass Frau Axelrath verstorben ist und sie Mitglied unserer Gemeinde war, fragte sie mich kürzlich, ob ich die Familie kenne. Und so sind wir ins Gespräch gekommen. Alles, was Frau Gerlach jetzt aussagt, ist streng vertraulich und könnte sie den Job kosten, wenn es herauskäme, dass sie unsere Informantin ist.«

»Unsere Informantin« hört sich subversiv an. Warum interessieren Sie sich für die Konten eines Doktor Ostermüller?«, will der Galerist jetzt wissen.

Der Rabbi kontert geschickt. »Weil Sie sich dafür interessieren sollten!«

»Aha«, Axelrath zeigt in Richtung zweier Sessel, die dekorativ an der Wand stehen, »da bin ich ja mal gespannt.«

Esther setzt sich. Der Rabbi bleibt neben ihr stehen.

»Unser Kunde Doktor Ostermüller«, sagt nun Esther ihren angelernten Text auf, »bekam vor vier Jahren mehrere Überweisungen von insgesamt über 2.800.000 Euro von der Fidelity Bank in Nassau. Damit hat er eine Eigentumswohnung am Holzhausenpark und einen Ferrari gekauft sowie eine Praxis eingerichtet. Deklariert waren die Gelder als Darlehn von Ihrer verstorbenen Frau, das aber nie zurückgeführt wurde. Jedenfalls nicht über unser Institut.« Sie schaut den Galeristen arglos an.

»Fidelity Bank, Nassau, aha.« Axelrath hat sich noch unter Kontrolle. »Und was hat das bitte schön mit mir zu tun?«

Der Rabbi geht auf ihn zu. »Ich werde es Ihnen sagen, Herr Axelrath. Dieser Doktor Ostermüller ist der Liebhaber von Frau Siemer, Ihrer Vermögensverwalterin, und seitdem das so ist, geht es ihm überraschend gut. Aber Ihrer Frau ging es immer schlechter! Finanziell und am Ende auch gesundheitlich.« Er zieht sich mit dem Zeigefinger den Augenwinkel herunter.

Max Axelrath wird bleich, nimmt sich zusammen und sagt dann verkniffen: »Vielen Dank für diese Informationen, Frau Gerlach. Ich werde mich der Sache annehmen. Auf Wiedersehen.« Er hat es jetzt eilig. Er zeigt zur Tür.

Der Rabbi nickt Esther zu, beide verlassen die Galerie.

Axelrath schließt hinter ihnen ab. Die Jalousie wird heruntergelassen.

Als Kommissar Berking seine Dienststelle verlässt, um zu seinem Wagen zu gehen, hört er ein Hupen. Er schaut sich um. Henry Silberbaum sitzt in seinem Smart, der unvorschriftsmäßig auf dem Bürgersteig steht, und winkt aus dem Fenster.

Der Kommissar kommt, steigt ein und sitzt jetzt neben dem Rabbi. Der legt gleich los. »Der Köder hängt am Haken«, sagt er, »wie geht es jetzt weiter?«

»Wie beim Angeln, um in Ihrem Bild zu bleiben. Wir schauen auf den Schwimmer und warten auf die geringste Bewegung, dann ziehen wir an.«

»Aber wenn wir die Bewegung nicht mitbekommen«, sagt der Rabbi, »dann kann es gefährlich werden, um nicht zu sagen, lebensgefährlich.«

»Das haben Sie richtig erkannt. Deshalb müssen wir ab jetzt besonders wachsam sein.«

»›Wir‹ ist gut«, meint Henry bitter, »soll ich mich vielleicht unter Axelraths Bett legen?«

Berking lächelt. »Das wäre das Beste. Nein, im Ernst, überlegen Sie mal. Was kann jetzt alles passieren?«

»Sie sind der Polizist!«

»Aber Sie können in die Seelen blicken.«

Der Rabbi lächelt, lehnt sich zurück, schaut nach oben.

»Okay, Axelraths Seele: Er ist aufgewühlt und verunsichert. Einerseits will er es nicht wahrhaben, weil er glaubt, dass Frau Siemer ihn immer noch liebt. Er ist so eitel, dass er eine Niederlage nicht akzeptiert. Auf der anderen Seite fühlt er sich hintergangen, reingelegt und benutzt. Auf alle Fälle wird er die Siemer mit den Neuigkeiten konfrontieren und eine Erklärung fordern. Dann ...«

Der Kommissar nickt und setzt den Satz fort: »... wird sie ihm erklären, dass alles nur ein Irrtum sei. Und sie wird ihn beschwören, dass sie nur ihn liebt.«

Der Rabbi setzt an: »Genau. Aber er wird ihr nicht mehr glauben, denn der Zweifel ist wie ein bohrender Schmerz. Sie wird wütend das Haus verlassen und zu Ostermüller gehen.«

Der Kommissar nickt. »Sie haben recht, Henry, sie wird zu Ostermüller gehen und ihm davon berichten. Und der Doktor wird erkennen, dass es eng wird. Er wird seiner Geliebten klarmachen, dass es nur einen Ausweg gibt ...«

»Axelrath muss sterben!«, sagt der Rabbi.

14

Der Rabbi sitzt in seinem kleinen Auto und beobachtet die Villa Axelrath. Vor dem Haus steht der Wagen von Sibylle Siemer. Im Salon brennt Licht. Für den Rabbi ist die Sache klar: Die Siemer will den alten Axelrath umdrehen und setzt alles ein, um ihn zu beruhigen und ihm vorzugaukeln, sie liebe ihn und alles sei in bester Ordnung. Axelrath aber bleibt misstrauisch und besteht auf dem Kassensturz. Irgendwann wird die Siemer eilig das Haus verlassen, da ist der Rabbi sicher.

Ein Klopfen am Autofenster. Der nette Herr von nebenan, Konditor Holzinger, grinst den Rabbi an. Der hat ihm gerade jetzt noch gefehlt. Er öffnet die Beifahrertür.

»Störe ich«, fragt der Nachbar und beugt sich in den Wagen.

»Nein, ich denke nur nach.«

»Also, dann störe ich doch.«

»Nur unkreative Menschen fühlen sich beim Nachdenken gestört«, sagt der Rabbi.

»Das ist gut. Muss ich mir merken.«

»Ist leider nicht von mir, sondern von Joseph Roth.«

»Und, spielen Sie wieder Detektiv«, fragt Holzinger launig weiter.

»Nein«, sagt Henry, »aber da ist ein Besuch drin, dem ich nicht begegnen möchte.«

»Ich kann Ihnen einen Tee bringen, wenn Sie wollen.« Dann fügt er lachend an: »Aber draußen gibt es nur Kännchen!«

Der Rabbi lächelt. »Sehr lieb von Ihnen, aber das ist nicht nötig.« So nett Herr Holzinger auch sein mag, er kommt denkbar ungelegen. Der Rabbi muss aufmerksam bleiben, wer weiß, was sich im Wohnzimmer dort drüben abspielt.

Die Champagnerflasche ist fast leer. Sibylle Siemer will den letzten Schluck in sein Glas gießen, aber Axelrath wehrt ab.

»Nein«, sagt er, »ich habe echt genug. Nimm dir.«

Das lässt sie sich nicht zweimal sagen und schüttet den Champagner in ihr Glas, das sie anschließend mit einem Schluck leert. Sie setzt sich zu seinen Füßen und legt ihren Kopf an sein Knie.

»Es tut mir leid«, gurrt sie.

»Schon okay.«

»Bist du jetzt beruhigt?«

Er sitzt auf dem Sofa und lehnt sich zurück. Er verschränkt seine Hände hinter seinem Kopf und schaut sie lang an. »Erst, wenn ich genau weiß, wo wie viel Geld herumliegt, und ich alle Vollmachten habe. Dann werde ich prüfen, was verschwunden ist. Oder verliehen!«

»Du kriegst alle Unterlagen innerhalb der nächsten Tage. Ist das in Ordnung?«

Er packt sie nicht sonderlich zart an den Haaren. »Schwöre mir, dass du nichts mit diesem Arzt hast.«

»Ich schwöre«, sagt sie und beginnt an ihm zu fummeln.

Er wehrt sie mürrisch ab und steht auf. Er schwankt. »Ich bin todmüde«, murmelt er, »komisch. Von dem bisschen Schampus ...«

Eine Minute später liegt Max Axelrath angezogen auf dem Doppelbett im Schlafzimmer und schläft tief und fest. Frau Siemer wirft noch einmal einen Blick auf ihn und geht dann aus dem Zimmer.

Nach einer Minute fällt die Haustür ins Schloss.

Herr Holzinger hat sich inzwischen verabschiedet. Der Rabbi beobachtet Frau Siemer, die rasch aus dem Haus kommt, in ihren Wagen steigt und davonfährt. Henry wartet noch eine Minute, dann steigt er aus und läuft hinüber. Er klingelt, aber niemand öffnet. Der Rabbi ist jetzt ziemlich beunruhigt, zieht den Schlüssel raus und öffnet die Tür.

Im dunklen Hausflur ruft er nach Herrn Axelrath, aber bekommt keine Antwort. Er versucht es noch mal: »Ich bin's, Rabbiner Silberbaum, wo sind Sie?« Keine Reaktion.

Der Rabbi macht im Wohnzimmer Licht. Kein Mensch zu sehen. Dann geht er in die Küche. In der Spüle stehen zwei leere Champagnergläser, im Müll liegt eine leere Flasche Veuve Clicquot. Der Rabbi geht ins Schlafzimmer und findet Axelrath schlafend und angezogen auf dem Bett liegen.

»Herr Axelrath«, ruft der Rabbi laut, aber der rührt sich nicht. Besorgt betrachtet der Rabbi den Schlafenden. Schläft er wirklich, oder ist er krank oder gar tot? Der Rabbi vernimmt ein regelmäßiges Schnarchen und rüttelt Axelrath an den Schultern.

»He, wachen Sie auf! Herr Axelrath!«

Nachdem immer noch keine Reaktion kommt, bleibt dem Rabbi nichts anderes übrig, als ihm auf die Wangen zu schlagen, zuerst leicht, aber dann immer fester.

Axelrath schlägt die Augen auf. »Was ist los?«

»Wachen Sie auf, Herr Axelrath, man hat Ihnen ein Schlafmittel gegeben, da bin ich sicher. Können Sie sich aufsetzen?«

Axelrath, noch benommen, setzt sich auf die Bettkante. »Ich verstehe gar nichts«, sagt er, »was wollen Sie denn schon wieder?«

»Sie haben Champagner getrunken, mit Frau Siemer, und sie hat Ihnen vermutlich was eingeflößt.«

»Tatsächlich?«, sagt Axelrath und lässt sich wieder aufs Bett fallen.

»Nix da!« Der Rabbi zieht ihn ruppig hoch, stellt ihn auf die Beine. »Sie werden jetzt nicht mehr einschlafen! Verstanden? Sie sind in großer Gefahr. Kommen Sie.« Er nimmt den Mann wie eine Puppe und schleppt ihn ins Bad.

»Machen Sie sich kaltes Wasser ins Gesicht«, rät ihm der Rabbi, und Axelrath öffnet den Wasserhahn.

»Wie kommen Sie überhaupt hier rein«, fragt Axelrath.

»Die Terrassentür war offen.« Der Rabbi schaut kurz nach oben. Diese kleine Lüge wird ER ihm sicher verzeihen.

»Warum soll ich das tun?«, fragt Max Axelrath, während er an dem heißen Espresso nippt, den der Rabbi ihm zubereitet hat. Beide stehen jetzt in der Küche und sehen sich an.

»Sie sollen sich schlafend stellen, damit wir die beiden auf frischer Tat ertappen können«, sagt der Rabbi konspirativ, »dann rufen Sie laut: ›Rabbi!‹ Und schon bin ich da. Werden Sie das schaffen?«

»Bin doch nicht blöd. Aber ich mache das nur, um Ihnen endlich zu beweisen, dass Sie paranoid sind. Sie *meschuggener Rebbe*, Sie!«

»Ich würde mich freuen, wenn ich mich irrte. Aber ich bin davon überzeugt, dass die beiden Böses im Schilde führen.«

Axelrath trinkt seinen Espresso in einem Zug, dann sagt er: »Wenn Sie recht haben, bleibt uns nicht mehr viel Zeit.«

Der Rabbi spült die Tasse ab, stellt sie zurück und die beiden Gläser wieder in die Spüle.

Der Kommissar steht vor seinem geliebten Wasserbüdche und stippt die Bockwurst in den Senf. Dabei beißt er in das Brötchen, als sein Mobiltelefon klingelt. Er wischt sich die Hände an der Papierserviette ab, schaut auf das

Display und geht ran. »Hm«, knurrt er, »wo sind Sie? ...
Sprechen Sie lauter. ... Ach so, alles klar. Tschö.«

Er wählt eine Nummer.

Es ist etwa dreiundzwanzig Uhr, als zuerst Axelraths
Handy klingelt, dann das Telefon im Wohnzimmer. Der
Anrufbeantworter springt an. »Max! Wo steckst du?
Sibylle hier! Geh doch mal ran ...« Es wird aufgelegt.

Sowohl der Rabbi als auch Axelrath haben es gehört.

Axelrath legt sich auf das Bett.

»Schlafen Sie bitte nicht ein«, sagt der Rabbi.

»Machen Sie Ihren Job, ich mache meinen«, antwortet
der Galerist eingeschnappt.

Eine halbe Stunde später. Sibylle Siemer betritt rasch
und ziemlich erregt das Schlafzimmer und betätigt den
Lichtschalter. Sie sieht Axelrath schlafend auf dem Bett
liegen. Sie rüttelt an ihm. »Max?«

Dann nimmt sie ihr Handy. Sie läuft aus dem Zimmer.

Eine Viertelstunde später. Sibylle Siemer kommt wieder
ins Schlafzimmer. Hinter ihr erscheint Doktor Ostermüller. Beide stehen einen Moment vor dem schlafenden Axelrath.

»Gut«, sagt er leise, »bringen wir's hinter uns. Es muss
sein.«

»Ja«, sagt sie.

Er öffnet seine Arzttasche und entnimmt eine große
Perfusorspritze.

In der Zwischenzeit hat Sibylle Siemer sich auf das Bett gesetzt und Axelraths Arm bis zum Ellbogen freigemacht. Sie ist zögerlich: »Bei ihr war das glaubwürdig. Sie war herzkrank. Aber bei ihm?«

»Wir setzen ihn nachher aufs Klo. Tod beim Pressen. Passiert oft. Er wird ja erst in ein paar Tagen gefunden.«

Der Rabbi, im Kampfmodus, lauert indessen auf Axelraths »Rabbi«-Schrei. Aber nichts ist zu hören. Das ist auch nicht zu erwarten, denn der arme Axelrath ist tatsächlich wieder eingeschlafen!

Währenddessen sagt Ostermüller zynisch: »Erst der Verlust seiner geliebten Frau, dann der Streit um das Erbe. Es war alles zu viel für ihn. Traurig, traurig.« Der Arzt setzt sich neben Axelrath auf den Rand des Bettes.

Der Rabbi kann nicht mehr warten!

In dem Augenblick, als der Arzt die leere, nur mit Luft gefüllte Injektion in die Vene einführen will, fliegt die Schranktür auf, und der Rabbi steht wie ein Phantom im Raum!

Sibylle und der Doktor sind zuerst wie gelähmt, dann stürzt sich der Arzt auf den Rabbi und schlägt ihm mit der Faust ins Gesicht.

Der Rabbi schüttelt sich und schlägt seinerseits zu.

Schon liegen die Männer auf dem Boden und prügeln sich.

Der Arzt ist kräftig, aber auch der Rabbi kann austeilen. Als er über dem Doktor kniet und gerade dabei ist, ihm einen finalen Schlag zu verpassen, kommt Sibylle

Siemer von hinten und schlägt dem Rabbi ein massives Silbertablett auf den Hinterkopf. Es wird dunkel um ihn herum. Dann bricht er über dem Arzt zusammen.

»Gut gemacht«, stöhnt Ostermüller und kriecht unter Henrys erschlafftem Körper hervor.

»Was machen wir jetzt?«, fragt Frau Siemer angstvoll.

»Wir machen mit Axelrath weiter«, sagt der Doktor atemlos, »das ist das Wichtigste, danach kümmern wir uns um ihn.«

Als er sich wieder auf die Bettkante setzt, splittert Glas, und die Polizei, angeführt von Hauptkommissar Berking, stürmt durch die Terrassentür ins Haus!

»Polizei! Hände hoch! Sie sind festgenommen!«

Ostermüller will fliehen, aber Berking ist mit einem Hechtsprung an seinen Beinen und bringt ihn zu Fall.

Der Arzt stürzt mit einem Schrei auf den Parkettboden.

Axelrath wird durch den Krach endlich wach und ruft: »Rabbi!«

Während Frau Siemer und der Doktor unter lautstarkem Protest und mit Androhungen von schrecklichen rechtlichen Konsequenzen abgeführt werden, kümmert sich ein Notarzt um Max Axelrath, der wie paralysiert auf der Couch sitzt und langsam zu begreifen scheint, was inzwischen hier vorgefallen ist und in welcher akuten Gefahr er sich befunden hat.

Der Rabbi und der Kommissar stehen im Wohnzimmer zusammen. »Ein Telefonat aus einem Schrank ist etwas Neues für mich«, sagt Berking.

»Und für mich erst«, bestätigt Henry und hält sich den Hinterkopf. »Danke, dass Sie noch rechtzeitig gekommen sind. Darf ich Sie nachher zum Essen einladen?«

»Danke, aber ich muss los. Meine Tochter hat nämlich heute Geburtstag.«

»Gut zu wissen. Ich habe eine Idee, wie ich ihr eine Freude machen kann. Sagen Sie ihr, sie soll mich anrufen.«

»Du!«

»Wie?«

»Lassen Sie uns Du sagen.« Die Männer klatschen sich ab. Dann geht Berking aus dem Zimmer. »Bis die Tage.«

Der Rabbi setzt sich neben Axelrath, der zu weinen beginnt. Henry legt ihm den Arm um die Schulter.

»Danke«, sagt Axelrath leise, »vielen Dank.«

»Sie kennen das Gleichnis vom Spiegel?«, fragt Henry.

Der Mann schüttelt stumm den Kopf.

»Da kommt ein reicher Mann zu einem weisen Rabbi. Der stellt ihn ans Fenster und sagt: ›Sag mir, was du siehst.‹ ›Ich sehe spielende Kinder, ein Fuhrwerk, Frauen hängen gegenüber Wäsche auf.‹ ›Sehr gut‹, sagt der Rabbi, ›jetzt komm hier vor den Spiegel. Was siehst du?‹ ›Na, mich‹, sagt der Mann. ›Siehst du‹, meint da der Rabbi, ›das Fenster ist aus Glas, der Spiegel ist aus Glas, aber kaum kommt etwas Silber dazwischen, sieht man nur noch sich selbst!‹«

Es sieht durchaus gekonnt aus, wie Diana auf dem Rücken des Pferdes sitzt und über die Trainingsbahn galoppiert, während der Rabbi und der Kommissar am Gatter stehen und die beiden beobachten.

»Ich habe mein Mädchen lange nicht so glücklich gesehen«, sagt Berking, »danke dir, Henry.«

»Das kann sie öfter haben. Ich sage im Stall Bescheid.«

»Aber Josephine hat doch sicher ein strammes Trainingsprogramm, oder?«

»Sie wird keine Rennen mehr laufen. Das ist vorbei. Sie muss sich auf ihre alten Tage nicht mehr stressen. Ihr Lebensabend ist finanziert. Diana kann herkommen, wann immer sie will.«

Der Kommissar lächelt den Rabbi an.

»Sie wird ausflippen vor Glück.«

»Das ist die Absicht«, sagt Henry dann.

Eine Pause entsteht. Dann sagt der Kommissar: »Merkwürdig, wenn ich denke, wie wir uns kennengelernt haben ...«

»Stimmt. Du warst ein unerträglicher, ignoranter Zeitgenosse.«

»Und du ein selbstgefälliger, herablassender Snob!«, kontert Berking.

»Ja, es ist schon erstaunlich«, meint der Rabbi, »wie sich Menschen ändern können.«

Jetzt müssen beide lachen.

Zwei Monate später. Der große Saal des Jüdischen Gemeindezentrums ist rappelvoll. In der ersten Reihe sitzt der komplette Gemeinderat, darunter auch Henry Silberbaum. Vorn, an einem Stehpult, befindet sich Miriam

Fajner und beendet ihre kleine Ansprache: »Ich bin sehr glücklich, dass ich heute den ausdrücklichen Wunsch meiner seligen Mutter erfüllen kann und der Jüdischen Gemeinde eine Spende von einer Million Euro für die zukünftige Ruth-und-Julius-Rosengarten-Bibliothek überreichen darf. Ich möchte hierfür ausdrücklich meinem Anwalt, Doktor Rafael Reichenberger, für seinen klugen Rat und Beistand danken.«

Alle Blicke richten sich auf den voluminösen Anwalt, der in der Mitte des Saales thront und jovial die Huldigung entgegennimmt.

Als der Applaus abebbt, spricht sie weiter: »Ich möchte zum Schluss dem Mann danken, der durch seine Moral, seine unermüdliche Suche nach der Wahrheit und seine Integrität dazu beigetragen hat, dass mir dies heute möglich ist. Haben Sie vielen Dank, lieber Rabbiner Silberbaum!«

Wieder brandet Applaus auf.

Henry nickt verlegen nach links und rechts und nach hinten, wo er den enthusiastisch klatschenden Rafi Reichenberger entdeckt. Er sieht Max Axelrath in der ersten Reihe, daneben Doktor Friedländer, der ihm süßsauer zulächelt, dahinter seine Mutter, mit Betty auf dem Schoß! Jossi Singer ist gekommen, viele seiner Schüler, Esther Simon und Frau Kimmel sitzen nebeneinander und flüstern, und ganz hinten neben der Tür steht Robert Berking, der Kommissar, und hebt den Daumen nach oben.

Die Veranstaltung ist zu Ende. Frau Fajner hat sich beim Rabbi untergehakt, und so gehen sie aus dem Saal in die Vorhalle, wo Getränke und Häppchen serviert werden.

»Was ist jetzt mit Ihrem Stiefvater?«, will Henry wissen.

»Ich glaube, er hat seine Lektion gelernt.«

»Schön zu hören.«

»Er kann meinetwegen in der Villa wohnen bleiben bis zu seinem Ende, wie es meine Mutter gewollt hat.«

Der Rabbi greift in seine Hosentasche und holt einen USB-Stick hervor. »Das wollte ich Ihnen schon lang geben.«

Er drückt Frau Fajner den Stick in die Hand. Sie schaut ihn erstaunt an. »Was ist da drauf?«

»Das digitale Leben Ihrer Mutter!«, sagt der Rabbi und geht dann lächelnd weiter. Er trifft auf den Kommissar, der ganz offensichtlich auf ihn gewartet hat.

»Robert«, sagt Henry, »schön, dass du gekommen bist. Und das noch während deiner Dienstzeit.«

»Das ist doch selbstverständlich, an so einem Tag«, grinst der Kommissar, »allerdings bin ich nicht ganz uneigennützig hier. Ich bin in der Tat im Dienst.«

Der Rabbi sieht ihn erstaunt an.

»Vielleicht kannst du mir helfen«, sagt Berking.

»Ich? Wieso? Möchtest du übertreten?«

Berking lacht kurz, wird ernst und zieht dann sein Handy hervor. Er schiebt den Rabbi in eine Ecke, wo sie ungestört reden können.

»Kennst du zufällig in eurer Gemeinde eine Galina Gurewitz?«

»Gurewitz?« Der Rabbi denkt nach. »Nicht, dass ich wüsste. Was ist mit ihr?«

Der Kommissar zeigt dem Rabbi ein Handyfoto, und der kippt fast aus den Schuhen.

»Klar, ich kenne sie nicht, aber habe sie ein paarmal im Schwimmbad gesehen. Eine Superfrau! Und sie schwimmt sensationell.«

»Sie war mit sechzehn in der russischen Olympia-Schwimmauswahl und ist nach Israel ausgewandert. Sie ist dann für Israel an den Start gegangen. Sie hat vor vier Jahren reich geheiratet und lebt jetzt hier in Frankfurt.«

»Was ist mit ihr?«

»Sie ist seit einer Woche spurlos verschwunden. Ich dachte, wir sollten die Sache diskret behandeln«, sagt der Kommissar.

Der Rabbi schaut ihn erstaunt an.

»Wir?«

Glossar

Vorab:

Jiddisch wird mit hebräischen Buchstaben von rechts nach links geschrieben. So:

ידיש אין געשריבן אין העברעאישע טשקובאבן

Daher haben wir kursiv ebenfalls die Substantive (außer Eigennamen wie Tora, Talmud etc.) kleingeschrieben.

Jiddisch wurde als Muttersprache (mameloschn) vor dem Holocaust von Millionen Menschen in Osteuropa in unterschiedlichen Mundarten gesprochen. Es gab das Hochjiddische, wie es in Vilnius (Wilna/Wilne), dem Zentrum jüdischen Geisteslebens, als »Litvakisch« gepflegt wurde, und das herkömmliche, das sogenannte »proßte« Jiddisch, wie man es in den »schtetln« pol./ russ. Galiziens sprach. Ähnlich dem Jiddisch in der Bukowina oder in Siebenbürgen. So kam es zu erheblichen Unterschieden, oft bei Vokalen. In Galizien waren zum Beispiel das a ein u und das u ein i. Also, wir wünschen »a gitn tug! Bleibt gesind und listig!«. Nachdem Jiddisch in Europa kaum noch gesprochen wird, hat sich die amerikanisierte Schreib- und Sprechweise wie z. B. bei shalom, shabbat, meshuga, bubela, shmock etc. durchgesetzt, wie sie in Jiddisch geprägten Orten wie Williamsburg, N. Y., tradiert wird. Während man in Vierteln wie Bnei Brak bei Tel Aviv oder

Mea Shearim in Jerusalem das ostjüdische Jiddisch spricht. Wir haben uns entschlossen, in diesem Glossar die hebräische Schreibweise mit dem ש, also dem klassischen *SCH*, zu übernehmen. Deshalb: Schalom!

Jiddisch ist dafür bekannt, Adverbien zu substantivieren. Z.B. nebbich (schade, bedauernswert, aber auch »na wenn schon«) »er is a nebbich« (er ist ein Bedauernswerter, Unbedeutender). Auch deverbale Substantive sind im Jiddischen geläufig. Er macht was, also ist er ein »macher« (einer, der sich durchsetzt), und ein Dampfbad ist eine »schwitz«.

A sach	*(jidd.)* eine Menge, viel
Baba Ganoush	*(arab.)* Vorspeise aus Auberginen und Sesampaste
bet tahara	*(hebr.)* Totenwaschraum, Haus (*bet*) der Reinigung
beseder	*(hebr.)* Okay, gut
bima	*(hebr.)* Bühne, in der Synagoge Empore mit Lesepult
bocher	*(jidd.)* junger Mann, rabbinischer Schüler
boker tow	*(hebr.)* Guten Morgen
broiges	*(jidd.)* beleidigt, eingeschnappt
bronfn	*(jidd.)* Schnaps
bubele	*(jidd.)* kleiner Bub, *(diminutiv jidd. -le, mamele, tatele,* Mütterlein, Väterlein)
challe	*(hebr.) challa,* Mohnzopf aus Hefeteig.
chevra kaddischa	*(aram.)* Beerdigungsverein, ehrenamtlicher Dienst

chochem	*(hebr.) chacham,* ein Weiser, Kluger, Schlauer (auch oft iron.)
chuzpe	*(hebr.)* Dreistigkeit
dortn	*(jidd.)* dort
Dysfuncionality is running in every family	Disfunktionalität betrifft jede Familie *(Tolstoi)*
dus leben is a spass	das Leben ist ein Spaß
efscher	*(hebr.)* vielleicht
eine Suppe werd' ich ja nehmen	*(jidd.) (mit langem a)* soll so viel heißen wie: eine Suppe werde ich – *entgegen meiner ursprünglichen Absicht und nachdem du mich überzeugt hast, obwohl ich keinen Hunger habe, nun doch –* nehmen.
	All das steckt in dem kleinen »ja«. Im Jiddischen gibt es eine Anzahl solcher »Jokerworte« wie »schon«, »nebbich«, »nu«, für die man im Deutschen ganze Sätze benötigen würde.
eize	*(hebr.) eiza,* Ratschlag, *pl. eizes,* auch oft ironisch: Ich brauche deine eizes?
emmes	*(hebr.)* tatsächlich, wahrhaftig, wirklich
eppes	*(jidd.)* etwas
euchet	*(jidd.)* auch

fehlt mir aus	*(jidd.)* hat mir noch gefehlt (Im Jiddischen wird beim Partizip oft noch ein aus- oder ein zu- (zugeschworen, ich schwör dir zu) *(dt.)* oder *(jidd.* ojs-) vorgesetzt. (z. B. »Dos lid funm ojsgehargetn jidischen folk« v. Katznelson) Das Lied vom (aus-)gemordeten jüdischen Volk.
fidel	*(mhdt.)* Geige
ganef	*(jidd.)* Dieb, Ganove
gefinet dus harz	*(jidd.)* Finde das Herz!
gesind	*(jidd.)* gesund, *sollst sein gesind*, edler Wunsch
goj	*(jidd.)* Nichtjude
gojete	*(jidd.)* Nichtjüdin
gojisch	*(jidd.)* nichtjüdisch
grobber	*(jidd.)* ein dicker, sperriger, ungehobelter Mensch
Halacha	*(hebr.)* das Gesetz, umfasst alle 613 Gebote
halal	*(arab.)* rein
I keep you in the loop	*(engl.)* Ich halte dich auf dem Laufenden.
I shouldn't know	*(engl.)* Es ist besser, es nicht zu wissen.
It's a deal!	*(engl.)* Wir sind im Geschäft!
jeckisch	*(jidd.)* deutsch, *jecke, (sing.)* Deutscher, *jeckete, (sing.)* Deutsche, *jeckes, (pl.)* die Deutschen

(Ursprung: Angeblich haben die deutschen Einwanderer selbst in der Hitze Palästinas ihre Jacken anbehalten.)

jeschiwa	*(hebr.)* Religionsschule, Talmudschule
jeschiwe bocher	*(jidd.)* Religionsschüler, *(pl.)* bocherim
jidel	*(jidd.) dimin.* von jid (mit langem i), Jude
kacker	*(dt.)* grimmiger, unzufriedener Mann
Kaddisch	*(aram.)* heilig, das Gebet für die Toten
kelef	*(jidd./hebr.) kelew,* Hund (vielleicht von kläffen?)
kippa	*(hebr.)* Käppchen, kleine Kopfbedeckung
klären	*(jidd.)* Klarheit in die Gedanken bringen
klafte	*(jidd.)* bissige, oft vulgäre Frau
kol hakawod	*(hebr.)* wörtl. Alle Ehre, *gebr.* Chapeau! Respekt!
koscher	*(hebr.)* geeignet, *kacher,* den jüdischen Speisegesetzen gemäß
kurwe	*(pol.) kurwa,* Hure
kwetschen	*(jidd.)* jammern
lechaim	*(hebr.)* Auf das Leben!
leila tow	*(hebr.)* Gute Nacht
lewaje	*(hebr.)* das Geleit geben, Beerdigung
lockschen	*(jidd.)* Nudeln
macher	*(jidd.)* einer, der sich durchsetzt
masel tow	*(hebr.)* mazal tow: Gutes Glück!
Mazzen	*(hebr.)* mazoth, ungesäuertes Brot, auch Mehl
mechaje	*(jidd.)* Vergnügen, Wohltat

mensch	*(jidd.)* er is a mensch, die größte Aus-zeichnung
mesumen	*(jidd.)* Geld, Summen
mesusah	*(hebr.)* am re. Türpfosten, metallene Schriftkapsel
miesnik	*(jidd./russ.)* ein übler, »mieser« Mensch (-nik)
mikwe	*(jidd.)* rituelles Tauchbad, *(hebr.)* mikwa, fließen
mizwa	*(hebr.)* Verpflichtung, Wohltat, pl. *mizwot*
meschugge	*(hebr.)* verrückt, auch *meschigge*
Mon cher ami	*(frz.)* Mein teurer Freund, mein lieber Freund
moire	*(jidd.)* Angst, *(ahdt.)* Mores (werd dich Mores lehren)
nebbich	*(jidd.)* schade, bedauernswert, armselig, aber auch »na wenn schon« *(Subst.)* Er ist ein nebbich!
No prisoners taken	*(engl.)* Es werden keine Gefangenen gemacht.
nudnik	*(jidd./russ.)* Besserwisser, Nervensäge
pajes	*(jidd.)* Schläfenlocken
paraschah	*(hebr.)* der Wochenabschnitt in der Tora
Rebbe	*(jidd.)* Rabbiner
risches	*(jidd.)* Judenhass
schalom	*(hebr.)* Frieden
schammes	*(jidd.)* Diener, *(hebr.)* shamash
schikse	*(jidd.)* nichtjüdische Geliebte

schmock	*(ahdt.)* Mannesschmuck, Penis, unangenehmer Mensch
schu	*(jidd.)* Stunde, *(hebr.)* scheh
stiekum	*(jidd.)* ruhig, leise, heimlich
talles	*(jidd.)* Gebetsschal *(hebr.)* tallit
Talmud	*(hebr.)* Belehrung, rabbinische Anpassung, zeitgemäße Interpretation, besteht aus: *Mischna* und *Gemara*
Tanach	*(hebr./akron.)* die mündliche Überlieferung, »Bibel«
toda raba	*(hebr.)* vielen Dank
tomer	*(jidd.)* wenn, möglicherweise
Tora	*(hebr.)* (An-)Weisung, die 5 Bücher Moses, das Alte Testament
tough cookie	*(engl.)* ein harter Keks, *(syn.)* eine harte Nuss
tow	*(hebr.)* gut
trennen	*(jidd.) vulg.* für beischlafen, *(dt.)* ficken
tuches	*(jidd.)* Hintern
verkacken	*(jidd.)* etwas in den Sand setzen
Weisz-Schmeisz	*(jidd.)* abfällig, überdrüssig, indem man den ersten Begriff mit einem Schm- wiederholt oder auch Schr-, Schw-, unwichtig oder verächtlich gemeint, wie z. B. bei »Trump-Schwump!«
zures	*(jidd.)* Sorgen (auch zores)

*) Seite 113: *»Einen guten Tag, Abramowitsch, was hört man?« »Was soll ich sagen, Rabbi? Das Leben ist kein Vergnügen.« »Ach was! Das Leben ist ein Spaß!« »Vielleicht für Euch!« »Sind doch viele Leute da.« »Ja, schon. Zwei Stunden bei einem Gläschen Tee. Jenes (Tolles) Geschäft!« »Nun, was habt Ihr zu meckern? Wenn Ihr in Russland geblieben wärt? Dort ist es besser gewesen?« »Dort hat keiner was gehabt. Hier sind die Leute hochnäsig. Und jeder denkt an sich.« »Nun, was wollt Ihr essen?« »Fleisch darf es aber trotzdem sein?« »Und Sie, Rabbi?« »Nudelsuppe. Und heiß.« »Wenn alle Gäste wären wie ihr, wäre ich schon pleite.«*

Dank an:

Ellen Presser für ihre *eizes,* an Sara Soussan für ihre Geduld und an Rabbiner Julien Soussan für das »Koscher-Zertifikat«. An Christian Jährig für die medizinischen Nebenwirkungen. An Oskar Rauch für sein Verständnis, an Marc Koralnik für seine Unermüdlichkeit und an meine Frau Anke für alles zusammen.

AUCH ALS HÖRBUCH ERHÄLTLICH

Band 1
Du sollst nicht morden
Ungekürzte Lesung
mit Dietmar Bär
1 MP-3-CD
Laufzeit: 6h 13min
978-3-8371-6237-0

Band 2
Du sollst nicht begehren
Ungekürzte Lesung
mit Dietmar Bär
1 MP-3-CD
Laufzeit: ca. 6h
978-3-8371-6269-1

www.schall-und-wahn.com